낡은 집의 봄가을

낡은 집의 봄가을

우메자키 하루오 지음 | 홍부일 옮김

ボロ家の春秋

연암서가

옮긴이 홍부일

서강대학교 철학과를 졸업하고 현재 일본 근대 문학 번역에 힘쓰고 있다. 옮긴 책으로 『핫키엔 수필』, 『노라야』, 『환담·관화담』, 『부부단팥죽』 등이 있으며 한일 간 문학 교류 중 특히 경술국치 시기 이후 문인들 간의 교류를 현대 한국어로 옮겨 보려 노력하고 있다.

낡은 집의 봄가을

2022년 3월 20일 제1판 1쇄 인쇄
2022년 3월 25일 제1판 1쇄 발행

지은이 우메자키 하루오
옮긴이 홍부일
펴낸이 권오상
펴낸곳 연암서가

등록 2007년 10월 8일(제396-2007-00107호)
주소 경기도 고양시 일산서구 호수로 896, 402-1101
전화 031-907-3010
팩스 031-912-3012
이메일 yeonamseoga@naver.com
ISBN 979-11-6087-094-7 03830

값 15,000원

옮긴이의 말

  도쿄 시각으로 1941년 12월 8일 오전 3시 19분, 하와이 시각으로 7일 오전 7시 49분 일본이 진주만을 향해 공격을 개시하며 태평양전쟁이 시작되었습니다. 말레이반도, 싱가포르, 필리핀, 동인도로 차례차례 척척 전진하던 일본은 1942년 6월 미드웨이 해전에서 미국에게 대패한 뒤 전세가 역전, 다시 차례차례 후퇴해야 했습니다. 패전의 기색이 짙어지자 일본 내 모든 인적 물적 자원이 공출되었습니다. 비단 남의 나라 일이 아니겠죠. 그 참혹했던 만행을 여기서 일일이 열거할 필요는 없을 겁니다. 1945년 8월 14일 일본이 연합국에 무조건 항복을 통보하고 15일 제국 일본의 종전 선언이 라디오를 타고 퍼져나가기까지 미군 약 사십만 명, 일본군 약 이백만 명이 사망했습니다. 민간 사회 역시 자원이란 자원은 전부 군대에 공출당하고 목조 건물은 공습으로 모조리 불타고, 참담

함 그 자체였습니다.

　패전 후 맥아더 장군을 최고 사령관으로 하는 연합국최고사령부, 이른바 GHQ가 설치됩니다. GHQ의 일본 간접 통치는 1951년 9월 일본과 연합국 사이에서 체결된 샌프란시스코 강화조약이 발효될 때까지 이어졌습니다. 태평양전쟁의 가장 큰 피해국 중 하나인 중국과 한국은 이 조약에 참여하고자 했으나 거절당했다고 합니다. GHQ를 통해 다양한 개혁조치가 시행되었지만 당연히 민간 사회의 극심한 빈곤상태를 번쩍 해결해주진 못했습니다. 기본적 생필품이 부족해 역 앞에는 암매상이 들끓고 악성 인플레이션이 심화되었습니다. GHQ의 안정대책과 더불어 일본의 경제안정을 결정적으로 이끌어낸 것은 1950년에 발발한 한국전쟁이었습니다. 전쟁에 필요한 물자 조달 발주를 통해 전쟁특수를 톡톡히 누리며 경기 호전, 호경기 상태를 넘어 고도성장기를 맞이합니다. 국민총생산 세계 2위에 오르는 기염을 토하며 1950년대 중후반에는 1956년도 「경제백서」 서문에 등장한 "더 이상 전후가 아니다"라는 말이 유행하기도 하죠.

　문단과 문학은 격동하는 사회를 향한 예민한 촉수 같은 존재입니다. 전시 중 검열과 통제로 억눌려 있던 것들이 터져나오며 '전후파 작가'라는 개념이 등장하기까지 합니다. 제1차 전후파, 제2차 전후파로 나뉘지만 이 둘 사이의 구체적인 차이가 무엇인지, 심지어 제1차 전후파 작가 속에서도 공통점을 찾아내긴 힘듭니다. 1946년 자신의 징병 경험을 기반으로 한 중편소설 「사쿠라지마桜島」가 엄청난 호평을 받으며 우메자키 하루오는 화려하게 전후 문단에 등장했습니다. 흔히 그를 제1차 전후파로 분류하지만 엔도 슈사쿠, 야스오카 쇼타로, 요시유키 준노스케 등 '제3의 신인'과도 친분이 두터웠습니다. 실제 작품 경향도 장편 위주 중후한 느낌의 '전후파'보다 일상의 위기를 소재로 한 단편 위주 '제3의 신인'에 더 가깝다는 의견이 당시에도 많았습니다. 현재 백과사전이나 위키피디아에서는 우메자키 하루오를 「사쿠라지마」, 「하루의 끝」, 「환화幻化」 등의 전쟁소설과 「낡은 집의 봄가을」, 「바지락」, 「S의 등」 등 일상소설로 활약했던 작가로 소개하고 있습니다.

  이 작품집 『낡은 집의 봄가을』은 대개 1950년 이후에 쓰인 우메자키 하루오의 일상 단편 소설을 담고 있습니다. 논문 검색창에 우메자키 하루오의 전쟁소설을 검색하면 죽음, 니힐리즘, 정신질환 등 무시무시한 단어들이 쏟아집니다. 한편 이러한 일상소설을 검색하면 풍자, 유머, 휴머니즘 같은 단어들이 튀어나와 기분이 한결 산뜻해집니다. 「낡은 집의 봄가을」은 1954년 대중문학 대상 최고 권위상인 나오키상을 수상한 작품이며 「바지락」, 「붉은띠 이야기」는 중고등학교 문학 교과서에 실렸던 작품입니다. 「S의 등」, 「범인범어」, 「낡은 집의 봄가을」 모두 동화에서 영향을 받은 경어체 문체로 쓰였고 「대왕 고양이의 병」은 아예 동화로 분류됩니다. 대부분 작품의 주인공은 타인과 부딪히며 하루하루를 간신히 살아가는 아주 보통의 사람들, 지금도 꼭 주위에 한둘은 있을 법한 그런 사람들입니다. 그렇기 때문에 어느덧 우메자키 하루오가 사망한 지 거의 육십여 년이나 지났음에도 소설 속 일상에서 유머와 휴머니즘을 느낄 수 있는 것일 겁니다.

하지만 그렇다고 이 책에 담긴 작품들이 마냥 가볍거나 화창한 것은 아닙니다. 개인적으로는 일상소설이라기보다 일상 '풍자' 소설이라고 말하는 편이 더 정확하지 않을까 싶습니다. 풍자, 라고 하면 어떤 이미지가 떠오르시나요? 표준국어대사전에 따르면 풍자란 "작품 따위에서 현실의 부정적 현상이나 모순 따위를 빗대어 비웃으면서 씀"이라고 합니다. 이 책의 소설들은 상징으로 가득합니다. 가령 구슬프게 우는 바지락, S의 등에 난 세 가닥 털, 동쪽과 서쪽으로 나뉘어 있는 방, 방파제의 일장기 아저씨가 상징하는 무언가는 결코 밝고 따스한 무언가가 아닐 겁니다. 이러한 상징의 의미를 폭넓게 밝히기 위해 수필집 『버섯의 독백』도 함께 출간하여 소개하게 되었습니다. 단편의 소재가 된 여러 수필을 골고루 담았으니 이 책을 다 읽고 혹시 수필집까지 함께 읽어보신다면 감상이 더욱 풍성해지시리라 소심하게 추천해봅니다.

일상을 소재로 한 유려한 풍자소설이라 소설과의 거리감

이 그렇게 느껴지지 않으실지도 모르지만 이 책에 실린 소설들은 모두 발표된 지 육칠십여 년이 지난 소설들입니다. 너무 무겁지도 않고 또 너무 가볍지도 않게, 너무 멀지도 않지만 너무 가깝지도 않게, 그렇게 유의하며 단어와 문체를 번역해보려 했지만 능력이 턱없이 부족해 이런 장황한 글을 덧붙이게 되었습니다. 작품이 끝나는 곳마다 발표 시기와 지면을 함께 적어두었습니다. 어떤 시대였을까, 거리의 풍경은 어땠을까, 어떤 옷이 유행하고 있었을까 상상해보며 읽어보시면 어떠실지 역시나 소심히 권해봅니다. 더는 읽는 시대가 아니라고 합니다. 문학이 설 곳은 더더욱 줄어들고 번역가와 출판사가 설 곳은 더더더욱 줄어들고 있습니다. 그럼에도 애써 이렇게 찾아 읽어주시는 독자님께 무한한 감사를 활자 너머로 전합니다. 번역상 흠결을 발견하시더라도 그 넓은 아량으로 부디 너그러이 웃어넘겨 주시길 바랍니다.

홍부일 씀

차례

옮긴이의 말　　　　　　　　　005

바지락　　　　　　　　　　　013
붉은띠 이야기　　　　　　　038
대왕 고양이의 병　　　　　　059
S의 등　　　　　　　　　　　083
낡은 집의 봄가을　　　　　　128
기억　　　　　　　　　　　　200
범인범어　　　　　　　　　　223
미끼　　　　　　　　　　　　253
돌제에서　　　　　　　　　　263

작품 해설　　　　　　　　　278
작가 연보　　　　　　　　　291

일러두기

_ 인명과 지명 등은 대개 외래어표기법을 준수하였으며 고유명사의 경우 현재 통용되는 용어로 번역하였습니다.

_ 작품 내 괄호 주석과 강조 표시는 전부 저자가 남긴 표기이며, 각주는 옮긴이가 붙인 주석입니다.
다만 괄호 속 한자, 연도, 단위 환산은 옮긴이가 이해를 돕기 위해 붙인 주석입니다.
한자의 경우 작품명, 게재지 등 고유명사는 일본식 한자로 표기하였습니다.
환산 기준은 다음과 같습니다.
  자尺=30.3cm, 치寸=3.03cm, 문文=2.4cm, 분分=0.3cm,
  간間=1.8m, 정町=109m, 관貫=3.75kg, 돈쭝匁=3.75g.

_ 이 작품집 속 작품은 오늘날 관점에서 보면 다소 부적절한 부분이 보이지만 저자 자신에게 차별 의도는 없었으며 작품 자체가 지닌 문학성과 예술성 그리고 저자가 이미 고인이라는 사정을 고려하여 최대한 원문 그대로 번역하였습니다.

바지락

 그날 밤, 나도 취해 있었지만 그 남자도 취해 있었을 것이다.
 나는 쇼센 전차˙를 타고 있었다. 버티기 힘들 정도로 추웠던 점으로 보아 취했어도 어느 정도 깨어 있었던 게 틀림없다. 깨진 유리창 틈새로부터 찬바람이 옷깃 언저리로 사납게 불어온다. 외투를 입지 않아 내 목덜미는 그대로 드러나 있다. 좌석 등받이에 등을 기대고서 나는 양손을 쥐어 모아 무릎 사이에 낀 채 눈을 꾹 감고 있었다. 그리고서 전차가 멈췄다 다시 움직였다 하는 것을 의식 너머로 멍하니 세고 있었다. 불쑥 옆자리의 팔꿈치가 내 옆구리를 쿡쿡 찔러왔다.
 "뭘 그렇게 움찔대는 거야."

● 省線電車: 전후 당시 국유철도 전차 명칭.

하고 그 목소리가 말했다. 여유 넘치는 녹이 슨 듯한 목소리다. 그와 동시에 물씬 술 냄새가 풍겼던 것 같다.

"떨고 있는 거다." 하고 나는 눈을 감은 채로 대꾸했다. "추워서 어쩔 수 없이 떠는 거라고. 그게 잘못인가?"

그러고서 잠시 아무 말도 없었다. 바람이 옆얼굴로도 부딪쳐 귓구멍 안쪽이 차갑게 가렵다. 팔로 느껴지는 막연한 감촉으론 옆자리 남자는 부드러운 털 외투를 입고 있는 듯하지만 눈을 감고 있어서 확실하진 않다. 몸을 녹이기 위해 나는 그쪽으로 몸을 바짝 붙였다. 그러자 다시 목소리가 들렸다.

"넌 외투 없냐?"

"팔아서 술값으로 바꿔먹었어."

"그래서 취해 있는 거군. 뭐 마셨지?"

"정말 쓸데없는 참견이지만 물어본다면 가르쳐주지. 가스토리●라고 하는 대용주다. 너도 그런가?"

경멸하듯이 콧방귀를 뀌는 소리가 났다.

"청주 대신 대용 소주로 때우려는 정신은 글러 먹은 정신머리야. 그만두는 게 낫지."

실로 건방진 말본새지만 말투는 담담했다. 그러고 보니 옆자리 숨결에선 청주 냄새가 나는 것 같기도 했다.

● 糟取: 지게미로 제조한 막소주. 패전 직후 유행하던 저속한 황색잡지 및 제반 문화를 가스토리 잡지, 가스토리 문화라고 부름.

"마시는 건 짝퉁이어도 취하는 건 진짜니까. 니가 뭔가 착각하고 있는 거야."

나는 그렇게 말하면서 눈을 떠 옆자리를 쳐다봤다. 나보다 덩치 하나는 더 큰 남자이다. 눈썹이 짙고 콧날이 날카로운 잘생긴 얼굴이다. 서른넷 다섯 정도 되었을지 모른다. 검고 따스해 보이는 외투의 깃을 세우고 있었는데 붉고 탁한 눈으로 나를 마주 쳐다보았다. 무릎 사이에서 손바닥을 빼내 나는 남자의 외투를 만져보았다.

"좋은 외투를 입고 있잖아. 이 외투면 움찔댈 필요도 없겠지."

남자는 희미하게 눈꼬리에 웃음을 띠웠다. 하지만 웃음은 곧장 사라지고 뭔가를 꾹 참는 표정을 지었다.

"이 외투, 필요하면 줄게."

"어째서 주겠다는 거야."

"그야 너 추울 거 아냐."

"그래? 그럼 줘."

다소 놀랍게도 남자는 일어서서 척척 외투를 벗기 시작했다. 속에는 새카만 양장을 입고 있었지만 넥타이는 매고 있지 않았다. 남자는 외투를 둥글게 말아 내 무릎 위에 툭 내려놓았다.

"자, 몸 녹여."

"그럼 받아둘게. 근데 정말이지 —." 나는 외투에 팔을 집어넣고 단추를 잠그며 "너도 세이킨파° 로군."

 남자는 문득 고개를 들어 반발하는 표정을 지었지만 이미 나는 그때 옷을 다 입고 앉아 있었다. 향수를 불러일으키는 듯한 털외투의 냄새가 어깨와 등에 촉촉이 내려앉았다. 세운 깃이 살포시 뺨을 간지럽혔다. 차갑게 식었던 몸이 곧 후끈후끈 달아오르기 시작했다. 내가 말했다.

 "이거 나한테 아주 딱 맞는걸. 날 위해 지었다 싶을 정도야. 근데 넌 왜 나한테 이걸 주는 거지? 분명 내일 아침에 후회할 걸. 벌써 우울한 표정을 짓고 있잖아."

 "아직 우울하지 않아. 하지만 외투를 벗으니 무시무시하게 춥군. 내일 아침 일은 모르겠지만 후회할 것 같은 예감도 드네."

 "그럼 안 주면 되잖아?"

 "나는 남한테 받는 쪽보다 주는 쪽이 되고 싶어. 그렇게 스스로 다짐하고 있지. 넌 무슨 생각으로 받은 거지?"

 "나?" 나는 손가락으로 단추를 만지작거리며 답했다. "이걸로 이 추위를 막을 수 있겠다 싶어서 받았지. 내릴 때 돌려줄까? 이 단추, 모양이 재밌군."

 "돌려주지 않아도 돼."

 하지만 남자는 추운 듯이 어깨를 웅크린 채 미간을 어둡게

● 星菫派: 1900년대 초두에 유행한 낭만주의 문학 사조.

찌푸렸다. 남자의 맨목덜미는 창백하게 소름이 돋아 있었다. 내 쪽으로 몸을 기대왔다. 이번에는 남자의 몸이 움찔대고 있었다. 내가 물었다.

"오늘 어디서 마신 거지?"

"어디냐면 바로 저기지." 남자는 저 멀리를 바라보는 듯한 눈빛으로, "오늘은 회사 해산식이야. 망해버렸어. 아주 후련해. 내일부터 난 혼자야. 근데 넌 왜 가스토리 같은 걸 마신 거지."

"지루해서지." 하고 나는 답했다.

"넌 지루하면 마시나?" 하고 남자는 되물었다.

"그래."

"어째서 지루하지?"

"이 세상이 가짜뿐이니까." 하고 나는 답했다. "나는 가짜를 바라보는 게 지루해. 그래서 취하고 싶은 거야. 취기만은 가짜가 아니니까. 취해 있는 동안만은 지루하지 않아. 너도 무슨 생각으로 외투를 준 건지 모르겠지만 너도 어지간히 가짜 같군 정말."

그 뒤로 기억이 확실하진 않지만 역에서 내려 그와 헤어졌던 것 같다. 다음 날 아침 눈을 뜨자 외투는 떡하니 머리맡에 놓여 있었다. 대단히 추운 아침이라 어젯밤 벗어 던진 양말이 뻣뻣하게 얼어 있었다. 어젯밤 그 남자는 어떻게 되었을지 생각해보자 닭 껍질처럼 소름이 돋아 있던 남자의 목덜미가 곧바로 머릿속에 떠올랐다. 나는 방 안에서 외투를 입어보았다. 실로 착용감이 좋은 외투다. 꽤 오래된 물건인 듯하지만 아직 털도 폭신폭신하다. 커다란 육각형 모양의 단추 여섯 개가 가슴에 달려 있다. 단추 색은 노란색이었다.

　이삼일이 지났다. 나는 거리에 늘어선 행렬에 합류해 버스를 기다리고 있었다. 내 앞에 선 남자의 뒷모습이 어디선가 본 기억이 있어 곰곰이 떠올리고 있는데 그 남자가 문득 뒤를 돌아보았다. 쇼센 전차에서의 바로 그 남자였다. 나를 보고 당황한 듯 히죽히죽 웃길래 나도 함께 히죽히죽 웃었다. 물론 나는 그 외투를 착용하고 있었다. 그러자 남자는 갑자기 화가 난 듯한 표정으로 몸을 돌렸지만 이내 다시 돌아섰다.

　"아주 훌륭한 외투이시군요."

　그가 비꼬는 말투로 말했다.

　"무슨 말씀을. 변변찮은걸요." 하고 나는 대꾸해주었다. 그는 다소 눈이 부신 듯한 표정으로 내 외투를 위에서 아래로 훑어보았다. 그제야 알아차렸지만 그의 양장은 이곳저곳 닳아 있었고 오늘은 깃도 달고 있지 않았다. 요전에는 충혈되어 있었지만 오늘은 눈이 맑고 푸르다. 피부가 거무스름해 터키인 같은 얼굴이라고 나는 생각했다.

　"집이 이 근처인가?" 그런 것도 물었던 것 같다.

　버스가 도착해 우리는 올라탔다. 자리는 나란히 잡았지만 그가 할머니에게 자리를 양보해 자연스레 내 앞을 가로막고 서는 꼴이 되었다. 버스가 움직이기 시작하자 그는 한 손을 뻗어 내 외투 단추를 쥐고 만지작거렸다.

"이 단추는 우리 할아버지가 총으로 잡은 사슴의 뼈야. 규슈하면 세후리산이지. 육각형 모양이지? 솜씨 좋은 장인이었거든. 그 근방의 단추들하곤 달라."

"너희 할아버지가 사냥꾼이었던 건 몰랐네."

하고 내가 말했다. 하지만 그는 못 들은 척하며 그러더니 이번엔 큰 목소리로 이 외투의 유래와 내력에 대해 일장연설을 하기 시작했다. 목소리가 커서 모두가 이쪽을 바라본다. 자기 외투라면 몰라도 타인이 착용하고 있는 외투에 대해 연설하고 있기 때문에 입고 있는 당사자인 나 또한 자리가 불편하다. 모두가 내 얼굴을 보며 웃고 있는 것 같다. 그제야 나는 그가 외투를 넘겨버린 것을 분해하고 있다는 걸 알아차렸다.

버스가 종점에 도착했을 때 나는 말을 건넸다.

"분해하지 마. 원한다면 줄게."

"난 타인의 자선은 받지 않아." 하고 그는 성난 말투로 답했다. "난 거지가 아니야."

"그럼 이 외투는 영원히 내 거로군."

"그렇게 간단히는 안 되지. 내가 원한다고 너한테 받는 건 싫으니까 힘으로 벗겨내겠어."

바지락 19

"이야." 하고 나는 다소 놀랐다. "지난번 말투와는 완전히 딴판으로 전향해버렸네."

"그래. 난 니 말처럼 세이켄파가 아니야."

역시 그 말에 집착하고 있던 건가 하는 생각이 들었다. 그런데 일주일 정도 지난 어느 날 밤, 나는 정말로 외투를 강탈당하게 되었다.

그날 밤 나는 가스토리를 다소 과음한 상태였다. 어디를 어떻게 걸었는지 알 수 없다. 정신이 들었을 때 나는 단단한 무언가 위에 누워 있었고 누군가가 외투를 벗기려 하고 있었다. 갸륵한 사람이군 하고 어렴풋이 머릿속으로 생각하며 다시 잠 속으로 빠져들려 하는데 외투를 벗기려고 몸을 쿡쿡 찔러대 그만 눈이 번쩍 뜨였다.

"뭐 하는 거야."

나는 그렇게 말하며 팔꿈치로 받치고서 상체를 일으키려 했다. 가물가물 어지럽게 흔들리는 시야 속으로 들어온 건 그 남자의 얼굴이었다.

"너 이 자식 외투를 가져가려는 거냐."

흔들흔들대는 머리를 고정시키며 내가 소리쳤다. 소리칠 생각이었지만 말이 제대로 나오지 않는다.

"그래." 그 자식은 태연한 얼굴로 그렇게 말했다. "내일 후나바시에 볼일이 있어. 외투가 없으면 안 돼."

"그럼 넌 노상강도인 거군."

"노상강도." 그는 잠시 손을 멈췄지만 "노상강도, 그래 상관없어. 난 노상강도다."

아래에서 올려다보느라 확실하진 않지만 그때 그는 무섭도록 슬퍼 보이는 표정을 짓고 있었다. 목소리도 울고 있나 싶었을 정도이다. 나는 갑자기 몸에서 힘이 빠져나가 어떻게든 되겠지 하는 기분이 들었다. 나는 자연스레 양손을 뒤로 뻗어 외투를 벗기기 쉽도록 자세를 취했다.

"여기가 어디지?" 그 상태로 내가 물었다.

"시부야. 지하철 종점."

남자의 목소리는 역시나 상처 입은 짐승처럼 고통스럽게 들렸지만 그럼에도 내게서 외투를 벗기려 작업하는 손놀림은 쉬지 않았다. 그러고 보니 위쪽으로 보랑(步廊)의 천장 덮개가 보였다. 나는 보랑 벽에 붙어 있는 벤치에 누워 있는 듯하다.

외투를 벗겨내자 그는 살포시 내 이마에 손바닥을 대고서 조심해서 집으로 돌아가 하고 말했던 것 같다. 그리고서 보랑을 걸어가는 구두징 소리가 멀어져갔다. 나는 그 상태로 다시 깊은 잠에 빠져들었다

다음 날 아침 동틀 무렵에 눈이 뜨이자 춥고 안 춥고는 문제가 아니었다. 내 몸이 빨래판처럼 딱딱해져 한동안 몸을 일으킬 수조차 없었을 정도다. 동사하기 일보 직전까지 갔으려니 생각한다. 사라진 것은 외투뿐, 다른 건 전부 남아 있었다. 나는 뻣뻣하게 굳은 채 역을 빠져나와 찻집에서 뜨거운 코코

아를 주문해 받아들고 나서야 살 것 같았다. 외투 자체는 물론 분하지 않았지만 그 때문에 동사할 뻔했다는 사실이 분했다. 바로 그 외투가 있었기 때문에 잔뜩 취해 그런 곳에서 잠들 생각을 했던 걸 테니까.

하지만 분했던 건 그날 아침뿐, 낮 이후로는 바로 까먹어 버렸다. 춥디추운 길모퉁이를 돌거나 할 때 문득 그 외투의 감촉이라든가 노란색 단추가 떠올랐지만 오히려 후련하니 홀가분한 기분이 들었다. 그 남자와도 다시 한 번 마주칠지 모르겠다는 생각이 들었는데 이삼일이 지나 해가 저물 무렵, 역 앞 광장에서 딱 마주쳤다. 나는 광장 한구석에서 삼각 제비추첨권을 사거나 하며 놀고 있었다. 옅은 겨울 일몰을 등지고서 그 남자는 외투를 입은 채 텅 빈 배낭을 들고 큰 보폭으로 광장을 가로지르는 중이었다. 나는 소리쳐서 그를 불러세웠다.

이날 그는 세련된 스키 모자를 쓰고 배낭을 흔들거리며 다가왔는데 슬쩍 바라보니 외투 단추 중 하나는 뜯겨나가고 하나는 대롱대롱 떨어지려 하고 있었다. 그는 외투 가슴팍을 열어젖히고서 내려다보는 듯한 눈빛으로 나를 쳐다보았다. 어쩐지 실로 침착한 모습이다.

"단추는 어떻게 된 거야."

하고 나는 물었다. 그도 고개를 숙여 단추 자리를 힐끗 쳐다보았다.

"어, 누가 뜯어갔어."

"싸우기라도 한 건가?"

"싸운 게 아냐. 더 재밌는 이야기가 있지. 뭣하면 얘기해 줄까?"

"그다지 듣고 싶지도 않지만 그 외투도 한때는 내 거였으니까. 일단 자초지종을 들어 둘 의무가 있겠지"

남자가 가자고 해서 나도 그를 따라 길모퉁이 찻집으로 들어갔다. 커피를 주문하면서 내가 물었다.

"다음 날 후나바시에 간다더니 갔나?"

"갔지. 이야기는 거기서부터 시작이야." 하고 그가 답했다. 이하가 커피를 홀짝이며 그가 털어놓은 이야기다. ㅡ

"후나바시라는 동네는 초행이긴 하지만 실로 적적한 동네야. 한낮인데도 저물녘 같은 느낌이 들거든. 시끌벅적하지 않냐면야 꽤나 시끌벅적하지. 길가에선 보따리를 펼치고 생선이나 조개를 팔고 있고, 그 앞으로 사람들이 줄줄이 지나가니까. 근데 어째서 다들 물속에서 건져 올린 개처럼 험악하고 참담한 눈빛을 하고 있는 걸까. 내 기분이 우울해서 그런 식으로 보였던 걸까.

미리 말해두지만 나는 절대 그 먼 후나바시까지 관광 유람이나 하려고 간 게 아니야. 후나바시에 있는 친구에게 취직 상담을 하러 갔던 거지. 일을 구하지 않으면 처자식이 굶을 테니까. 그런데 거들떠보지도 않더군. 요즘 같은 때 취직자리 같은 게 어딨냐는 거지. 나도 화가 나서 곧장 그 집을 뛰쳐나왔어. 다소 흥분한 상태였지. 길가 가게들을 노려보면서 모래먼지 날리는 길을 정류장을 향해 걷고 있었어. 마음이 안절부절 진정되질 않아. 줄줄이 길을 오가는 멋들어진 젊은이 무리가 어쩐지 나를 아니꼬워하는 듯한 기분이 들어. 배배 꼬인 기분으로 발걸음을 재촉하면서 나는 나도 모르게, 눈 딱 감고 암매상*이라도 해볼까 하고 입 밖으로 내어 중얼거리고 있었어. 그리고서 난 화들짝 놀랐지.

난 내가 중얼거린 말의 내용에 놀랐던 게 아니야. 흥분하면 인간은 어떤 말이든지 무심코 내뱉기도 하니까. 내가 화들짝 놀란 건 그 말을 현실에서 뒷받침할 만한 흉포한 무언가가 그때 내 마음속에서 똑똑히 움직이고 있는 걸 알아차렸기 때문이야. 넌 비웃을지도 모르지만 암매상으로 추락하기에는 난 교양과 지식이 너무 많아, 라고 그때까지 나는 막연하게 자부하고 있었거든. 난 양손을 외투 주머니에 쑤셔넣은 채 가만히 멈춰 섰어. 마침 그곳은 역 앞이었지. 이 흉포한 게 뭘까? 도대체 뭘까? 몸의 감각을 더듬던 사이 번쩍 알아차린 거야. 그게 뭘 거 같아? 이 외투야. 이 외투가 바로 그거야.

난 그날 아침 애초에 내 외투라는 생각으로 그걸 몸에 걸

---

* 패전 후 물자 품귀현상이 일어나 역 앞 같은 곳에서 암거래가 성행했음.

치고 여기까지 왔어. 길을 걷는데 어쩐지 딱 들어맞지 않아. 뭔가 어긋난, 어쩐지 어울리지 않는다는 걸 나는 불투명한 막 너머로 계속 느끼고 있던 거야. 이 옷깃이 목덜미에 닿는 느낌, 손을 주머니에 찔러넣은 느낌, 모두 익숙한 느낌이지만 동시에 어쩐지 세차게 밀어내는 듯한 느낌이야. 줄곧 신지 않던 구두를 신으면 발에 달라붙지 않잖아. 그와 비슷하면서도 뭔가 달라. 니가 잠시 입고 다녀서 모양이 변하거나 한 탓이 아니야. 외투가 몸에 전달하는 감촉을 말하는 게 아니야. 좀더 근원적인 거지. 그건 내 마음의 자세야. 이건 내 외투다. 하지만 내 것이 아니다. 어젯밤 어떤 남자에게서 벗겨낸 것이다. ─이런 거지. 이 생각이 마음속 깊은 곳에 숨어 이런 느낌을 일으키고 있다는 걸 막 확실하게 깨달은 거지. 내가 어떤 맹렬한 용기가 마구 솟구쳐 오르는 걸 느끼면서 이렇게 중얼거렸던 게 떠오르는군.

─난 장물을 몸에 걸치고 있는 거다.

난 그제야 이 외투가 갑옷처럼 두툼하고 믿음직스럽게 느껴졌어. 난 아주 표독스러운 기쁨을 느끼면서 곧장 매표소를 향해 걸어나갔어.

표를 사서 올라탄 전차는 만원이었어. 짐과 인간이 서로 포개어져 그 강철 전차는 바깥에서 보면 부풀어 올라 보였을 정도지. 나는 차례차례 반대편 문 쪽으로 떠밀렸어. 그런데 문득 바라보니 입구에 문짝이 없는 거야. 그냥 열어뒀던 거지. 그곳엔 역시 암매상처럼 보이는 젊은 여자가 있었는데 결국 버티기가 힘겨웠는지, 그렇게 밀어대면 떨어진다며 비명을 질렀어.

그럴 때면 어디든지 의협심이 과한 사람이 등장하기 마련이라 이때도 한 건장한 마흔쯤 되는 아저씨가 뛰쳐나왔어. 겉모습은 암매상이지만 정말 착해 보이는 얼굴이었지.

─내가 바꿔줄게. 점점 더 혼잡해질 거야. 아가씨 힘으론 떨어져 버려. 자아 바꿔, 바꿔. 내가 출입구 마개가 될 테니까.

붐비는 쪽으로 몸을 끼워 넣고 끼워 넣어 그 아저씨가 마개 위치에서 고생하게 되었어. 아가씨는 겨우 차 안으로 들어왔고. 나? 난 떠밀려서 아저씨와 몸이 딱 달라붙는 처지가 되었지. 아저씨는 한 손으로 차체의 놋쇠 막대를 잡고 한 손으론 커다란 배낭의 끈을 쥐고 있었어. 배낭은 아저씨 다리와 내 다리 사이에 있었고. 그런 상황에서 전차가 달리기 시작한 거야.

난 흔들리면서 조금 전 기분을 반추하듯 떠올리고 있었어. 역 앞에서 느낀 그 기분은 한순간 나의 추악한 본성을 드러내며 느낀 흥분이 아닐까. 그런 생각도 들었지. 그런데 그 날뛰던 기분은 그때까지도 계속되고 있었어. 이전 같은 표독스러운 기쁨은 이미 사라졌지만 그 대신 고요한 분노 같은 것이 내 마음 한가득 퍼져 있었지. 나는 내 과거의 일을 생각하고 있었어.

    회사에 다닐 때 난 성실한 회사원이었어. 일을 잘했지. 나쁜 짓도 하지 않았고. 누군가로부터 뒤에서 손가락질 받지도 않고. 난 적당히 출세했고 다들 날 좋아하기도 했어. 그랬는데 갑자기 회사가 해체해버린 거야. 위로금을 받고서 그걸로 끝. 하지만 난 아직 절망한 건 아니었어. 그날 밤이 해산식이었지. 해산으로 왁자지껄한 와중에 누가 뭘 들고 나왔다, 누가 얼마를 해 먹었다 하고 술기운이 돌면서 서로 폭로하기 시작해 끝에 가선 연회석 곳곳에서 서로 치고받았어. 한심한 일이야. 내 어리석을 정도로 정직한 성격은 누구나 알고 있었기 때문에 나에겐 아무 말도 없었어. 연회 중반쯤 엄청나게 해 먹었다고 폭로 당해 두들겨 맞은 회계담당 노인을 부축해 역까지 데려다줬지. 이 노인은 원래부터 아주 교활한 놈이었고 난 전부터 그걸 알고 있었어. 그럼에도 개의치 않고 난 잔뜩 취한 그를 부축해 역까지 바래다줬던 거야. 바래다줘야 할 정도의 사이는 아니었어. 축 늘어진 노인의 몸을 고생스레 옮기면서 도대체 무슨 열정으로 이런 짓을 하고 있는 건지 문득 의아한 기분이 들었어. 하지만 난 입술을 깨무는 심정으로 그때 스스로 다짐했어. 오직 선한 일을 하라. 악한 것에서 눈을 거두어라. 곤란한 사람을 보면 구하라. 다른 사람에게 구걸하지 마라. 다른 사람에게서 빼앗지 마라. 다른 이에게 전부 주어라. ─그렇게 입속으로 계속 중얼거리면서 난 그 어떤 기쁨도 없이 노인의 몸을 옮겼어. 정말 그 어떤 기쁨도 없이!

역에 도착해 전차 안에 노인을 밀어 넣고 문이 닫히기 바로 직전이었는데 노인이 누런 이를 드러내면서 내게 속삭였어. 넌 정말 착한 놈이야, 하고.

나를 플랫폼에 남겨두고 전차는 떠나갔어. 나는 어째선지 흉하도록 흥분해서 선로에 침을 마구 뱉어댔어. 술 탓인지 토하고 싶은 걸 간신히 억눌렀지. 그리고 다음 열차에 올라타 너랑 만난 거야. 너한테 그때 외투를 줬던 건 니가 추워하고 있었기 때문만이 아니야. 난 한 번 더 무언가를 확인하고 싶었어. 그 떨떠름한 무언가를 분명히 하고 싶었어. 속삭이던 바로 그때 그 노인의 비웃는 듯한 얼굴이 그때까지도 끈질기게 머릿속에 들러붙어 있었거든.

내가 다음 날 아침 외투 때문에 후회했을 거라고 생각하나?

아니 먼저 시부야역에서 있었던 일을 얘기해주지. 그때 난 우연히 취해 쓰러져 있던 널 발견했어. 너라기보다 외투를. 너한테서 그때 노상강도라는 말을 들었을 때 난 정말 몸이 얼어붙는 듯한 전율이 온몸을 질주하는 걸 느꼈어. 하지만 그게 유사 전율이라는 걸 난 그 순간에도 의식하고 있었지. 왜냐면 원래부터 내 외투니까. 그리고 이게 중요한 점이지만, 그 전율이 가짜였든 어떻든 간에 오싹할 정도로 기분이 좋았던 거야. 그 기분은 내게 있어 참으로 신선하기 그지없었어. 난 누워 있는 너의 몸에서 멀어져 갈 때만큼 발걸음이 가벼웠던 적이 최근에 없었어. 남의 외투를 벗겨냈다는 게 어째서 그렇게 기분이 좋았던 걸까? 그건 어째서일까? 그런 생각을 하며 난 등 뒤로 떠밀려오는 압력을 견디며 출입문 마개인 남자의 가슴에 어깨를 꽉 갖다 붙이고 있었어. 그때 문득 알아차렸는데 놋쇠 막대를 단단히 쥔 남자의 손가락이 허옇게 핏기를 잃고 있는 거야. 그만큼 필사적으로 쥐고 있던 거지. 무리도 아냐. 아저씨 몸은 반 이상이 차체 바깥으로 나가 있고 차가 흔들릴 정도로 내 어깨가 등 뒤 압력을 더해 아저씨 가슴을 꾹 눌러대고 있었으니. 하지만 인간의 자존심이란 무서운 거야. 그런 상태에서도 아저씨는 웃고 있었어. 웃고 있었다고 해야 하나. 얼굴을 일그러뜨리며 아저씨가 분명 웃으려고 노력하고 있는 걸 난 똑똑히 봤어.

  사람이 점점 몰려들었어. 하여튼 몸을 움직일 수가 없었지. 처음 출입구에 있었던 그 아가씨 있지? 그 아가씨가 내 옆에 있었는데 내 구부러진 자세에서 여자의 하반신 일부가 눈에 들어왔어. 여잔 역시 다른 사람들한테 끼여서 움직일 수 없어 보였는데 무슨 상황인지 스커트가 말린 채로 떠밀려 하얀 허벅지가 내 눈에 들어왔던 거야. 이렇게 추운 날에 여자는 맨다리였어. 새하얀 허벅지였지. 전차가 커브를 돌 때마다 그 허벅지가 긴장을 해. 나는 꾹 밀려서 어깨로 아저씨의 가슴을 눌러. 아저씨는 숨차했어.

―형님, 자, 잠깐. 누, 누르지 마. 이 배낭을…….

그리고 다시 꾹 몰려와. 아저씨는 그때 이미 창백해져 있었어. 나라고 어떻게 할 수 있는 건 없었고. 반대쪽으로 기울어지자 아저씨가 막대를 고쳐 쥐며 자세를 가다듬으려고 하던 순간이었어. 갑자기 강렬한 반동이 불쑥 일어나 나도 위태롭게 출입구로 몸이 쏠린 순간, 힘이 실린 내 어깨가 아저씨의 몸을 맹렬하게 밀쳐버린 거야. 눈 깜짝할 새도 없었어. 피도 얼어붙을 것 같은 무시무시한 순간이었지. 아저씨의 손가락은 막대에서 맥없이 떨어져 나가며 필사적인 힘으로 내 외투의 가슴팍을 때렸어. 난 나도 모르게 한 손으로 그걸 뿌리쳤지. 아저씨는 짐승 같은 울음소리를 날카롭게 남긴 채 질주하는 차체 바깥으로 둥둥 떨어져 나갔어. 난 전신이 타오르는 것 같은 기분으로 문에 매달린 채 양다리 사이에 배낭을 단단히 끼우고 있었지.

―떨어졌어! 누가 떨어졌다고!

근처에서 누군가 부르짖었어. 하지만 아저씨가 떨어졌기 때문에 출입구 주변은 어느 정도 버틸 만해졌어. 난 계속 떨림이 멈추지 않았어.

―떨어졌다니 뭐가 떨어졌단 거야.

안쪽에서 그런 느긋한 소리가 들렸어.

―사람이.

하고 누군가 답했어. 누구, 누가 떨어졌단 거야, 술렁이는

목소리 사이로,

　—누구인들 상관없잖아. 내일 신문 보면 나오겠지.

　그 느긋한 목소리였어. 웃음소리가 빵 터졌지. 내 근처도 모두가 웃었어. 그중에서도 그 여자는(아저씨가 바꿔줬던 그 아가씨 말이야) 끼익 끼익 금속 같은 웃음소리를 내며 포복절도를 했지. 그 하얀 허벅지가 웃어대느라 요염하게 경련하는 걸 난 똑똑히 봤어.

　넌 그 말이 유머러스하다고 생각해?

　난 그렇게 생각하지 않아. 생각하지 않는데 나도 웃기 시작했던 거야. 난 웃기지 않았어. 하지만 웃음이 딸꾹질처럼 발작적으로 터져 나오기 시작하는 거야. 난 출입구에 달라붙어 온몸을 와들와들 떨면서 히스테릭하게 웃어댔어. 눈물을 흘리며 찔찔거리면서 계속 웃었어. 종점에 도착할 때까지 난 뱃가죽이 아플 정도로 계속 웃어댔어. 내 외투에 단추가 하나 없어졌지? 아저씨가 쥐어뜯은 게 분명해. 그 선량하고 의협심 넘치던 아저씨가 그토록 노력한 끝에 그 노란 단추 하나를 꼭 쥔 채 애벌레처럼 굴러떨어져 철로 옆에 차갑게 식어 누워 있을 걸 생각하면 난 어째선지 웃음이 밑도 끝도 없이 솟구치는 걸 막을 수 없었어.

　종점에 도착하자 물이 빠지듯 사람들이 줄줄이 내렸어. 아저씨에 관한 것 따윈 전부 까먹어버린 표정으로 앞다퉈 차에서 내렸지. 난 마지막까지 남았어. 그리고 아저씨가 남긴 그 배낭을 힘껏 등 뒤에 짊어졌지. 어마어마하게 무거운 배낭이었어. 난 그걸 짊어지고 야마노테선으로 갈아타 겨우 집으로 돌아왔어. 돌아올 때까지 몇 번이나 이 배낭을 버리려고 했는지 몰라. 그만큼 육중하니 무거웠지. 허리를 굽힌 채로 걸어가면서 나는 점점 기분이 침울해져 갔어.

집에 도착하자 아내가 나오더군. 내 아내란 사람은 지극히 무감각한 여자라 어떤 일에도 놀라거나 한 적이 없어. 내가 메고 온 배낭을 열어보더니, 어머 **가지락**이네, 하고 무덤덤한 목소리로 말했어.

―**바지락**이야 하고 내가 소리쳤어. 그래, 바지락이면 무거울 만하지 하고 생각하면서.

아내는 양손으로 서걱서걱 바지락을 들어 올리면서 내가 소리친 것에도 전혀 아랑곳하지 않는 듯이,

―개첩잡이하고 온 거야?

하고 물었어. 난 현관 문턱에 드러누운 채로, 재첩잡이야, 빨리 이불 펴 줘, 하고 다시 소리쳤지. 온몸이 목화솜처럼 너덜너덜해진 주제에 기분은 이상하리만치 뒤틀려 있었어.

그렇게 난 이부자리로 들어갔지. 벌써 해가 저물고 있었지만 식욕은 없었어. 아내는 머리맡에서 바느질을 시작한 모양이야. 배낭은 그대로 도코노마˙에 놓여 있었지. 난 이불을 턱까지 끌어올려 푹신푹신 파묻힌 채 눈을 감았어. 그리고 오늘

일에 대해 곰곰이 생각해봤어.

　이상한 얘기지만 아저씨의 배낭을 짊어지고 온 것에 대해 난 그 어떤 죄책감도 느끼지 않고 있었어. 심리적 저항도 전혀 없었지. 난 내 물건인 양 수월히 배낭을 훔친 거야. 이게 도대체 어떻게 된 일일까. 그렇게 생각하자 난 다소 혼란스러웠어. 또 아저씨의 그 손이 필사적으로 내 외투를 잡으려고 했을 때 난 그걸 거칠게 뿌리쳤지. 그건 의식한 채로 그랬던 걸까. 의식하고 그랬던 것 같기도 하고 무의식적 행동이었던 것 같기도 해. 하지만 난 기억하고 있어. 그때 함께 굴러떨어지려 하던 배낭을 다리로 붙잡았던 건, 그건 분명 내가 의식적으로 했다는 걸.

　그 아저씨는 어떤 가정을 지녔을까. 어떤 아내와 자식을 두고 어떤 집에서 살았을까. 그런 순간적인 의협심을 일으킨 대가로 그가 얻은 건 외투 단추 하나, 그것 하나와 비명횡사야. 타인의 동정조차 쟁취하지 못했어. 그때 내 머릿속에선 그 아저씨와 두들겨 맞은 회계담당과 깔깔대며 웃어대던 아가씨와 너와 그리고 나를 둘러싼 각양각색의 사람들과 나 또한 포함한 하나의 계열이 평면 속 구도가 되어 나를 향해 압박해오는 거야. 난 이불 속에서 눈을 꾹 감고 눈꺼풀 뒤로 만발하는 안화(眼花)를 가만히 쫓고 있었어.

● 벽 한쪽을 안쪽으로 움푹 트고 바닥을 한층 높여 장식물을 두거나 하는 공간.

뽀독뽀독 거리는 희미한 소리가 들려. 뭔가를 핥는 듯한 소리, 그 소리가 집요하게 귀에 달라붙어 떨어지질 않아. 이불에서 얼굴을 내밀고 나는 소리 질렀어.

─뭘 핥는 거야.

─아무것도 핥고 있지 않은걸.

아내의 목소리가 답했어. 소리는 멈추지 않아. 난 결국 자리에서 벌떡 다시 일어났어.

─저 소린 무슨 소리야.

아내도 바느질을 멈추고 나와 함께 귀를 기울였어. 소리는 도코노마 쪽인 것 같아. 주의 깊게 소리를 찾아 나는 그쪽으로 몸을 옮겼어.

바지락이 울고 있던 거야.

바지락이 운다는 걸 알고 있나? 난 몰랐어. 정말 깜짝 놀랐어. 배낭 속에서 수천이나 되는 바지락이 서로 옥신각신하며 그렇게 희미하게 뽀독뽀독 울고 있던 거야. 배낭으로 귀를 가져가 나는 그 울음소리에 가만히 귀를 기울였어. 그건 쓸쓸한 울음소리였지. 내 기분마저 가라앉을 것만 같은 음침한 소리였어. 어깨가 서늘해져 몸이 덜덜 떨리기 시작했지만 나는 귀를 뗄 수 없었어. 그리고 곰곰이 생각해본 거야. 내가 지금껏 늘 스스로 다짐했던 건 뭐였을까. 선을 염원하라. 아낌없이 남에게 주어라. 난 진심으로 그걸 믿어온 걸까.

어렴풋하게나마 막 깨닫게 된 거야. 내가 지금까지 따르려고 힘써 왔던 선이 전부 가짜였다는 사실을. 기쁨을 동반하지 않는 선은 있을 수 없어. 그건 의태(擬態)야. 악이야. 일본은 패배한 거야. 이렇게 좁은 땅에 이렇게 수많은 사람들이 살아가야 하지. 배낭 속 바지락이야. 만원 전차야. 일본인의 행복의 총량은 극한에 치달았어. 한 사람이 행복해지려면 그 양만큼 다른 누군가가 불행해져야 해. 마침 아저씨가 떨어졌기 때문에 남은 우리에게 여유가 생긴 것처럼. 우리는 스스로의 행복을 바라기보다 타인의 불행을 기도해야 해. 존재할 수조차 없는 행복을 찾기보다 내 근처에 있는 사람을 불행에 빠뜨려야 하는 거야. 우리가 살아 있는 생물인 이상 어떻게든 살아나가는 것이 제일일 뿐, 그 외의 상념은 감상일 뿐이야. 단추를 쥔 시체와 울고 있는 바지락과 어휘력이 짧은 아내와 이런 나, 그건 추악한 구도야. 추악하지만 난 그곳에서 살아갈 거야. 얄팍한 선의와 의협심을 가슴에서 몰아내고 살아가기로 나는 그때 마음먹었어.─"

여기서 이야기를 도중에 끊고 남자는 탁자 위 식은 커피를 꿀꺽 들이켰다. 바깥에는 어느덧 짙은 땅거미가 내려앉고 있었다.

"─그래서?" 하고 내가 재촉했다.

"다음날" 하고 남자는 소매로 입술을 닦으며 "나는 배낭을 들고나와 어느 길가 모퉁이에서 그걸 펼쳤다. 한 시간이 채 지나기도 전에 전부 팔아치우고 상당한 돈을 벌었지. 예상보다도 훨씬 큰 금액이었어. 그리고서 나는 다시 후나바시로 가서 바지락을 사 가지고 왔어. 오늘도 벌써 팔아치우고 왔지. 이 텅 빈 배낭을 봐. ─이걸로 이야기는 끝이야."

　남자는 이야기를 마치자 고개를 들어 그늘이 잔뜩 진 웃음을 뺨에 띠웠다.

　"─니가 말한 만큼 재밌는 이야기는 아니었지만 그래도 뭐 지루하진 않았어." 하고 나는 말했다. "너의 새로운 출발에 난 이 식은 커피로 건배하도록 하지."

　"기다려 봐." 하고 남자는 손을 들었다. "이제 히간* 도 머지않았고 나도 이런 갑옷은 필요 없어. 난 오늘 이 외투를 팔아버릴 거야. 그리고 오늘 밤은 너하고 마실 거야. 건배는 그때까지 미뤄둬."

　"그것도 좋지 뭐." 하고 나는 답했다. "넌 정말 세심하게 마음을 잘 쓰는군. 하지만 팔겠다면 그 전에 그 외투를 딱 한 번만 입어보게 해주지 않겠나."

　나는 남자가 벗은 외투를 손으로 만져보았다. 그 부드러운 중량감이 어깨로 똑똑히 되살아났다. 나는 주머니에 손을 넣었다. 뭔가 단단하고 자그마한 것 여럿이 손가락에 닿았다.

　"바지락이야."

---

* 彼岸; 추분과 춘분 전후 사흘의 일주일로 제사 등을 올림.

꺼내서 탁상 위에 늘어놓자 열 개 정도 되었다. 그러자 남자는 막 떠오른 듯 자신의 양장 주머니를 뒤져 그곳에서도 꺼냈다. 바지가 접힌 부분에서도 두 개 정도 나왔다.

"이상하네. 어디서 이렇게 숨어들었던 걸까."

남자는 그렇게 말하며 다소 꺼림칙하다는 표정을 지었다.

그리고 우리는 찻집을 나와 광장을 면한 작은 헌옷 가게에 그 외투를 팔아치웠다. 떨어지려 하던 그 단추는 내가 그 가게에서 뜯어내 양장 주머니에 집어넣었다.

그날 밤, 우리는 술집에서 조금 전 바지락을 꺼내 된장국으로 끓여달라 하여 그걸 안주 삼아 가스토리를 실컷 들이부었다. 거나하게 취해 나는 그와 역 앞에서 손을 흔들며 헤어졌다.

그 후로 나는 그와 마주치지 않는다. 그는 그 뒤 평범한 암매상이 되었으리라 생각한다. 만나고 싶다는 생각도 별반 들지 않는다.

그날 밤 내가 주머니에 넣은 노란 육각 단추는 달리 쓸 데도 없어 책상 위에 내버려 두었는데 얼마 전 하숙집 아이가 와서 장난감을 달라 하길래 줘버렸다. 구슬치기하며 노는 걸 두세 번 보았지만 요새는 못 본 것 같다. 이제 질렸나 보다.

(1947. 12. 「문학회의 文學會議」)

붉은띠 이야기

 어쨌거나 우리는 모두 온종일 배를 주리고만 있었다. 틈만 나면 오로지 먹을 것에 대해 떠올리거나 이야기 나누곤 했다. 그즈음 밤에 잠이 들면 나는 기차 도시락 꿈을 자주 꿨다. 나무 향 나는 도시락 상자에 담긴 다소 딱딱하게 굳은 밥과 반찬함에 섞어 담은 생선, 고기, 야채 무침 등을. 대개 먹어보기도 전에 잠에서 깨는 것이 보통이었다. 공복의 밤마다 이런저런 음식 중 어째서 기차 도시락만이 꿈에 나타나는 건지 나는 알 수 없었다. 하지만 그것은 아마도 — 딱딱하게 씹는 맛이 있는 밥을 향한 갈망과 거기에 염분 부족이 그러한 꿈으로 이어졌던 것이리라. 그러한 조건을 구비하는 것이 그 조잡한 도시락 상자에 담긴 기차 도시락이라는 것을 나는 기억의 밑바닥의 밑바닥에서 인지하고 있었던 것이리라 생각한다. 그런 꿈을 꾸는 스스로에게도 나는 이중의 향수를 느끼고 있었다.

    우리들이 아침저녁으로 먹던 것은 카샤(죽)였다. 쌀일 때도 있었지만 대개는 고량(高粱) 수수 카샤다. 그 속에 건조야채나 가끔씩 소시지와 연어가 약간 들어가 있었다. 양은 반합의 사분의 일 정도. 젓가락을 세워도 곧장 쓰러져버릴 정도의 농도였다. 그 외에 묽은 수프 한 공기가 딸려 나왔다. 점심에는 도시락으로 흑빵 한 덩어리가 나왔다. 이만한 양으로 하루 종일 일해야 하는 것은 상당히 고된 일이었다. 그래서 우리는 온종일 배를 주리고만 있었다.

    "배가 고프겠지만 참고 견뎌 줘."

    그러한 의미의 말을 우리의 카만지르(우두머리)인 붉은띠가 우리에게 말했던 적도 있다. 이바노프라는 이름의 소련 병사였는데 옷 위에 늘 붉은띠를 매고 있어 우리는 붉은띠 붉은띠 하고 부르곤 했다.

    "실제로 먹을 건 이것밖에 없어. 여름이 되면 조금은 나아지겠지만."

    나는 붉은띠의 말을 믿었다. 종전 바로 다음 해 초였기 때문에 운송도 제대로 되지 않았을 테고 더군다나 대지도 완전히 얼어붙어 야채가 날 리도 없었으니까, 그리고 감독인 소련 병사의 식사를 본 적도 있었는데 우리 것과 큰 차이가 없다는 것도 충분히 알고 있었으니까. 그러나 그렇다 한들 현재 우리가 배를 주리고 있다는 사실에는 조금도 변함이 없었지만.

우리가 지낸 수용소는 아무르강의 지류의 지류의 또 그 지류 같은 강가 근처에 있었다. 이곳에 수용되어 있는 일본 병사는 총 이백여 명이었다. 우리는 만주 자무쓰 부근에서 종전을 맞이해 그대로 소련 병사에게 항복, 그리고 한꺼번에 배에 실려 송화강을 따라 내려가 아무르로 들어가서 트로이츠크라고 하는 곳에서 지류로 갈라져 들어갔다. 점점 좁아지는 수로를 며칠간 항행하더니 돌연 우리는 배에서 내려졌다. 그곳은 황막한 수림의 한복판이다. 그곳에 주둔하는 소련 작업대인 듯한 부대로 우리의 신병이 넘겨졌다. 수목 벌채에 사역하게 된 것을 그렇게 알 수 있었다. 몇십 리˙나 줄줄이 이어진 전나무와 적송 수림을 마주하자 느닷없이 타향으로 끌려와 포로가 되었다는 사실이 뼈저리게 느껴졌다.

상륙하자마자 소련 작업병의 감독하에 산에서 나무를 베어내 우리는 우리의 수용소를 세웠다. 통나무를 엮은 가늘고 긴 사옥이다. 내부에 층계침대와 페치카를 만들었다. 사옥을 완성한 뒤 의무소와 변소를 만들었다. 그것도 완성하자 그다음으로 영창을 만들었다.

영창을 만들 때 우리는 만에 하나를 고려해 감시병의 지도 범위 안에서 최대한 살기 좋게끔 만들어 세웠다.

- 한국의 거리단위 리(里)는 약 400m이나 일본의 리는 약 4km로 열 배 정도 차이가 남.

그를 마치고 이번엔 우리가 도망갈 수 없도록 키를 훨씬 웃도는 전나무 울타리를 우리는 영차영차 만들었다. 울타리의 네 모퉁이에 높은 망루도 세웠다. 이는 소련병이 우리를 감시하기 위한 것이다. 높이는 스무 자(약 6.06m) 정도나 되었다.

계절은 겨울에 접어들어 강 수면은 온통 하얀 강철처럼 얼어붙었다. 우리는 그 모든 일체로부터 격리되었다는 생각에 휩싸여 도망치자거나 하는 말을 꺼내는 이는 아무도 없게 되었다. 도망치려 해도 지리가 분명치 않다. 이쪽 방향으로 가면 연해주가 나올 거라고 막연히 예상은 갔지만 바다가 보이기까지 산을 몇 개나 넘어야 할지 누구도 짐작할 수 없었다.

또 사태가 도망칠 정도로 절박하고 괴롭진 않았다. 작업은 대체로 벌채였지만 허약자는 편한 작업으로 돌려졌다. 할당량이 있긴 했지만 완수하지 못하면 꾸지람을 듣는 정도지 어떻게든 끝내야 한다며 강요받는 정도는 아니었다. 아침 여섯 시부터 저녁 여섯 시경까지 소련 작업병 밑에서 우리는 수목 벌채를 하고 빙상청소를 했다. 밤에는 페치카를 피워둔 사옥에서 진흙처럼 잠들었다.

행복하게도, 지극히 행복하게도 부여받는 식사는 우리들 사이에서 거의 균등하게 배분되었다. 일부가 더 먹고 나머지가 굶는 일은 없었다. 모두가 거의 같은 작업을 하고, 거의 같은 양의 식사를 했다. 그 점에 있어 이 수용소는 제대로 운영되고 있었다.

그럼에도 불구하고 우리는 배를 주리고 있었다. 그다지 대식가가 아닌 나조차 자나깨나 늘 배가 고프고 또 고파서 견딜 수 없었다. 즉 절대적인 양이 적었던 것이다. 영양실조로 죽을 정도는 아니었지만 그를 몇 걸음 앞둔 지점에서 매일 밤 기차 도시락 꿈을 꾸거나 하며 나는 하루하루를 보내고 있었다.

*

처음에 나는 벌채반에 속해 있었다. 나무를 베어내 강기슭에 쌓는 작업이다. 강은 얼어붙어 있어 이윽고 봄철 해빙을 기다렸다가 뗏목으로 띄울 예정이었다. 나무는 다양한 수종이 있었다. 나무에 따라 할당량이 달랐다. 가령 적송 다섯 그루는 전나무 여섯 그루에 해당한다는 식으로. 벌채는 체력을 필요로 했다. 얼마 안 있어 나는 힘을 소진해 허약자로 빙상청소반으로 돌려졌다.

빙상청소 카만지르는 앞서 얘기한 이바노프라는 붉은띠이다. 나잇대 마흔 정도의 과묵한 남자였다. 눈썹도 눈 색깔도 회색이었다. 빙상청소는 대여섯 사람 작업이었다.

얼어붙은 강가 수면 곳곳에 검게 뭉친 유목(流木) 같은 것이 파묻혀 있다. 강이 녹으면 이것들도 떠내려가겠지만 그때 뗏목으로 엮은 재목의 유출을 방해하거나 물의 흐름을 막거나 할 염려가 있어 지금 당장 제거하는 작업이었다. 곡괭이로 얼음을 깨서 그것들을 파내 물가로 던진다. 이 작업에는 정해진 할당량이 없었다. 그런 이유로 체력이 부족한 자가 그 일로 돌려졌다.

아침 여섯 시에 수용소에서 출발해 붉은띠가 인솔하여 하얀 얼음 위를 걸으며 때때로 멈춰서서 작업을 한다. 강폭은 이십 미터 정도였다. 우리의 작업장은 차츰차츰 하류로 내려갔다.

방한복을 입었다곤 하지만 빙상 작업은 춥고 차가웠다. 곡괭이를 흔드는 팔이 움직이지 않을 때도 있었다. 냉기가 가죽과 털로 만든 방한화 깊숙이 오싹오싹 스며들어온다.

도시락인 흑빵은 언제나 아침 식사와 함께 먹어버려 오후가 되면 엄청나게 배가 고파 온몸이 덜덜 떨리기 시작한다. 물론 흑빵은 점심으로 먹는 것이 규정이었지만 지켜질 수 없었다. 언제나 아침 카샤와 함께 먹어치웠다. 어설프게 도시락이라고 들고 다니면 오히려 신경이 쓰여 작업할 수가 없었다. 배가 고파지자 추위가 몸을 파고들었다.

붉은띠는 역시 한대인(寒帶人)이라 그런지 그다지 추위를 타지 않는 듯했다. 입고 있는 것도 우리보다 훨씬 적다. 무명 옷 위에 붉은띠를 매고 있을 뿐이었다. 우리처럼 방한 외투를 입고 있지 않다. 발에는 연갈색 펠트 카톤키를 신고 있었다. 키는 우리와 그다지 차이가 나지 않았던 것 같다. 카톤키를

성큼성큼 내디디며 얼음 위를 걸어간다. 유목이 박힌 곳으로 가서 손에 든 막대로 빙면을 툭툭 두들기며 우리를 돌아본다. 그러면 우리가 그걸 파내기 시작하는 순이었다.

수림이 빽빽하게 들어선 강기슭의 좁은 통로나 하얀 얼음 위를 열을 지어 말없이 걸어갈 때면 아득한 고독감이 우리들 위로 내려앉았다.

붉은띠는 차가운 느낌의 남자는 아니었다. 하지만 그다지 입을 열지 않았다. 기다란 눈썹 아래 회색빛 눈으로 작업 중인 우리를 물끄러미 지켜보곤 했다. 때로는 우리에게서 곡괭이를 빼앗아 직접 얼음을 파기도 했다.

점심 휴식시간은 한 시간 정도였다. 도시락인 흑빵은 아침에 먹어버렸기 때문에 우리는 지급된 양배추와 소량의 암염으로 불을 피워 수프를 만들어 그것을 훌쩍였다. 아무리 묽다 해도 절로 목구멍이 울릴 정도로 그것은 맛있었다. 벌채반에 있을 때는 작업장이 가까웠기 때문에 낮 수프는 수용소에서 보치카(통)에 담아 마차로 운반해 왔지만 우리가 직접 만든 수프 맛은 또한 각별했다.

붉은띠는 우리와 조금 떨어진 곳에서 자신의 도시락을 먹었다. 홀로 먹고 있는 붉은띠의 모습은 다소 쓸쓸해 보였다. 식사를 마치면 붉은띠도 섞여 우리는 멍하니 있거나 쓸데없는 이야기를 하거나 하며 휴식 시간을 보냈다.

방한복 아래로 우리가 떨고 있으면 가끔 붉은띠는 자신도 떠는 흉내를 내며 놀리듯이 웃음을 띠웠다. 하지만 그럴 때 그의 회색 눈꼬리는 따스해 보이는 주름을 지으며 우리를 바라보곤 했다.

또 가끔씩 그는 낮은 목소리로 노래를 부르거나 할 때도 있었다. 그것은 언제나 똑같은 곡이었다. 다소 구슬픈 가락이었는데 의미는 알 수 없었다. 고향 노래라고 그는 설명했다. 우리는 러시아어를 몰랐지만 어느덧 그 무렵에는 단어와 몸짓과 손짓으로 상당히 깊은 부분까지 서로 뜻을 주고받을 수 있게 되었다. 때론 우리도 일본의 노래를 불러 보일 때도 있었다. 그러면 붉은띠는 양손을 위아래로 맞부딪치는 듯한 우아한 방식으로 박수를 쳤다.

한 시가 되면 우리는 다시 일어나 걷기 시작한다. 붉은띠를 선두로 열을 지어 얼음 위를 바라보며 걷는 것이다. 여섯 시 경 작업을 멈추고 수용소 방향으로 돌아간다. 수용소 앞까지 오면 이미 일대가 어두워져 붉은띠는 입구 초소 소련병에게 우리를 넘기고 홀로 감시병 막사 쪽으로 걸어간다. 감시병 막사는 수용소에서 백 미터 정도 떨어진 지점에 세워져 있었다.

그리고서 우리들 빙상청소반은 페치카가 타오르는 사옥으로 들어가 묽은 카샤를 훌쩍이고서 그 뒤 잠들 뿐이었다. 저녁 식사 후 작업 얘기나 음식 얘기를 할 때가 있었지만 고향 이야기는 서로 의식적으로 피하고 있었다. 언제 돌아갈 수 있을지보다 돌아갈 수 있을지 없을지도 그 당시 우리에겐 가늠할 수 없었기 때문에.

*

 우리들의 작업반은 이따금씩 편성이 바뀌었다. 내가 벌채반에서 빙상청소반으로 바뀌었던 것도 그것이었다. 이윽고 봄이 다가와 강 얼음이 녹는 것도 금방이었다. 얼음이 녹으면 빙상청소반은 해체될 것이었다. 눈이 녹기를 기다려 대규모 도로공사가 시작될 것이라는 소문도 있었다.
 소련 측 감시병이나 작업병도 끊임없이 교체되었다. 이 근방 지류엔 수용소가 이곳저곳 산재해 있는 듯 어제까지 있던 감시병이 사라졌나 싶으면 오늘은 다른 소련병이 오곤 했다.
 감시병은 다르지만 현장으로 따라가는 소련 작업병은 시베리아 유배인을 기용하는 것이라는 소문이 우리 사이에 퍼져 있었다. 혹 그것이 진실이라면 저 붉은띠 이바노프도 작업병이므로 유배인 중 하나인 셈이었다.
 빙상청소반원 중 어느 소학교 교원 출신이 그것은 진실이라고 주장했다.
 "그야 붉은띠 도시락을 봐봐. 우리들 거하고 별반 차이가 없잖아. 저자도 죄수 대우인 거야."
 붉은띠의 도시락은 우리들이 보기에 흑빵뿐일 때도 있었

고 소금 친 감자와 고량을 으깨 섞은 것일 때도 있었다. 붉은띠가 점심 식사 때 우리와 떨어져 식사하는 것은 그것을 보여주고 싶지 않아서라는 것이 그 교원 출신의 설명이었다.

하지만 그 설명도 결정적인 증거가 되기에는 너무 빈약했다. 유배인이라는 것도 본질적으로 우리의 생활과는 관계가 없었기 때문에 그러한 것도 그저 소문으로 끝날 듯했다.

사옥 층계침대에 누워 잠에 빠져들기까지 짧은 시간 동안 나는 이따금씩 이바노프가 유배인이라는 건 정말 사실일지도 몰라, 하는 식으로 생각하곤 했다. 물론 내 상상에도 근거는 없었다. 카톤키를 울리며 얼음 위를 앞장서서 나아가는 붉은띠의 어쩐지 고독을 깊숙이 머금은 듯한 모습이 나에게 그런 생각을 일으킨 것이었다. 뒤따라오는 우리를 거의 의식하지 않는 채로 자신만의 생각에 몰두하며 걷는 것처럼 보였다. 붉은띠는 백인치곤 드물게 등이 다소 굽어 있었다. 하지만 어깨 폭은 넓었다. 그 어깨를 나풀거리듯 붉은띠는 큰 보폭으로 걸었다.

낮에 우리가 수프밖에 먹지 않는 것을 보고 도시락은 어쨌냐고 붉은띠가 물었던 적이 있다. 아침 식사와 함께 먹어버렸다고 내가 답하자 붉은띠는 회색 눈을 끔뻑끔뻑거리며 무슨 말을 하려 했지만 그대로 입을 다물고 말았다. 그때 그 표정의 느낌으로 보면 붉은띠는 우리를 나무라려고 했던 걸지도 몰랐다. 하지만 그는 입을 다물어 버렸기 때문에 그에 대해선 확실히 알 수 없다.

붉은띠는 착실하고 꼼꼼한 구석이 있었다. 도시락을 가지고 우리를 나무라려는 기색을 보인 것도 그러한 성격에서였을 것도 같았다. 또 빙상청소에 할당량은 없었다 해도 붉은띠는 작업시간에 관해선 극도로 엄격했다. 휴식시간은 일 분도 어기지 않았고 서둘러 마치고서 수용소로 돌아가는 일은 절대로 하지 않았다. 그러한 계율을 우리에게 부과하고 있다기보다 붉은띠 자기 자신에게 그것을 부과하고 있는 것처럼 보였다.

우리 다섯은 모두 붉은띠를 좋아했다. 친하다는 이유에서가 아니었다. 친하다는 점이라면 다른 소련 작업병 중 무척 쾌활한 병사가 몇 명이나 있었으니까. 그냥 아무 이유 없이 좋았다. 그래서 어느 날 붉은띠가 머지않아 자신은 다른 수용소로 근무를 옮길 거라고 우리에게 털어놓았을 때 우리는 살짝 아쉬웠다. 붉은띠는 우리 한 사람 한 사람을 지그시 바라보면서,

"내가 사라지면 다시 따로 좋은 카만지르가 오겠지……나는 좋은 카만지르가 아니었어."

라는 의미의 말을 했다. 그리고 눈꼬리에 주름을 지으며 미소를 지었다. 그 미소는 뭔가 따뜻한 색으로 흘러넘쳐 인상적인 느낌을 나에게 남겼다.

＊

　매일 아침 자리에서 일어나 몹시 서둘러 카샤를 후루룩 들이킨다. 그리고서 안뜰에 정렬한다. 그 시각엔 아직 어두컴컴하고 추웠다. 뿌연 새벽녘 하늘을 등지고서 망루만이 새카맣게 솟아 있고 그 위에서 움직이는 소련 감시병의 모습이 으스스하게 눈에 비쳤다.

　출입구 근처에 세워진 초소로부터 벌채 몇 반이니 운반작업 몇 반이니 큰 소리로 안뜰에서 불림을 받을 때마다 정렬했던 부분 부분이 움직이기 시작해 열을 지어 출입구 쪽으로 걸어간다. 저벅저벅 발소리가 차례차례 이어진다. 그리고 초소에서 기다리던 제각각 카만지르의 손에 넘겨져 제각각 방향으로 발소리는 멀어진다. 빙상청소반은 언제나 가장 마지막이었다. 초소 쪽에서,

　"빙상청소바-안!"

　하고 불리면 안뜰에 남겨진 가장 마지막 우리 다섯은 일렬로 저벅저벅 걸어나간다.

　그날 아침도 그러했다.

　초소 앞 어둑어둑한 곳에 우리들의 카만지르 붉은띠가 자루를 어깨에 멘 채 기다리고 있었다. 붉은띠는 언제나 작업에 나갈 땐 그 자루를 들고 있었다. 캔버스 천으로 만든 튼튼한 자루로 안에는 잡다한 것들이 들어가 있다. 붉은띠만이 아니

라 소련 작업병은 전부 그것을 가지고 있었다.

 그날 아침도 우리는 붉은띠의 뒤를 따라 일렬로 서서 곡괭이 따위를 짊어지고 강가를 향해 걸어 나섰다. 강가까지는 숲속 외길이다. 눈이 뭉쳐 우듬지에서 떨어지는 소리를 여기저기서 들으며 언제나처럼 우리는 아무 말 없이 걸었다.

 하지만 그날은 언제나 코스와 다소 달랐다. 묵묵히 카톤키를 울리며 내딛는 붉은띠를 따라 우리는 강에 놓인 조잡한 나무다리를 건넜다. 선발되어 나간 벌채반이 이미 작업을 개시한 듯 나무에 부딪히는 날붙이 소리를 오른편으로 들으며 우리는 건너편 강가를 따라 하류로 하류로 하천길을 내려갔다.

 이윽고 태양이 나왔다. 그럼에도 붉은띠는 걸음을 늦추지 않고 굽은 등 뒤로 자루를 멘 채 묵묵히 걸었다. 이윽고 우리가 파냈던 얼음 구멍이 끝나는 곳도 붉은띠는 말없이 지나쳤다. 우리도 묵묵히 그를 따랐다.

 길이 끊기자 붉은띠는 산 쪽으로 방향을 틀었다. 그곳에도 옅은 길 자취가 있었다. 붉은띠는 잠깐 뒤를 돌아보더니 따라와 라는 식으로 몸짓을 했다.

 그리고 몇 시간인가를 우리는 붉은띠를 따라 묵묵히 걸었다. 우리로선 초행인 길이다. 하지만 붉은띠는 잘 알고 있는 듯 망설임 없이 걸었다. 길이 좁고 겨우겨우 이어지는 것으로 보아 여름 즈음에 토착민 벌목꾼이 걷는 길이 아닐까 하는 생각이 들었다. 붉은띠가 우리를 어디로 데려가려 하는 건지 알 수 없었지만 우리는 달리 이상하게 여기진 않았다. 그런 것에 우리는 익숙해져 있었으니까. 오늘은 빙상청소가 아니라 다른 작업이 있나 보네 하는 식으로 생각하며 나는 걸었다.

수림 사이를 지나는 사이 이곳저곳 우듬지에서 눈이 떨어지는 소리가 끊이지 않았다. 봄이 다가와 눈이 녹기 시작했음을 알 수 있었다.

그리고 우리는 한참을 걸었다. 강을 몇 번인가 가로 건넜다. 똑같은 강줄기를 몇 번씩 몇 번씩 가로 건넜던 것은 아니고 각기 다른 강줄기 같은 느낌이었다. 강기슭의 모습이나 숲의 상태로 보아 다른 물길이라는 것을 알 수 있었다. 아무르도 이런 상류의 끝자락에선 세류가 종횡으로 뒤섞여 흐르고 있을 성싶었다. 아주 좁다란 세류는 아직 단단히 얼어붙어 있었지만 우리가 건넌 굉장히 넓은 한 강줄기는 그 중앙부 얼음이 이미 다 녹아 소리를 내며 흐르고 있었다. 우리는 다리 위에서 그를 바라보았다. 폭 석 자(약 90.9cm) 정도의 얼음 틈새로 물은 생물처럼 졸졸 흐르며 하류로 하류로 흘러가고 있었다. 오랫동안 얼음 속에 갇혀 있던 몸으로선 역시나 어렴풋이 가슴이 뛰어오를 법한 광경이었다.

그 강을 넘어 살짝 산으로 들어간 곳에 떡하니 공터가 있고 그곳에 작은 오두막 한 채가 서 있었다. 그것은 통나무를 줄줄이 엮어 세운 듯한 조잡한 작은 오두막이었다. 그 앞에서 붉은띠는 발을 멈췄다. 그리고 뒤를 돌아보았다.

"여기서 점심 휴식을 한다."

어깨를 파고들 정도로 무거워진 곡괭이 따위를 내려놓고 우리는 멈춰 섰다. 그리고서 붉은띠를 따라 오두막 안으로 들어갔다.

그 오두막에는 아무도 없었다. 간단한 선반 등이 마련되어 있었지만 도구류는 눈에 띄지 않았다. 여름철에 사냥꾼이 기거하는 대기소가 아닐까 나는 상상했다. 그러한 오두막은 수용소 근처에도 몇 채인가 있었는데 역시 그런 목적으로 지어진 듯했으니 말이다.

붉은띠도 자루를 내려놓고 그곳에서 쉬었다. 우리는 그 봉당에 나뭇조각을 모아 불을 피울 준비를 했다. 수프를 만들기 위해서이다. 네다섯 시간이나 잇따라 걸었기 때문에 우리는 상당히 지치고 현기증이 날 정도로 배도 주린 상태였다. 붉은띠는 마룻바닥에 앉은 채 말없이 우리의 동작을 물끄러미 바라보았다.

불이 활활 타오르자 우리는 반합을 걸고서 암염과 언 양배추를 넣고 상당한 양의 눈을 집어넣었다. 이윽고 그것이 보글보글 소리를 내기 시작할 즈음 우리의 손발도 점점 따뜻해지기 시작했다. 우리는 다리를 뻗고서 조금씩 잡담 등을 하기 시작했다.

앉은 채로 아무 말이 없던 붉은띠가 그때 자루를 잡아당기며 갑자기 우리에게 다음과 같은 의미의 것을 물었다.

"너희는 지금 무엇이 제일 먹고 싶나?"

물론 단어 몇몇을 늘어세웠을 뿐, 그 뒤는 무언가를 먹는 몸짓이었다. 부드러운 호기심이 붉은띠의 표정으로 떠올랐다. 아무 연관도 없이 여러 가지 질문을 하는 것이 붉은띠의 버릇이었기 때문에 우리도 웃으면서 그 질문에 이것저것 대답했다. 내가 답한 기차 도시락이라는 것이 붉은띠로선 곧장 이해가 되지는 않는듯했다. 그게 어떤 음식인지 등등 되묻곤 했다. 모두가 대답을 하자 붉은띠는 자신의 캔버스 자루 입구를 열어 속에서 납작한 형태의 무언가를 꺼냈다. 보자 그것은 에나멜을 칠한 세면기였다. 그는 그것을 불쑥 우리 쪽으로 내밀면서 억누르는 듯한 낮은 목소리로 말했다.

"이걸 나눠서 다 같이 먹어!"

보자 그 세면기 안에는 커다란 흑빵 덩어리와 커다랗게 자른 연어 토막이 겹겹이 쌓여 빼곡히 담겨 있었다. 그건 한눈에 보아도 다섯 명이 다 먹을 수조차 없을 정도의 양임을 알 수 있었다. 색깔 좋게 부풀어 오른 흑빵 곁 연붉은 연어 토막의 빛깔이 그 어떤 애달픈 선명함으로 우리의 눈에 비쳤던가.

우리는 무심결에 꿀꺽 침을 삼키며 붉은띠의 얼굴을 쳐다봤다. 붉은띠의 얼굴은 살짝 붉은 핏기를 머금고 뺨 근처에 이상한 미소를 띠고 있었다. 그것은 자애의 웃음이라기보다 오히려 부끄러움의 희미한 웃음이었다.

*

 그 어떤 산해진미도 아마 그때 그 연어의 맛에는 까마득히 미치지 못했을 것이라고 단언할 수 있다. 우리는 거의 넋을 잃은 채 틈틈이 흑빵을 씹고 그 연어 토막을 탐욕스럽게 먹어 치웠다. 생연어의 살점이 이렇게 맛있다는 것을 나는 그때까지 알지 못했다. 그것은 차가운 감촉과 함께 입안에서 부드럽게 녹아 이윽고 고귀한 달콤함으로 목구멍으로 떨어졌다. 그 맛은 훌륭한 건 물론이고 거의 슬플 정도였다. 우리는 다음에서 다음으로 손을 뻗어 세면기 안의 것을 먹어 치워 갔다.
 붉은띠는 흑빵을 갈기갈기 찢어 입으로 옮기면서 예의 회색 눈으로 우리가 먹는 모습을 희미한 웃음을 띤 채 바라보고 있었다. 그것은 우리를 보고 있다기보다 어딘가 저 멀리를 바라보는 표정이었다. 그리고 때때로 먹는 것을 멈추고 낮은 목소리로 더 먹어, 더 먹어 하고 손짓으로 우리를 재촉했다. 모닥불 위에선 반합이 부글부글 끓어오르고 있었지만 누구도 그쪽으로 고개를 돌리지 않았다. 평소라면 목구멍이 울릴 정도로 매혹적인 그 수프도 이 연어 토막을 앞에 두고선 아무것도 아니었다. 아침저녁 카샤 속에 아주 드물게 작은 연어살이 들어갈 때도 있지만 이 연어의 강렬한 맛에는 비할

바가 아니었다. 우리는 굶주린 짐승처럼 일사불란하게 한눈팔지 않고 먹어치웠다. 더 먹어 하고 붉은띠가 재촉할 필요도 없이. 그리고 몇십 분인가 뒤 우리는 목구멍 입구까지 연어를 가득 채우며 엄청난 포식을 했다.

우리는 서로 담배를 붙이며 각자의 꽉 찬 배를 꼼꼼히 확인했다. 그제야 살 것 같다는 느낌이 들었다. 배가 부르고서야 비로소 지금껏 계속 배를 주리던 날들이 실감 나기 시작했다. 그리고 우리에게 먹이기 위해 이렇게 다량의 연어를 짊어지고 온 붉은띠가 절절하게 가슴속으로 파고들었다.

우리는 저마다 붉은띠에게 감사를 표했다. 그러자 붉은띠는 갑자기 곤혹스럽다는 표정을 지으며 그러지 말라는 식으로 손을 흔들었다.

"너희들은 체력이 약하니까." 붉은띠는 손을 뻗어 우리 몸집의 가느다란 윤곽을 본떠 그려 보였다. ─ "빨리 강해져서 벌채라도 할 수 있게끔 되어야 해. 빙상청소 따위는 제대로 된 일이 아니야."

그것은 차분한 음성이었다.

잠시 휴식한 뒤 그날 작업이 시작되었다. 작업이란 그 오두막에서 강가까지 길을 내는 작업이었다. 길을 낸다고 해도 이미 길처럼 보이는 흔적이 있어 그곳에 쓰러져 가로누워 있는 나무나 아래로 늘어진 우듬지를 없애기만 하면 되었다. 배가 꽉 차도록 먹어 기운도 나고 일도 편하여 작업은 상당히 순조로이 진행되었다. 네 시간 정도 만에 모두 끝났다.

그리고 나서 아침에 온 길을 거꾸로 거슬러 붉은띠가 인솔해 수용소로 돌아가게 된 것은 어두워진 즈음이었다. 언제나처럼 우리를 초소 감시병에게 넘긴 뒤 붉은띠의 굽은 뒷모습은 우리로부터 멀어져 땅거미 저편으로 사라져 갔다. 등에 짊어진 캔버스 자루를 나풀거리며. ─

카만지르로서 붉은띠를 본 것은 이것이 마지막이었다. 다음날이 되자 우리에겐 다른 새로운 소련병이 카만지르 소임을 맡았다. 붉은띠의 모습은 어디서도 보이지 않았다. 언젠가 말했던 것처럼 다른 수용소로 전속되어 떠난 것이 틀림없었다.

─그때 비로소 우리는 붉은띠가 우리에게 성찬을 베푼 의미를 깨닫게 되었다.

*

그 이후 붉은띠와는 딱 한 번 만난 적이 있다.

그해 여름이었다.

나는 도로 작업을 하고 있었다. 체력도 상당히 회복해 있었다. 식사량도 조금씩 늘어났고 눈이 녹은 이후로 들풀이나 개구리나 뱀 따위를 먹을 수 있게 되었기 때문에. 겨울 동안과 비교하면 가슴이나 팔에 살이 훨씬 붙었다.

그 작업장에 붉은띠가 느닷없이 모습을 비췄던 것이다.

"이바노프." 하고 나는 나도 모르게 불렀다.

붉은띠는 나를 보고 몹시 반가워하는 듯한 표정을 지었다. 그리고서 내 쪽으로 다가왔다.

붉은띠는 다소 야윈 듯했다. 여름을 타는 것이었다. 추위에는 그렇게나 강한 붉은띠도 여름에는 무르고 약한 듯했다. 얇은 셔츠로 붉은 가슴 털이 난 가슴이 엿보였지만 생각만큼 훌륭한 체격은 아니었다. 겨울 동안은 우리보다 훨씬 훌륭한 몸이라는 생각이 들었는데 두꺼운 옷을 입지 않는 계절에는 생각 외로 빈약한 몸집이었다. 나 따위와 그다지 달라 보이지 않았다.

" ― 서쪽으로 돌아가."

하고 붉은띠가 내게 말했다. 그 표정이나 목소리에 뭔가 쾌활한 뉘앙스가 담겨 있음을 나는 유의했다.

그 이후 붉은띠는 좀 더 내륙지방 수용소로 이동했고 그리고서 이번엔 훨씬 서쪽으로 돌아간다는 얘기였다. 도중 여기에 잠깐 들렀던 모양이다.

붉은띠는 그때 세련된 모양의 납작모자를 쓰더니 예의 캔버스 자루를 내려놓았다.

예전 빙상청소반원의 소식 따위를 물어본 뒤 붉은띠는 손을 뻗어 내 어깨와 팔을 쿡쿡 찔렀다.

"몸이 좋아졌네."

그렇게 말하며 붉은띠는 놀리는 듯한 미소를 뺨에 띄우며 나에게 덤볐다.

"씨름해볼까."

점심 휴식시간이었기 때문에 조금 떨어진 풀밭 위에서 우리는 씨름을 했다. 풀밭에 모기떼가 윙윙 날아다니고 있던 것을 나는 기억한다. 씨름은 내가 한 번 이기고 한 번 졌다. 붉은띠의 몸에선 아몬드 같은 체취가 났다.

그 이후로 나는 붉은띠를 보지 못했다. 이제 평생 만날 일도 없을 것이다. 하지만 내지(內地)로 돌아온 지금도 나는 가끔씩 붉은띠를 그립게 떠올린다. 지극히 짧은 접촉에다 어떠한 배경의 남자인지 결국 모르는 채로 끝나버렸지만 그 인상은 아직도 나에게 선명히 되살아난다. 약간의 소설적 상상력을 더하자면 혹 붉은띠는 정말 유형수로 그때 풀려나 고향으로 돌아가는 도중이었을지 모른다는 생각도 든다.

그리고 그때 먹었던 연어만큼 맛있는 연어는 내지에 돌아와서도 나는 여태 먹어본 적이 없다. 그즈음 기차 도시락 꿈을 자주 꿨던 것처럼 요즘도 때때로 나는 연어 꿈을 꾼다. 꿈속의 그 연어는 다소 거친 단면을 까발린 채 하얀 에나멜 세면기 속에 빼곡히 쌓여 담겨 있다. 하지만 대개 먹어보기도 전에 잠에서 깨는 것이 보통인 듯하다.

(1949. 9. 「문학계文學界」)

대왕 고양이의 병

 바로 반년 정도 전부터 고양이 숲에 사는 고양이 대왕의 몸 상태가 도무지 즐겁지 못했습니다.
 어디라고 콕 집어 안 좋은 부분이 있는 건 아니지만 어쩐지 쉽게 피곤해지고 식욕도 감퇴하고 다리를 쭉 뻗어보아도 도무지 예전처럼 기운이 나지 않는 것입니다. 이는 즉 공평한 바, 상당히 오랫동안 살아왔기 때문에 슬슬 노쇠기에 접어들던 것이겠죠. 스스로는 젊다고 생각해도 신체 쪽에서 말을 듣지 않는 셈입니다.
 고양이 숲 한중간에 있는 버섯뜰 근처를 그날 아침도 고양이 대왕은 안절부절 꼬리를 흔들면서 비트적비트적 왔다 갔다 하고 있었습니다. 눈을 반짝반짝 빛내며 라고 하고 싶지만 이제 어느덧 눈도 침침하게 흐려져 총체적으로 암울한 기색이었습니다.

꼬리를 흔드는 건 대왕이 화가 나 있을 때의 버릇인데 이제는 그 꼬리 또한 여기저기 털이 뽑혀 피혁 빛깔의 살갗이 군데군데 드러나 있습니다. 이는 대왕이 젊은 시절부터 걸핏하면 화를 내며 지나치게 꼬리를 흔들고 다닌 탓도 있었습니다.

그곳으로 밤나무 오솔길 쪽에서 아침 햇살을 가르며 아부 고양이와 웃음 고양이와 투덜 고양이가 뭔가 잡담을 나누면서 종종걸음으로 걸어왔습니다. 그리고 대왕의 얼굴을 보고서 일제히 멈춰 서서 입을 모아 비위를 맞추며 인사를 했습니다.

"안녕하십니까, 대왕님."

대왕은 세 마리를 흘끗 쳐다보고서 뺨을 씰룩씰룩 움직였지만 그것이 별다른 목소리가 되지는 않는 듯했습니다. 뭔가 입을 여는 것도 괴로운 듯한, 즐겁지 않은 듯한 표정입니다. 그래서 세 마리는 서로의 얼굴을 쳐다보았는데 아부 고양이가 잽싸게 대왕 앞으로 불쑥 뛰어들며 말했습니다.

"대왕님 오늘 아침도 기체 평안히 —."

아부 고양이가 거기까지 말을 하고 있는데 대왕 고양이는 불끈 화가 난 표정으로 말을 가로막았습니다.

"돌팔이 고양이를 불러오너라. 그것도 몹시 서둘러서."

돌팔이 고양이란 고양이 숲 삼번가 일번지에 개업한 의사 고양이를 말합니다. 그래서 세 마리는 다시 얼굴을 마주 바라보며 서로 눈을 깜빡깜빡거리더니 이번엔 세 마리가 다 함께 입을 열었습니다.

"대왕님. 어디 몸이라도—."

"상태가 안 좋아!"

하고 대왕 고양이는 말했습니다. 태엽이 헐거워진 듯한, 줄기가 뒤엉킨 듯한 그야말로 이상한 떨림의 목소리였습니다.

"오늘 아침 식사 때 무심코 혀를 깨물었다."

그리고서 대왕 고양이는 입을 크게 벌리더니 날름 혀를 내밀어 보여주었습니다. 세 마리가 고개를 뻗어 들여다보자 자줏빛 백태로 뒤덮인 길쭉한 혀 끝부분에 이빨 자국이 서넛 나 있고 그곳에 피가 엷게 배어 나와 있었습니다. 그 모양이 짓밟힌 애벌레와 다소 비슷했기 때문에 웃음 고양이는 무심코 키긱 웃음소리를 내고 말았습니다. 그러자 대왕 고양이는 날름 혀를 집어넣으며 무서운 눈빛으로 웃음 고양이를 노려보았습니다. 그리고 돌연 호통을 치려는 것처럼 보였지만 그보다 먼저 아부 고양이가 속사포로 소리 질렀습니다.

"이놈들. 웃음 고양이에 투덜 고양이. 서둘러 돌팔이 고양이한테 다녀와라. 보폭은 넉 자 여덟 치(약 145.4cm), 특별 긴급속도다!"

대왕 고양이는 아부 고양이가 선수를 쳤기 때문에 순간 기세가 꺾여 축 처져 웅숭그리며 힘없이 말했습니다.

"빨리 다녀오거라."

"빨리 다녀오거라."

하고 아부 고양이가 간드러진 목소리로 그렇게 말을 따라 했습니다. 그러자 투덜 고양이가 불만스럽게 입을 삐죽거렸습니다.

"그야 나는 가야지. 가긴 갈 건데 그럼 넌 어쩌겠다는 거야."

"나? 난 여기 남아서." 하고 아부 고양이는 앞다리로 휙 얼굴을 닦았습니다. "대왕님의 간호를 맡는다."

"치사해. 아무리 그래도 그렇지 치사하다고. 남들만 일 시키고 자기는 편하게 있고."

"그런 게 아니야. 그럴 리가 있겠나. 그럼 니가 간호를 맡아. 간호과 제9장을 알고 있나?"

그러자 투덜 고양이는 아무 말도 하지 못하고 입을 다물고 말았습니다. 제9장은커녕 제1장도 몰랐기 때문입니다. 아부 고양이는 득의양양해져 가슴을 젖히고 큰 소리로 명령했습니다.

"다녀와라. 출발."

대왕 고양이는 지극히 우울해 보이는 표정으로 이들이 주고받는 말을 멍하니 바라보다가 빨려들듯 자신도 입을 우물우물 움직였습니다.

"출–발."

웃음 고양이와 투덜 고양이는 대왕 앞에 정렬하여 척 거수경례를 한 뒤 우측으로 돌아, 자앗 하는 구호와 함께 굉장한 속도로 밤나무 오솔길 쪽으로 뛰어갔습니다. 나무 사이를 누비는 아침 햇살이 그로 인해 흔들흔들흔들 진동했을 정도입니다.

대왕 고양이는 크흠 기침을 하고서 몸을 평평하게 쭉 뻗으며 말했습니다.

"여봐라. 아부 고양이. 잠깐 내 허리를 주물러다오."

"예 알겠습니다. 대왕님."

아부 고양이가 허리를 주무르는 사이 웃음 고양이와 투덜 고양이는 맹렬한 스피드로,

"대왕님이 편찮으시다."

"대왕님이 편찮으시다."

호흡 사이마다 그렇게 소리치며 삼번가 방향으로 질주하고 있었습니다. 여하튼 보폭이 넉 자 여덟 치라 인간도 어려운 것을 더구나 고양이이기 때문에 뒷다리 킥에 상당한 힘을 쏟아야 했던 것입니다. 그래서 일번지 돌팔이 고양이네 앞까지 도착하자 두 마리 모두 완전히 녹초가 되어 숨결도 풀무처럼 거칠어지고 잠시 동안은 목소리도 제대로 나오지 않는 모양이었습니다. 두 마리 모두 일거에 무게가 삼백 돈쭝(약 1.125kg) 정도는 줄어버린 것 같았습니다.

"무슨 일인가."

말도 안 될 정도로 커다란 한 그루 죽순대의 아래에서 세 번째 마디를 도려낸 창으로 코안경을 쓴 돌팔이 고양이가 고개를 내밀며 위엄 있게 말하였습니다.

웃음 고양이와 투덜 고양이는 나란히 서서 양 앞다리를 위로 올려 옆으로 돌리는 심호흡 운동을 앞뒤로 다섯 번 정도 되풀이했습니다. 그리고서 교대로 입을 열었습니다.

"대왕님이 편찮으십니다."

"매우 중태이십니다."

"무심코 혀를 깨무셨습니다."

"그래서 모시러 왔습니다."

"부디 서둘러 와주십시오."

"부탁드립니다."

돌팔이 고양이는 두 마리 고양이의 얼굴을 코안경 너머로 번갈아 쳐다보다가 이윽고 흥 하는 표정으로 고개를 집어넣더니 곧 뿌리 문 근처에서 종종걸음으로 나왔습니다. 겨드랑이로는 벌써 대나무 껍질로 만든 커다란 진찰 가방을 끌어안고 있었습니다. 그것을 보고 투덜 고양이는 갑자기 불안해지기 시작해 살짝 떨리는 목소리로 물었습니다.

"대왕님은 어떠신가요. 나으실 수 있으신 건가요."

"설마 돌아가시거나 하는 건 아니겠죠."

하고 웃음 고양이가 질세라 덧붙였습니다.

"그건 몰라." 하고 돌팔이 고양이는 코안경을 밀어 올리며 거만하게 답했습니다. "속담에도 Xerxes did die, so must we 라는 말이 있으니."

돌팔이 고양이가 순간 학식을 드러냈기 때문에 그다지 학식이 없는 웃음 고양이와 투덜 고양이는 완전히 풀이 죽어 서로의 얼굴을 바라보았습니다. 돌팔이 고양이는 시치미를 떼는 표정으로,

"그럼 가볼까."

하고 대나무 껍질 가방을 내밀었습니다. 이는 두 마리 고양이가 들고 가라는 것입니다. 두 마리는 허겁지겁 그것을 받아들며 입을 모아 말했습니다.

"그럼 보폭은 석 자 여섯 치(약 109.1cm)로 부탁드립니다."

그야 그렇죠. 무거운 가방을 껴안고 그렇게 넉 자 여덟 치(약 145.4cm)라니, 이는 고양이의 재주 바깥입니다.

그런데 대왕 고양이 쪽에선 아부 고양이에게 허리를 주무르게 하고 네 다리를 주무르게 하고 그다음 뒤집어서 등뼈를 지압하게 하고 이어서 목덜미를 꾹꾹 누르게 하고 있었는데 아직 돌팔이 고양이는 보이지 않습니다. 아부 고양이는 주무를 대로 주물러 조금은 안달복달한 듯 어느덧 될 대로 되라는 기세로 대왕 고양이의 목덜미를 쥐어뜯고 두들겨 패고 있었습니다. 이럴 거면 심부름을 나가는 편이 더 나을 뻔했어, 그렇게 생각하는 듯한 찌푸린 표정이었습니다. 그런데 대왕은 그런 난폭한 주무르기가 의외로 마음에 드는 듯 눈을 가

늘게 뜬 채 목구멍을 고롱고롱 울리고 있었습니다. 이는 분명 대왕의 혈압이 높아 목덜미가 돌처럼 굳어 있는 탓일 겁니다.

바로 그때 밤나무 오솔길 쪽에서 영차영차 오전 공기를 가르듯 돌팔이 고양이 일행이 한 줄로 서서 달려왔습니다. 돌팔이 고양이는 코안경이 신경 쓰이고, 웃음 고양이와 투덜 고양이는 진찰 가방을 양쪽에서 끌어안고 있고, 이러한 탓에 그 스피드 또한 그다지 빠르지 않았습니다. 아부 고양이는 그를 곁눈질로 노려보며 중얼거렸습니다.

"그렇게 넉 자 여덟 치라고 말했더니, 칫 저래서야 석 자 여섯 치는커녕 끽해봐야 두 자 넉 치(약 72.7cm)일 거 아냐."

"뭘 투덜투덜대는 게냐."

하고 대왕 고양이가 귀에 거슬려 고개를 뒤쪽으로 돌렸습니다. 순간 목이 뒤틀려 삐걱 울린 듯 대왕은 아야야야야야얏 하고 얼굴을 찌푸렸습니다.

"아뇨. 돌팔이 고양이 일행이 온 듯하옵니다."

"어디어디."

대왕이 밤나무 오솔길로 눈길을 돌렸지만 시력이 약해 제대로 인식하지 못하는 와중에 돌팔이 고양이 일행은 금세 버섯뜰로 기세 좋게 뛰어들어 와 휙 일렬로 정렬했습니다. 웃음 고양이가 커다란 목소리로 복명했습니다.

"웃음 고양이, 지금 막 돌팔이 고양이를 끌고 돌아왔습니다."

"투덜 고양이, 이하동문!"

투덜 고양이도 행여 질세라 큰 소리로 외쳤습니다.

돌팔이 고양이는 완전히 짐짝 취급을 받아 욱하고 화가 난 듯, 두 마리를 노려보며 뭔가 말을 하려 했지만 그 전에 대왕 고양이가 앞다리를 들어 손짓으로 불러 두 마리로부터 진찰 가방을 낚아채듯 굴고는 대왕 앞으로 다가갔습니다.

"대왕님, 무슨 일이십니까."

아무리 거만한 돌팔이 고양이라도 대왕 고양이 앞에선 그런 식으로 퉁명스레 으스댈 순 없습니다. 허리를 살짝 굽힌 아주 신묘한 태도였습니다.

대왕 고양이는 번번이 눈을 끔뻑이며 다소 서럽다는 듯이 돌팔이 고양이의 얼굴을 올려다보았습니다.

"몸 여기저기가 어찌 된 일인지 상태가 무척 안 좋아."

"혀를 깨무셨다고 하던데."

"맞아."

"잠깐 보죠."

대왕 고양이는 웃음 고양이를 곁눈질로 힐끗 노려보며 화가 치민다는 듯이 날름 혀를 내밀었습니다. 돌팔이 고양이는 진찰 가방 안에서 대나무 주걱을 꺼내 그걸로 대왕의 혀를 눌러보거나 가볍게 훑어내리곤 했습니다. 그리고서 짚이는 것이 있는 것처럼 물었습니다.

"오늘 아침은 뭘 잡수셨죠?"

"곤약을 먹었다." 하고 대왕은 재빨리 혀를 집어넣으며 조금 부끄러운 듯 수염을 바들바들 떨었습니다. "곤약을 먹는데 입속에서 곤약인지 혀인지 헷갈려선 무심코 착각하고 잘못 깨물어버린 거다."

웃음 고양이가 갑자기 고개를 돌리고 황급히 양 앞다리로 입을 꽉 누르며 푸풉 하는 압축음을 냈습니다. 돌팔이 고양이는 에헴 하고 헛기침을 하며 타이르듯 말했습니다.

"벌써 감각이 상당히 둔감해지셨군요. 이제 앞으로 곤약처럼 헷갈리기 쉬운 것들은 일절 섭취하시지 마십시오."

"응. 나도 딱히 먹고 싶었던 건 아닌데 오늘 아침엔 어쩐지 몸이 굉장히 나른하고 전신에 모래가 쌓여 있는 것 같은 기분이 들어서." 하고 대왕 고양이는 비참하다는 듯이 끄덕끄덕했습니다. "그래서 어디 고장이라도 난 건가."

"반고리관 및 미주신경 장애."

하고 말이 떨어지자마자 돌팔이 고양이는 명의처럼 척척 대답했습니다.

"거기에 설하선도 살짝 노쇠현상을 보이고 있습니다."

대왕 고양이는 고개를 홱 옆으로 돌리며 끄윽 하고 비참한 울음소리를 냈습니다.

"끄윽. 그에 대한 치료법은?"

"뭐 개다래나무 같은 게 좋겠죠."

그렇게 말하며 돌팔이 고양이는 진찰 가방에서 청진기를

천천히 꺼냈습니다. 가방은 대나무 껍질제라 여닫을 때마다 버스럭버스럭 하는 소리를 내곤 했습니다.

"일단 전부 진찰해보겠습니다."

그리고서 돌팔이 고양이는 청진기 고무를 귀에 끼우고 대왕 고양이의 몸을 뒤로 눕혔다가 뒤집었다가, 둥글게 말았다가 평평하게 뻗게 했다가, 그리고서 군데군데 청진기를 가져다 대며 또 그럴듯한 손동작으로 타진 같은 걸 해보곤 했습니다. 아부 고양이와 웃음 고양이와 투덜 고양이는 결과가 어떠한지 눈에 핏발을 세운 채 대왕의 몸뚱이와 돌팔이 고양이의 안색을 번갈아 살피고 있습니다. 그들의 표정은 완전히 진지함 그 자체였습니다.

돌팔이 고양이는 이윽고 서둘러 진찰을 마친 뒤 청진기를 둘둘 말아 가방 안에 집어넣고 팔짱을 낀 채 고개를 갸웃거리며 후우우 하고 큰 한숨을 내쉬었습니다. 대왕 고양이는 몸을 움찔 떨며 흠칫흠칫 한쪽 눈만 뜬 채 돌팔이 고양이를 올려다보았습니다.

"또 달리 어디 고장이 난 곳이 있는 건가?"

돌팔이 고양이는 팔짱을 낀 채 시선을 허공에 띄우고 가만히 침묵했습니다. 참다못한 듯이 아부 고양이가 옆에서 끼어들었습니다.

"이봐 돌팔이 고양이 양반. 뭔가 말을 해보게. 대왕님은 아주 괜찮으시겠지? 그래. 아주 건강하시다고 말해주게나."

대왕 고양이의 병

돌팔이 고양이는 아부 고양이에게 힐끗 차가운 일별을 던지고는 조용히 고개를 흔들었습니다. 그 거만한 태도가 아부 고양이의 비위를 울컥 건드린 모양입니다.

　　"뭐야. 대왕님께서 건강하지 않으실 리가 있나. 건강 그 자체이신 분이야. 내가 잘 알아. 내 쪽이 훨씬 허약할 정도라고. 그래서 나는 밤낮으로 대왕님을 근처에서 모시며 은택을 옹망하는……."

　　"뭐라고. 노망이라고!"

　　대왕 고양이가 듣다가 발끈 화를 내며 고개를 번쩍 쳐들었습니다.

　　"아뇨, 아뇨. 노망이 아니라 옹망한다고 하였사옵니다."

　　"허 이런. 귀도 고장이 났군요."

　　돌팔이 고양이는 가방 안에서 가느다란 쇠막대를 허겁지겁 끄집어내 대왕 고양이의 머리를 불쑥 꾹 누르며 그 끝을 오른쪽 귓속에 살포시 찔러넣었습니다. 도중에 군데군데 걸리는 곳이 있는 듯했지만 아무튼 그 쇠막대는 차례차례 귓구멍으로 빨려 들어가 이윽고 그 끝이 왼쪽 귓구멍으로 짤그락짤그락 튀어나왔습니다. 그 사이 대왕 고양이는 아주 체념한 듯 미동도 하지 않았습니다.

　　"이런 이런. 생각한 대로야."

　　쇠막대를 귀에서 쭉쭉 뽑아내며 돌팔이 고양이가 중얼거렸습니다.

"고막도 구멍투성이고 내이도 부식되고 있고 오른쪽에서 왼쪽으로 완전히 뻥 뚫려 있어."

"어떡해야 하지."

대왕 고양이는 신음하듯이 말했습니다.

"개다래나무 연고가 최후의 수단일 겁니다." 하고 돌팔이 고양이는 시치미를 떼는 표정으로 말했습니다. "게다가 간도 상당히 상해서 이미 페이스트 상태를 보이고 있어요. 조속히 조치를 취해야 합니다."

"어떤 조치를 해야 하나."

"개다래나무오닌이 좋겠죠. 그리고 또 좌골신경장애. 자, 여기를 누르면 무척 아프시죠?"

"응. 아, 아야야야야얏!"

"개다래나무 잎을 으깨 바르시는 겁니다. 아침저녁 두 번 정도가 좋을 겁니다."

"그리고 최근에 뭣만 하면—." 대왕은 가슴을 눌렀습니다. "곧바로 심장이 두근두근거리는데."

"심계항진이실 겁니다. 이것들 모두 노쇠에 따른 전형적인 증상들로—."

"뭐. 노쇠라고."

하고 대왕 고양이는 눈을 부릅떴습니다.

"실로 너는 말하기 어려운 것도 아주 단언하는 고양이구나. 그래 좋다. 그렇다면 노쇠라는 현상에는—."

대왕 고양이의 병

"개다래나무가 좋을 겁니다."

이는 돌팔이 고양이뿐만 아니라 다른 세 마리 고양이도 함께 합창하듯 말한 것이라 대왕 고양이는 발끈 화를 내며 두 자(약 60.6cm) 정도 펄쩍 뛰어오르며 온몸의 털을 바득바득 곤두세웠습니다.

"뭘 물어도 개다래나무, 개다래나무, 개다래나무다. 이 엉터리 의사놈. 약은 그것밖에 모르는가. 여봐라, 투덜 고양이. 뛰어가서 문화 고양이를 서둘러 불러와라!"

"문화 고양이는 최근 한동안 족제비 숲으로 강연 여행을 떠나 있습니다."

"뭐라고. 강연 여행이라고? 그런 쓸모없는 놈. 여봐라 돌팔이 고양이. 넌 최근에 전혀 공부를 하지 않았군. 개다래나무가 뭐야." 대왕 고양이는 화가 나 꼬리를 마구 거칠게 흔들어대며 씩씩거리며 숨을 거칠게 헐떡였습니다. "개다래나무 같은 건 구식이야. 완전히 구식이라고. 십구 세기 유물이야. 지금은 이미 이십 세기라고!"

돌팔이 고양이는 이처럼 바로 정면에서 통렬히 면책을 당해 순간 완전히 겁에 질려 몸을 떨며 허겁지겁 앞다리를 가방에 쑤셔 넣고 뒤적뒤적 휘젓던 끝에 작은 쥐가죽 표지의 수첩을 꺼냈습니다. 이는 아마도 의사의 염마장 같은 것이겠죠. 돌팔이 고양이는 황급히 앞다리에 침을 묻혀 종잇장을 펄럭펄럭 넘겼습니다.

"저어어. 그으. 대왕님. 화내시지 마시고. 공부하지 않거나 한 건 절대로 아닙니다. 저어어. 그래그래, 여기에 곰팡이, 항생물질이라고 쓰여 있습니다. 이러한 것 등이 노쇠에 —."

"뭐. 이 나에게 곰팡이를 먹일 생각인갓!"

"아뇨, 아뇨." 돌팔이 고양이는 허둥지둥 다음 장으로 넘기며 코안경의 위치를 바로잡았습니다. "저어어, 다음은 엽록소. 이건 최신 학설이옵니다. 이를 섭취함에 따라 체내 세포가 완전히 갱신되어."

"엽록소라는 게 뭐냐."

"예 나뭇잎 따위에 함유되어 있는 천연 자연, 귀중한 원소입니다."

세 마리 고양이들은 거만한 돌팔이 고양이가 움츠러들어 서로 눈짓으로 통쾌해하고 있었습니다. 대왕 고양이는 곤두세운 등 털을 살짝 납작하게 만들었습니다.

"가령 그건 어떤 식물에 풍부하게 함유되어 있는가."

"예." 하고 돌팔이 고양이는 눈을 깜빡깜빡거렸습니다. "그게에, 가령 고양이풀이라든가 —."

"아아, 그건 안 돼." 대왕 고양이는 앞다리를 팔랑팔랑 흔들었습니다. "그걸 보면 나는 부글부글 화가 나."

"그럼 뾰족뾰족한 동백나무 잎사귀는 어떠십니까. 매일 식전 다섯 장씩."

대왕 고양이는 잠시 눈을 감고 까득까득 턱을 움직이며 동백의 맛을 상상하는 것처럼 보였는데 이내 번쩍 눈을 부릅뜨며 내뱉듯이 말했습니다.

"그다지 마음이 동하지 않아. 네 공부는 그걸로 끝인가."

"아뇨, 아뇨." 돌팔이 고양이는 될 대로 되라는 기세로 다음장을 넘겼습니다. "그으. 그으게. 뇌하수체. 그래, 그래, 이게 제일입니다. 이거라면 일발 즉효입니다."

"즉효라고?"

"예. 이건 소의 뇌하수체이온데 이를 채취하여 내복하거나 이식하거나 하시면 순식간에 십오 년 정도는 젊어지실 겁니다."

대왕 고양이는 다시 잠시 눈을 감고서 어깨를 힘껏 으쓱거렸습니다. 이는 한번 소 흉내를 내본 것입니다. 바로 눈을 뜨더니 어느 정도 만족한 듯 싱글벙글하며 말했습니다.

"그건 좋다. 재밌겠군. 그럼 당장 그걸로 일발 해주게."

"지금 말씀입니까?" 돌팔이 고양이는 서둘러 수첩을 주머니에 넣으며 좁은 이마를 손수건으로 쓱쓱 닦았습니다. "아쉽게도 지금 당장은 수중에 가지고 있는 게 없습니다. 잠시만 더 유예해주시길."

"뭐. 지금 수중에 없어?" 대왕 고양이의 목소리는 다소 거칠어져 등 털도 다시금 비스듬히 솟아올랐습니다.

"어디로 가면 바로 손에 넣을 수 있는 건갓!"

"우시가하라(牛ヶ原)로 가면 그 근방에 검은 소가 다소 있

으니 혹 그에게 부탁하면 나누어 줄지도 모릅니다."

"좋아. 그럼 당장 하인들을 파견한다!"

대왕 고양이는 힐끗 고개를 세 마리 고양이 쪽으로 돌렸습니다. 세 마리 고양이는 이것저것 따져본 듯 일제히 한 발짝 두 발짝 뒷걸음질을 쳤습니다. 이는 검고 크고 힘도 세, 그것과의 교섭은 그다지 마음에 드는 역할이 아니었기 때문입니다.

"그럼 너희들은 곧장 우시가하라를 향해 출발하라."

"허나, 대왕님."

하고 웃음 고양이가 미련이 남는 듯 제자리걸음을 하면서 말했습니다.

"저희는 아직 임무 내용을 확실히 전해 받지 못했습니다."

"좋다. 돌팔이 고양이. 임무 내용을 상세히 설명하라."

돌팔이 고양이는 다시 손수건으로 연신 얼굴을 닦으며 세 마리 쪽으로 몸을 돌렸습니다. 식은땀이 쉴 새 없이 흘러나오는 모양입니다.

"저어 그니까, 이는 간단하다." 돌팔이 고양이의 목소리는 절로 괴로운 듯한 문어 투가 되었습니다. "우시가하라로 향해 먼저 검은 소를 찾는다. 찾아내면 귀하의 뇌하수체를 조금 나누어달라고, 상대가 화가 나지 않도록 정중히 부탁한다. 건너편이 승낙하면 뇌하수체를 재빨리 채취해 서둘러 돌아온다."

"어떤 방법으로 채취하는 겁니까." 하고 투덜 고양이가 두려운 듯이 물었습니다.

"그으으. 그것도 간단하다." 하고 돌팔이 고양이는 분주하게 손수건으로 얼굴을 털 방향과 반대 방향으로 문질렀습니다. 손수건은 이미 빨아들인 땀으로 흠뻑 젖어 있는 듯했습니다. "검은 소에게 먼저 위쪽을 향해달라고 부탁한다. 그, 그리고서 검은 소의 콧구멍으로 앞다리를 조금씩 조금씩 집어넣는다. 오른쪽 구멍이든 왼쪽 구멍이든 어느 쪽이든 상관없지만 다만 재채기를 할 염려가 있으니 사전에 앞다리는 잘 씻어 둘 것. 우선 앞다리 관절까지 집어넣으면 뭔가 물렁물렁한 걸 분명 찾게 될 테니 거기에 발톱을 세워 힘껏 끌어당길 것. 그 뒤엔 그걸 끌어안고 뒤도 돌아보지 않고 쏜살같이 뛰어 돌아오면 된다."

"뒤를 돌아보면 안 되는 건가요?"

"돌아보지 않는 편이 좋을 거야." 하고 돌팔이 고양이는 부르릉 얼굴을 털어 식은땀을 날려버렸습니다. "만일 돌아보기라도 하면 어떻게 되는지는 더 이상 보증할 수 없다!"

그 한마디를 듣고 세 마리 고양이는 일제히 부들부들 몸을 떨었습니다. 듣는 것만으로도 무시무시한 이야기였기 때문입니다. 특히 투덜 고양이 같은 녀석은 눈앞이 핑핑 돌아 툭 쓰러져 버릴 것 같았으나 다리로 간신히 버티며 마지막 질문을 던졌습니다.

"만약 검은 소께서 싫다고 하시면—."

"다른 검은 소를 알아본다."

"그럼 검은 소께서 뇌하수체를 나눠주는 대신—." 하고 투덜 고양이는 이에 크게 숨을 들이마셨습니다. "그 대신 고양이 숲 일부를 할양하라든지, 고양이적 자원을 공출하라든지, 그런 말을 꺼낸다면 어떻게 조치해야 할까요."

"그건 안 돼!"

하고 대왕 고양이가 얼굴을 찡그린 채 당황하여 내뱉듯이 말했습니다.

"아니 괜찮을 겁니다. 검은 소 같은 부류는 지극히 선량한 종이니까." 하고 돌팔이 고양이는 진찰 가방을 옆구리에 끼고 벌써 반쯤 도망칠 자세를 취하며 간드러진 목소리를 냈습니다. "그런 악랄한 짓을 설마, 미국도 아니고."

"좋아. 출발!" 하고 대왕 고양이가 초조하게 앞다리를 흔들었습니다. "시급, 우시가하라를 향해 전진 개시!"

"웃음 고양이에 투덜 고양이!" 하고 대왕 고양이의 호령에 편승하여 아부 고양이가 소리를 질렀습니다. "즉각 우시가하라를 향해 출발 전진. 식량 한 끼분 지참. 원거리이므로 보폭은 석 자 여섯 치(약 109.1cm)면 된다. 다만 돌아올 때는 넉 자 여덟 치(약 145.4cm)로 늘리지 않으면 생명을 보장할 수 없음을 유념하도록. 그럼 가거라, 용감한 젊은 고양이여!"

"이 멍청아. 이런 쓸모없는 놈!"

대왕 고양이는 격노한 나머지 욱하여 두세 번 깡충깡충 뛰어오르며 아부 고양이를 노려보았습니다.

"농땡이도 작작 부려라. 아까도 이 내가 노망났다고 지껄이더니!"

"예. 무슨 일이십니까."

"무슨이고 나발이고." 하고 대왕 고양이는 왕으로서 품행도 잊고 천박한 말투로 욕을 퍼부었습니다.

"가는 거라고. 니가 선두에 서서 출발하는 거라곳!"

"아니, 제가 말입니까?" 하고 아부 고양이는 넋이 나간 표정을 지었습니다.

"그래. 그게 당연하지."

"하지만 저는 여기 남아 대왕님의 간호를 —."

"간호는 돌팔이 고양이가 남는다!" 하고 대왕 고양이는 호통을 쳤습니다. "도시락을 싸서 빨리 사라져!"

가방을 껴안고 도망칠 자세를 취하던 돌팔이 고양이는 대왕 고양이에게 어깨를 붙잡혀, 기대가 어긋난 듯이 지면에 털썩 주저앉았습니다.

세 마리는 원망스럽게 그 돌팔이 고양이를 노려본 뒤 제각각 분담하여 대왕의 남은 아침 곤약과 그 근방에 자라고 있는 버섯을 꾸물꾸물 도시락 주머니에 쑤셔 넣고 각자 이를 목에서 겨드랑이로 걸쳐 멨습니다. 그중에서도 아부 고양이의 동작이 가장 꾸물댔던 것은 이 우시가하라행이 가장 마음이 내키지 않았던 탓일 겁니다. 하지만 결국 준비가 끝나버렸기 때문에 세 마리는 아부 고양이를 가장 우측으로 마지못해 일렬횡대로 서서 아부 고양이가 우선 서글프게 소리쳤습니다.

"아부 고양이, 지금부터 우시가하라를 향해 검은 소 두개 골에서 뇌하수체를 탈취하고 돌아오겠습니다!"

그리고 아부 고양이는 눈을 부릅떠 돌팔이 고양이를 노려보았습니다.

"웃음 고양이, 이하동문!"

"투덜 고양이, 이하동문!"

그리고서 두 마리는 일제히 돌팔이 고양이를 부릅뜨고 노려본 뒤 시선을 대왕에게 돌려 이번에는 대왕의 얼굴을 꾹 노려보았습니다. 그러자 대왕은 무슨 착각을 한 건지, 아주 만족한 듯 싱글벙글 장중한 말투로 훈시를 내렸습니다.

"좋다. 지금 그대들의 눈빛을 살펴봄에 번뜩번뜩하니 보는 것만으로도 투지가 흘러넘친다. 나는 만족하는 바이다. 그 투지를 가지고 우시가하라로 직행하여 교언영색을 통해 지묘한 교섭을 달성하여 순조로이 뇌하수체를 획득하여 귀환하라. 출발!"

"출발. 우향우!" 하고 아부 고양이가 그다지 힘이 들어가지 않은 호령을 외쳤습니다. "가는 곳은 우시가하라. 보폭은 두 자 여섯 치(약 78.8cm). 출-발!"

"석 자 여섯 치(약 109.1cm)!" 하고 대왕 고양이가 호통쳤습니다.

"다시. 보폭 석 자 여섯 치. 출발."

저 너머 하늘하늘거리는 나뭇잎 사이 볕을 가르며 세 마리 편성 특별 일 소대는 영차영차 구호를 붙이며 밤나무 오솔길 쪽으로 점점 멀어져 갔습니다. 남은 것은 버섯뜰의 적막한 정오 공기뿐입니다. 소대가 보이지 않자 대왕 고양이는 갑자기 녹초가 된 것처럼 축 늘어져 지면에 주저앉았습니다.

"좀 피곤한 것 같군." 하고 대왕 고양이는 나른한 듯 작은 하품을 했습니다. "뇌하수체인가. 그때까지 임시변통으로 개다래나무 환을 세 알 정도 주게. 근데 그 녀석들 잘 들고 돌아오려나."

"그 녀석들이 실패하면 또 다른 하인을 파견하십시오." 하고 가방에서 개다래나무 환을 끄집어내며 돌팔이 고양이가 꼬드기는 목소리로 말했습니다. "아직 하인들은 차례차례 대기하는 중일 겁니다."

"그래. 그래. 그 녀석들이 실패하면 이번엔 허세 고양이에 교활 고양이에 좀생이 고양이를 파견해 볼까." 그러더니 대왕 고양이는 개다래나무 환을 날름 삼키고서 후우우 하고 큰 한숨을 쉬며 몸을 지면으로 납작하게 쭉 뻗었습니다.

"돌팔이 고양이. 뒷다리 관절 근처를 좀 주물러 주게. 최근엔 가운데 다리 쪽도 전혀 쓸 수 없게 되었는데 뇌하수체를 복용하면 회복할 수 있을까. 회복하겠지. 그렇지 않으면 굳이 복용할 가치가 없어."

한편 아부 고양이를 대장으로 한 특별 일 소대는 곧 고양이 숲을 빠져나와 오리나무, 들메나무, 느릅나무 가로수 큰길을 빠져나와 사방이 망망한 대습지 지대를 통과하여 마침내 간신히 민들레 언덕에 다다랐을 땐 볕은 이미 오후 두 시 가까이가 되어 있었습니다. 그렇게 젊은 고양이들도 이 장거리 질주에 완전히 지쳐버려 무릎 관절도 덜덜덜 떨리고 보폭도 두 자 여섯 치 정도로 축소되어 버렸을 정도입니다. 그 민들레 언덕 정상에 오르자 갑자기 웃음 고양이가 저편을 가리키며 괴상한 소리를 냈습니다.

"검은 소가!"

민들레 언덕 기슭에서 내려다보자 저 너머까지 푸르디푸른 초원이 펼쳐져 있고 오백 미터 정도 건너편에는 검은 무언가가 우두커니 웅크려 앉아 있는 것이 보였습니다. 여기가 그 유명한 우시가하라인 겁니다. 그 녀석은 딱 보기에도 거만하고 엄청나게 거대한 검은 소인 듯했습니다. 투덜 고양이도 그 외침에 이끌린 듯 서글픈 목소리를 냈습니다.

"아아. 저기 검은 소가."

아부 고양이는 그 순간 새파래져 잠시 입을 꾸욱 닫고 아무 말도 하지 않았지만 이윽고 털썩 민들레를 짓뭉개며 주저앉고서 비참하다는 듯이 입을 열었습니다.

"자아. 어쨌든 그보다도 먼저 도시락을 하기로 하자. 그리고 도시락이 끝나면 너희들 둘이서 개울로 가서 앞다리를 제대로 씻는 거야. 검은 소가 재채기를 하면 나도 굉장히 난처하니까."

웃음 고양이도 투덜 고양이도 동시에 얼굴을 잔뜩 찌푸리며 비틀거리듯 언덕 경사면에 엉덩방아를 찧었습니다. 그리고 세 마리는 그 자세 그대로 도시락 주머니를 열어 각자 부스럭부스럭 곤약이니 버섯이니를 입에 넣고 씹었습니다. 아마도 그것들은 전혀 음식 맛이 나지 않았을 게 분명합니다. 세 마리 모두 타액이 제대로 분비되지 않는 듯, 때때로 힐끔힐끔 검은 소 쪽을 곁눈질하며 꿀떡꿀떡 억지로 삼켜 넘기는 모양이었습니다. 이러한 그들을 향해 저는 강한 동정심을 느낍니다.

(1954. 3. 「문예文芸」)

S의 등

1

'사루사와 사스케(猿澤佐介)의 등에는 틀림없이 반점 하나가 있다. 게다가 그 한가운데 꼬불꼬불한 검은 털 세 가닥이 자라 있을 게 분명하다.'

언제부턴가 가니에 시로(蟹江四郞)는 그렇게 생각하게 되었습니다. 생각이라기보다 믿게 되었다는 편이 옳을지도 모릅니다. 생각하거나 믿거나 할 뿐만 아니라 때로는 입 밖으로 내어 말해보기까지 합니다. 물론 남들 앞에서가 아니라 혼자서 몰래. 칠오조 신체시처럼 운율이 괜찮은 구절이라 그만 입가로 튀어나오기 일쑤였던 겁니다.

혼자 방에서 차를 마실 때라든가 길을 걸을 때 등등에 그는 그래서 문득 중얼거리곤 합니다. 다소 주문 같은 형식인 겁니다.

'사루사와 사스케의 등에는 옹이구멍 같은 반점이 있다. 그리고 그 한가운데…….'

그렇게 중얼거릴 때 가니에 시로의 얼굴은 언제나 살짝 일그러지고 표정도 다소 고뇌의 빛이 차오르는 것처럼 보입니다. 평소에도 마치 돌출된 듯한 눈알은 그럴 때면 더더욱 부릅떠져 튀어나올 것만 같았습니다.

하지만 이 칠오조 형태의 구절은 그 발상에서부터 오류가 있었습니다. 그것은 가니에 자신도 잘 알고 있었습니다. 원래라면 이는 다음과 같이 말해야 합니다.

'세 가닥 검고 꼬불꼬불한 털이 자란, 직경 일 센티 정도의 반점이 이 세상 어딘가에 존재한다. 누군가의 등에 틀림없이 붙어 있다. 그게 누구인가 하면 바로 저 사루사와 사스케임이 틀림없다.'

즉, 사루사와의 등에 반점이 있는지 없는지 하는 것이 문제가 아니라, 반점이 있는 것이 사루사와의 등인지 아닌지 하는 것이 문제인 셈입니다. 언어상으론 비슷해 보여도 의미상으론 살짝 다르죠.

가니에 시로는 사루사와 사스케의 벌거벗은 등을 아직 본 적이 없습니다. 아니, 본 적은 있을지도 모르지만 도저히 그 인상이 떠오르지 않습니다. 여름이 되기라도 하면 더울 테니 사루사와 사스케인들 웃통을 벗을 테죠. 그래. 옷을 벗고 팬

티 하나만 걸치고서 정원 화초에 물을 주거나 체조나 줄넘기 등을 하는 걸 분명 본 적이 있어. 그렇게 생각하며 그 인상을 떠올려보려고 했지만 머릿속에 떠오르는 것은 사루사와의 가슴에 빽빽이 자라 있던 가슴 털 색깔이라든지 양팔의 울퉁불퉁한 근육 모양이라든지 하는 그런 것들뿐이라 등에 관한 건 전혀 떠오르지 않습니다. 그야 당연하죠. 인간이라는 존재는 교제나 교류 관계상 서로의 전면부밖에 쳐다보지 않기 때문에 뒷면을 찬찬히 서로 쳐다보며 기억에 남겨두거나 하는 건 좀처럼 없는 일입니다. 있다고 한다면 지극히 특별한 경우겠죠.

가니에 시로가 사루사와 사스케와 알게 된 것은 벌써 꽤나 예전 일입니다. 대략 이 년 정도 되었을까요? 하지만 그건 서로 알고 지내게 되는 것이 당연했던, 그것도 처음에는 그저 얼굴만 알고 지내다가 그렇게 어느 날 밤 어떤 사건을 중심으로 갑자기 사이가 가까워지게 된 것이었습니다. 이 두 남자는 무척 가까운 곳에 사는 이웃 사이였습니다. 서로의 현관까지 걸어서 삼 분도 채 걸리지 않는 아주 똑같은 모양의 아주 똑같은 크기의 집에서 이 둘은 제각각 살고 있었습니다.

이는 전쟁 중 모 군수회사의 사택이었다는 사정 때문이었습니다. 밭 한 면 한복판에 네모지게 토지를 정지(整地)하고 그곳에 스무 채 가량의 똑같은 모양의 집이 가지런히 늘어서 있습니다. 패전 후 얼마 되지 않아 그 회사는 망하고 이 사택도 팔아버리게 된 것이었습니다. 그리하여 지금 이곳은 사택 시절과는 완전히 바뀌어, 혈통도 다르고 직업도 다른 잡다한 세대와 가족의 군락이 되었습니다. 같은 동네에 살고 있을 뿐 서로 왕래하는 일도 거의 없는 사람들이 그저 얼굴을 서로 맞대며 살아가는 형국이었습니다.

여하튼 밭 한복판에 덩그러니 고립된 부락이라 정육점까지 세 정(약 327m), 목욕탕까지 다섯 정(약 545m), 불편한 곳이지만 그렇다고 이 부락 사람들이 달리 서로 뭉치거나 단결할 생각은 없어 보입니다. 아무리 시간이 지나도 제각기 뿔뿔이, 간수를 넣는 걸 잊어버린 두부처럼 조금도 딱딱해질 기미가 보이지 않는 듯합니다. 결국 그게 서로 편하다는 거겠죠. 그렇다고 근처 이웃의 동정에 완전히 무관심하거나 한 건 아닙니다. 겉으론 관심 없다는 표정을 짓고 있지만 뒤에선 묘하게 관심을 기울이며 세세한 곳까지 신경을 곤두세우곤 하는 겁니다. 가령 어느 집에서 오늘 일등급 소고기를 백 돈쭝(약 375g) 샀다거나, 어디 집에서 어젯밤에 부부싸움을 했다거나, 뭐 그런 겁니다. 다시 말해 이 부락 사람들은, 특히 여자들은 그러한 득도 실도 되지 않는 소문 거리를 무척 좋아하였습니다.

그런 소문 중 하나로 사루사와 사스케에 관한 것이 있습니다. 사루사와 사스케라는 남자는 전쟁 전 어느 작은 서커스의 단장으로 있었다. 그런 소문입니다. 소문이라기보단 지금으로선 전설이라고 하는 편이 좋을지도 모릅니다. 당사자도 그것을 부정하지 않고 그렇게 보이도록 행동하는 경향마저 있습니다. 단장처럼 보이는 화려한 재킷을 입고 채찍 같은 것을 들고서 밭 사이를 유유히 산책하곤 하는 겁니다. 부락 공동 우물가에서 빨래하던 여자들이 그 모습을 보고,

"정말 단장 그 자체네."

"진짜로. 저 얼룩덜룩한 가로무늬 모양 재킷 색깔도 그렇고."

아무렴 그 소문을 조장하려는 목적으로 그런 차림을 하는 건 아니겠지만 그럼에도 때때로 동물을 조련하는 식으로 채찍을 획 휘두르거나 휘파람을 휭 불곤 합니다. 아주 몸에 익은 몸짓이었습니다.

"저 사람 부인분도 어쩌면 서커스단 아가씨였을지도 몰라."

"아, 맞아. 그런 게 분명해. 얼마 전에 저쪽 외나무다리를 리듬을 타면서 깡충깡충 건너더라고."

"흠. 그럼 줄타기 요령이란 셈이네."

소문의 발생이란 간단하기 마련이라 이렇게 사루사와 부인의 전신(前身)은 줄타기 아가씨라는 식으로 확정되고 만 것입니다.

사루사와 부부 사이에는 아이가 하나 있습니다. 아직 갓난아이입니다. 그 아기에게 최근 사루사와 사스케가 '먹이 훈

련'을 시키고 있다는 얘기였습니다. 아기의 눈앞에 과자를 두고서 사루사와가 날카로운 목소리로,

"기다려!"

하고 명령한다. 그러면 그 아기는 뻗으려던 손을 쏙 집어넣고 얌전히 앉는다는 겁니다. 그걸 본 사람이 있다고 하니 정말 사실일지도 모릅니다. 이 이야기를 두고 부락 사람들 사이에선 이는 유아의 기본적 인권 무시라는 비난과 역시 전 서커스 단장답다는 칭송, 두 갈래로 나뉘었습니다. 칭송 쪽은 오로지 여자 쪽이 많은 것 같습니다. 사루사와 사스케는 풍채도 일단 훌륭하고 말솜씨도 상당히 좋아 여자들로부터 일반적으로 호의를 받고 있는 듯했습니다. 그 반면 남자들은 그다지 좋게 생각하지 않았을지도 모릅니다.

사루사와 사스케는 이제 마흔 정도 됐을까요? 하지만 언제나 화려한 옷차림을 하고 있었기 때문에 젊디젊어 보입니다. 손발의 피부도 반질반질하여 마치 청년 같습니다. 하지만 얼굴만은 반질반질하다기보다 번들번들 붉게 빛나고 있습니다. 특히나 콧등 등은 완전히 토마토 색깔이었습니다. 이는 말할 필요도 없이 주독이라는 놈 때문입니다. 사루사와 사스케는 아마 부락에서 제일가는 술꾼이었습니다. 매일 밤 술기운이 끊긴 적이 없다는 소문이 돌았습니다. 집에서도 마시고, 물론 밖에서도 마시고. 역 근처 술집이나 포장마차에 진을 치고 눌러앉아 있는 사루사와의 모습을 가니에는 여러 번

본 적이 있었습니다.

가니에 시로가 사루사와 사스케와 대화를 나누게 된 것 또한 역 근처 어느 술집에서였습니다. 그 술집의 이름은 '스미레*'라고 합니다. 우아한 그 이름과 딴판으로 처마조차 기운 듯한 낡아빠지고 지저분한 선술집이었습니다.

가니에도 술을 아주 좋아했습니다. 하지만 박봉인 처지라 밤마다 매일 마시는 것은 불가능합니다. 닷새에 한 번이나 일주일에 한 번, 끽해야 그 정도밖에 마시지 못합니다. 얼마나 밤마다 매일 마시고 싶었을까요. 하지만 그것은 불가능한 일이었습니다. 이를 꽉 깨물고 스미레 앞을 지나 어두운 밭길을 걸으며 묵묵히 집으로 돌아옵니다. 역에서 그의 집까지는 대여섯 정(약 672m) 정도나 됩니다. 이 거리가 다른 사정도 있어 맨정신일 때는 어지간히 괴로웠습니다.

그것은 가니에가 사루사와와 알게 되었을 무렵, 즉 지금으로부터 이 년 정도 전의 일입니다.

그 당시 그렇게나 가난했던 가니에에게 사루사와라는 존재가 어떤 식으로 다가왔을지. 물론 가까운 이웃 사이이기도 하고 눈에 띄는 차림을 하고 있어 가니에는 사루사와의 얼굴이나 이름을 잘 알고 있었습니다. 어떤 일에 종사하는지 모르지만 늘 화려한 차림으로 근방을 어슬렁어슬렁 산책하곤 하

• 일본어로 제비꽃.

고, 게다가 밤마다 스미레 등에서 술을 마시곤 한다. 정체를 알 수 없는 이상한 남자야. 딱 그 정도 느낌이었다고 할 수 있겠죠. 하지만 혹 이미 그 무렵부터 그는 사루사와에게 좀 더 깊은 느낌을 갖고 있었을지도 모릅니다. 요컨대 바꿔 말하자면 그것은 막연하게 맺힌 응어리 같은 것이었습니다.

나는 마시고 싶어도 마시지 못하는 생활을 하고 있는데 저 놈은 근사하게 매일 밤 마시고 있네. 응어리진 감정 중 하나는 그러한 것이기도 했습니다. 즉, 사루사와라는 남자를 향한 막연한 이웃으로서 질투. 그런 식으로 표현해도 될 겁니다. 이 세상에 사치를 부리는 사람은 달리도 수두룩한데 이웃인 사루사와에게만 그런 느낌을 갖다니 다소 이상하긴 하지만 원래 인간이란 그런 존재겠죠. 거대한 적을 바로 앞에 두고서도 동료끼리 분열하여 서로 으르렁거리는, 그러한 예는 심심치 않게 들려오곤 합니다. 인간의 느낌이라는 것은 내 몸 가까이 있는 것들에 대해서만 반응하는 것일지도 모릅니다. 하지만 물론 가니에의 이러한 느낌은 그 무렵엔 아직 막연했을 따름이라 스스로도 똑똑히 인지하기 어려울 정도였습니다.

사루사와와 처음으로 말을 튼 것은 어느 추운 겨울날 밤이었습니다. 그날 밤 가니에는 스미레 한구석에 앉아 홀로 홀짝홀짝 소주잔을 기울이고 있었습니다. 그 가니에의 맞은편 자리에 모피 점퍼를 입은 사루사와 사스케가 역시나 조용히 술병을 기울이고 있었습니다. 이 두 사람은 그때까지 종종 이

가게에서 얼굴을 마주치곤 했지만 아직 말을 나눈 적은 한 번도 없었습니다.

가게 안쪽 의자에는 뽀얗고 어린 여자가 혼자 가만히 앉아 있었습니다. 이 가게의 여종업원으로 구미코라는 여자입니다. 종업원이라 해도 술을 데우거나 안주를 나르거나 하는, 딱 그 정도 역할이었습니다.

사루사와가 마시는 것은 일급주(一級酒) 술병이었습니다. 게다가 안주를 서너 가지 늘어놓아 상당히 호화로운 자태입니다. 이에 반해 가니에 쪽 안주는 그저 접시 하나, 그것도 가장 싼 가자미조림이었습니다. 앞쪽은 완전히 다 먹고 마침 딱 뒤쪽으로 뒤집으려 하던 참입니다.

사루사와는 조용히 잔을 입으로 옮기면서 아까부터 힐끔힐끔 눈을 움직여 구미코의 모습을 훔쳐보다 가니에의 잔 쪽을 바라보곤 했는데 문득 그 접시로 눈길을 떨구더니 불쑥 혼잣말처럼 말했습니다.

"뒤가 하얀 물고기라니, 이상한 물고기네."

가니에의 취한 귀로 문득 그 중얼거림이 날아와 박혔습니다. 게다가 적당히 취기가 돌아 말 상대가 필요하기도 했기 때문에 그는 무심결에 고개를 들어 되물었습니다.

"뭐. 뒤가 하얀 물고기라고?"

"그래." 하고 사루사와는 비로소 가니에의 존재를 알아차린 척을 하며 극히 의젓하게 고개를 끄덕였습니다. "그건 가자미겠지. 앞이 검고 뒤가 하얀. 물고기 주제에 앞뒤가 있다니 기괴하군 그래."

"그야 어쩔 수 없지. 원래 그런 건데." 하고 가니에는 뺨을 부풀리며 가자미를 위해 변호했습니다. "나 같은 사람들은 이 생선을 아주 좋아해. 맛도 좋고 부드럽고 영양도 풍부하고 말이야."

"영양은 듬뿍일지 모르겠지만 얼굴이 일그러지고 뒤틀려 있잖아." 사루사와는 라이터를 꺼내 찰칵 불을 붙였습니다. "우리 집에선 그런 생선은 죄다 고양이가 먹지."

그때 안쪽 의자에서 구미코가 희미하게 웃는 소리를 내 가니에는 갑자기 즐겁지 못한 기분이 들어 젓가락을 내려놓으려 했습니다. 그러자 담배 연기 너머로 사루사와가 히죽히죽 웃으며 사과하듯 손을 흔들었습니다.

"아니, 미안, 미안. 니 안주에 시비를 걸거나 하려 한 건 아니었어."

"나도 시비를 걸었다고는 생각하지 않아, 사루사와 군."

그만 무심코 상대의 이름을 언급해버려 가니에는 멋쩍음을 감추기 위해 잔을 단숨에 쭉 들이켰습니다. 사루사와는 웃음기를 머금은 채 그 동작을 물끄러미 지켜보다가 이윽고 가니에가 잔을 내려놓자 이번엔 시선을 그곳으로 옮겨 잔 속에서 흔들리는 투명한 소주 색깔을 신기하다는 듯이 바라보기 시작했습니다. 그 눈빛이나 새빨개진 코 색깔로 보아도 사루사와는 이미 상당히 취해 있는 듯했습니다.

"저기." 이윽고 사루사와는 시선을 그곳에 고정시킨 채 상담이라도 하려는 듯 나지막한 목소리로 입을 열었습니다. "혹시나 말이야, 메틸•로 장님이 된다고 가정해봐. 물론 가정이야. 그럼 자네는 안마사가 될 건가? 아니면 거문고를 배워서 그 방면의 장인이 될 텐가?"

그때 사루사와의 얼굴이 묘하게 진지한 표정이었기 때문에 가니에는 얼핏 대답하기가 망설여졌습니다.

"가정 문제는 쉽사리 답하기가 불가능하긴 한데—." 어쩐지 압박받는 듯한 기분이 들어 그는 말을 더듬었습니다. "어, 어째서 그런 걸 묻는 거지?"

"아니, 방금 문득 떠올라서 말이야." 하고 사루사와는 시선을 천천히 거두며 묘한 웃음을 지었습니다. "둘 중 하나를 고른다는 건 상당히 어려운 일이니까 말이지. 즉 예술가인가 생활인인가 하는 문제지."

"그럼 자네라면 어느 쪽을 고를 거지?"

내 잔을 바라보던 중 그런 생각이 들다니, 마치 이 소주가 메틸 같다는 거 아냐 하고 그제야 겨우 깨달아 가니에는 살짝 화가 난 듯한 말투로 반문했습니다.

"나 말이야? 나는—."

• 메탄올, 메틸알코올. 섭취 시 실명 위험이 있음.

사루사와는 거기서 잠시 말을 끊고 자신의 술병을 살짝 흔들어보더니 교활하게 히죽 웃었습니다. 뭔가 꿍꿍이속이 있는 듯한 표정입니다. 그러더니 안쪽으로 고개를 돌려 기분 나쁘도록 간드러진 목소리로 구미코를 불렀습니다.

"우리 구미코. 술병 하나 더 부탁해요."

"네."

대답을 하고서 조리장으로 들어가는 구미코의 뒷모습을 사루사와의 눈이 지그시 뒤쫓고 있었습니다. 어쩐지 묘하게 끈적거리는 눈빛이라 가니에는 살짝 꺼림칙한 기분이 들었습니다. 꺼림칙한 기분이 드는 데는 다소 이유가 있긴 했습니다. 그래서 무심코 크흠 하고 헛기침을 했습니다. 그러자 사루사와는 갑자기 얼굴을 이쪽으로 돌려 마치 화가 난 듯한 표정을 지으며 위협하듯 낮은 목소리로 속삭였습니다.

"자네 구미코를 좋아하는 거지? 그치? 가니에 군."

이쪽의 이름도 정확히 알고 있던 것입니다. 가니에의 어깨가 움찔대더니 순식간에 얼굴이 새빨개졌습니다. 이는 완전히 정곡을 찔렸기 때문입니다. 그러자 사루사와는 히죽 고개를 숙이며 뒤집어씌우듯 까닭 모를 소리를 했습니다.

"그럼 그녀도 양자택일인 셈이군."

"그래서 아까 메틸이라는 건 ─."

가니에는 아주 허둥대며 이런 얼빠진 소리를 했습니다. 그러던 중 구미코가 술병을 들고 왔기 때문에 사루사와도 불쑥 태도를 꾸며내며 이에 장단을 맞추려는 듯 말투를 바꿨습니다.

"난 안마사지. 뭐 그렇다는 거야. 근데 자네는 예술파겠지?"

사루사와의 잔에 술을 따르는 구미코의 볕에 탄 옆모습이 갑자기 눈부시게 비쳐 가니에는 말없이 눈을 끔뻑거렸습니다. 그러자 사루사와는 문이 삐걱거리는 듯한 소리를 내며 별 의미 없이 웃어대기 시작했습니다. 그 웃음소리가 가니에의 기분을 상하게 했던 건 물론입니다. 그 가니에 앞으로 사루사와는 불쑥 오른손을 쓱 내밀며 악수를 청하듯이 굴었습니다.

"자아, 이를 연으로 자네와 친구가 되기로 하지. 괜찮지 가니에 군?"

2

그날 밤에 있었던 일을 생각해보면 가니에는 아무래도 보기 좋게 꼬임에 넘어간 듯한 그런 기분이 들어 견딜 수 없었습니다. 주도면밀하게 대화 준비를 마치고서 이쪽을 적당히 혼란스럽게 만든 뒤 정확하게 정곡을 찔러온다. 그 노회한 수법을 생각하면 가니에는 정말 울화통이 터집니다. 하지만 분해하기만 할 수도 없는 노릇이었습니다.

'그 자식도 구미코한테 반한 것 같아.'

그런 생각이 들자 가니에는 가만히 앉지도 서지도 못한 채 안절부절 안달이 나기 시작한 것입니다. 아직 당사자인 구미코에게도 털어놓지 못했지만 그것은 가니에가 가슴속에 반 년 전부터 품고 있던 사랑이었습니다. 그를 이제 와서 제삼자에게 보기 좋게 빼앗기는 건 정말 말도 안 되는 이야기입니다.

'빨리 어떻게든 해야 해.'

하고 가니에는 진심으로 생각했습니다. 어떻게든 해야 한다는 것은 기회를 잡아 구미코에게 청혼을 하여 마침내 부부가 되는 것이었습니다. 즉 가니에는 그 당시 독신이었던 것입니다.

서른여섯이나 되었는데 독신인 것에도 다소 사정이 있었습니다. 실은 가니에에게도 예전에는 아내가 있었지만 군대로 오 년이나 외지에 끌려나가 간신히 복원하여 돌아오자 아내는 낯선 남자와 함께 생활하고 있었던 것입니다. 복원 차림의 가니에를 향해 그녀는 태연하게 말했습니다.

"뭐야, 살아 있었어? 영락없이 죽었을 거라고만 생각했었는데. 뭐 이미 늦었어. 완전 지각이야."

완전 지각이야, 라니 무슨 소리야 하고 가니에는 몹시 화를 냈지만 더 이상 어쩔 방도가 없습니다. 그렇게 박정한 전처를 단념하고 하는 수 없이 독신이 되었던 것입니다. 독신생활도 처음에야 속 시원하니 즐거운 점도 있었지만 그러던 중 점점 쓸쓸해져 조금씩 조금씩 버티기 힘들어지던 차에 이번엔 스미레의 구미코가 나타났던 것이었습니다.

가니에의 직장은 어느 사립 도서관입니다. 그는 그곳의 대출담당이었습니다. 작고 낡아빠진 도서관이라 입관자 수도 적습니다. 따라서 대출담당도 지극히 한가한 일이었죠. 대출대 건너편에 앉아 한 시간에 한두 번 정도 일어나 서고로 들어갈 뿐, 그 뒤론 그저 가만히 앉아있기만 하면 됩니다. 가니에는 이 직장이 마음에 들었습니다. 여유 시간이 많고 게다가 책도 마음껏 읽을 수 있어서입니다. 다만 딱 한 가지 결점은 월급이 적다는 점이지만 일이 쉬우니 이는 어쩔 수 없겠죠. 서고 만 권 장서를 공짜로 읽을 수 있다는 점으로 충분히 메울 수 있어. 그렇게 생각하며 체념하고 있었는데 스미레의 구미코가 나타난 뒤로 단순히 체념하고만 있을 수 없게 되었던 셈입니다. 구미코의 얼굴을 보려면 그만큼의 술값이 필요한 탓이었습니다.

구미코는 따뜻한 지방 출신답게 까무잡잡하고 눈이 말똥말똥한 여자였습니다. 얼굴은 갸름하고 다육 과일 씨앗처럼 피부가 매끈합니다. 게다가 비교적 과묵해 어른스러운 인상을 풍겼습니다. 가니에가 구미코에게 호의를 느꼈던 것도 헤어진 전처가 너무 조잘대고 덜렁대던 여자라 반사적으로 그런 구미코에게 마음이 동했던 걸지도 모릅니다.

'저런 여자를 아내로 맞는다면 상태가 나아질지도 몰라.'

두세 번 스미레에 드나들던 사이 가니에는 어느덧 그런 식으로 생각하게 되었습니다. 평온한 가정적 평화. 가니에가 어렴풋이 바라는 것은 그런 것이었습니다. 구미코에게 구혼하여 가정으로 맞아들인다. 이를 막아서는 사정은 아무것도 없음에도 반년이나 가니에가 주저하던 것도 사실 그는 자신의 용모와 그 외 기타 등등에 자신이 없었기 때문이었습니다. 자신은 키도 작고 그런 주제에 어깨도 바짝 올라가 있고 부릅뜬 눈은 튀어나와 있고 그다지 봐줄 만한 면이 없는 남자라는 것은 그 또한 분명하게 자각하고 있었습니다. 그래서 그 점에서 스미레에서의 사루사와의 존재는 그의 마음을 위협하기에 충분했던 것입니다.

'하지만 저 자식한텐 아내가 있잖아. 아주 괘씸하게.'

상대 남자에게 아내가 있어도 여심은 움직이는 걸까. 소설 같은 걸 보면 움직이거나 하는 경우도 간간이 있는 듯한데 라는 식으로 생각이 들자 가니에는 가만히 참고 견딜 수 없는 기분이 들기 시작했습니다. 저 자식은 나보다 키도 크고 옷차림도 화려하고 돈 씀씀이도 좋아. 게다가 말도 잘하는 것 같고. 하지만 그렇다고 그 총명해 보이는 구미코가 움직일까? 불안한 기분도 들고, 또 괜찮을 것 같은 기분도 듭니다. 하지만 구미코는 역시 아내가 있는 남자보단 독신 남자에게 공감과 관심을 가지지 않을까?

가니에가 그렇게 생각하는 것은 이런 일이 있었기 때문이었습니다. 메틸 문답이 있던 밤으로부터 스무날 정도 전, 그가 스미레에서 혼자 마시고 있는데 구미코가 무슨 생각이었는지 그의 곁으로 성큼성큼 다가왔습니다. 그리고서 차분한 목소리로 이렇게 말했던 겁니다.

"어머, 단추가 떨어지려고 하네."

전차에서 이리저리 치여 떨어져 나가려 하는 외투 단추를 구미코가 눈치 좋게 발견한 것 같습니다.

"내가 꿰매줄게."

그리고서 바늘과 실로 꿰매주는 동안 가니에는 몸이 달아오르는 듯한 심정으로 구미코의 손가락 놀림을 바라보았습니다. 마음이 붕붕 들떠 소주가 평소보다 몇 배나 더 맛있게 느껴졌을 정도입니다.

"고마워. 바느질도 잘하는구나."

호호호 하고 구미코는 웃었습니다. 그리고 친근한 투로 말했습니다.

"독신이야?"

"응, 맞아."

"불편하겠네, 혼자라서."

그곳에서 두 사람은 독신이라는 것에 대해 아주 조금 대화를 나누었습니다. 가게에는 둘뿐, 달리 아무도 없었던 것입니다. 그 탓에 과묵한 구미코도 그에게 말을 걸고 싶어졌던 듯합니다. 이야기를 나누던 중 공교롭게도 덜컹덜컹 앞문이 열리며 그곳으로 손님 한 사람이 들어왔기 때문에 대화는 거기서 중단되고 구미코는 허둥지둥 안으로 들어가 버렸습니다. 가니에는 무척이나 아쉬웠습니다. 들어온 손님은 바로 사루사와 사스케였습니다.

'그때 나하고 구미코가 친하게 이야기 나누는 걸 보고 사루사와가 나한테 시비를 걸고 싶어졌던 걸까?'

하지만 사루사와가 구미코에게 흥미가 있을 거라곤 그는 따로 생각해본 적도 없었기 때문에 그 메틸 문답의 밤에 있었던 일은 가니에에겐 상당한 충격이었습니다.

그날 밤 이후 가니에는 이틀이나 사흘에 한 번 정도 꼴로 무리해서 스미레에 들렀지만 그때마다 꼭 사루사와가 떡하니 앉아 문어회나 뭔가에다 잔을 기울이고 있었습니다. 그리고 그의 모습을 보고,

"오, 가니에 군."

등등 유쾌한, 듣기에 따라선 승리한 뒤 우쭐해하는 듯한 목소리로 인사를 했습니다. 그래서 가니에도 자연히 그의 옆으로 끌려가는 처지가 되어 술을 마시며 잡담을 하는 형세가 되어버립니다. 하지만 구미코에 대해서는 그날 밤 이후 한 번도 사루사와는 입 밖으로 꺼내지 않았습니다. 다만 태도를 통해 가니에를 압박하려는 기색이 있는 것 같았습니다. 요컨대 가니에의 눈앞에서 구미코를 향해 일부러 친근하게 말을 걸어보거나, 가니에가 가자미조림만으로 참고 있는데 회니 초

무침이니 하는 걸 척척 주문하거나, 뭐 대개 그런 식입니다. 일종의 심리 전술 같은 방식이었습니다.

이러한 사정으로 날이 갈수록 가니에가 초조해지거나 불안해져 갔던 것도 그 교묘한 전술에 걸려들었던 탓일지 모릅니다.

낮 동안 대출대에 앉아서도 구미코와 사루사와에 대해 생각하면 그는 가슴이 갑자기 쿵쾅쿵쾅하거나 등골이 서늘해지곤 합니다. 구미코의 그 연갈색 육체에 사루사와 자식이 벌써 무슨 짓을 했을지 몰라 하는 등의 생각이 들면 악 소리치고 싶을 정도입니다. 그래서 가급적 그런 생각을 하지 않으려고 대출대에 달라붙어 재미있어 보이는 소설책 따위를 탐독하며 생각을 비웁니다. 그런데 그 소설이 최근 소문난 신인작가의 간통소설이거나 하여 순간 구미코가 떠올라 기분이 언짢아져 버립니다.

구미코에 대한 소심한 연정이 사루사와의 출현 이후 마구잡이식의 격렬한 열정으로 변화했던 것은 가니에 스스로도 의외일 정도였습니다. 요컨대 경쟁의식인 셈이죠. 빼앗길지도 모른다는 위기감이 일거에 가니에의 정열을 북돋웠던 게 틀림없습니다. 지금 구미코를 잃으면 내 인생은 이제 끝이야. 정말 그런 생각이 들었습니다. 이러한 점에서도 어찌 됐든 간에 우선 사루사와가 손을 떼게 하는 것, 그것이 가니에에게 제일 우선의 문제였습니다.

'좋아.' 그러던 어느 날 가니에는 마음을 단단히 먹었습니다. '담판을 지어서 저 자식이 완전히 손을 떼게 하자.'

사루사와가 곧바로 손을 뗄지 어쩔지. 그것은 다소 의문이었지만 가니에는 이런저런 궁리 끝에 하나의 비장의 카드 같은 것을 발견하였습니다. 그건 바로 예전에 줄타기 아가씨였다는 식으로 소문이 난 사루사와 부인에 대한 것이었습니다.

사루사와 부인은 몹시 야윈 민첩해 보이는 체격의 여성입니다. 얼굴은 아름답지만 다소 사나운 구석이 있어 암표범 혹은 무언가를 연상시켰습니다. 가니에는 전부터 이 부인이 고집불통에 질투가 심한 여자가 아닐까 추측하고 있었습니다. 분명 사루사와도 이 부인에겐 고개를 들지 못할 게 틀림없다. 목표는 바로 그 점이다. 가니에가 떠올린 건 이러한 것입니다. 이를 효과적으로 이용해 사루사와의 바람기를 분쇄해야 한다.

가니에의 이 노림수는 훌륭히 성공한 듯합니다, 라는 것은 그 후 이삼일 뒤 밤이었습니다.

퇴근하고 돌아오는 길에 스미레에 들러보자 역시 그날 밤도 사루사와가 거만한 자세로 잇따라 술을 마시고 있었습니다. 그날 밤 이후 사루사와는 매일 밤 이곳에 틀어박혀 있는 모양입니다. 이미 완전히 취한 꼴로 얼굴은 번들번들 붉어져 구미코를 놀리거나 하는 중이었습니다. 아주 기분 좋아 보이는군 하고 분하다는 듯이 입술을 깨물며 가니에는 그 옆에 가만히 앉았습니다.

그리고서 한 시간 가량 가니에는 사루사와와 함께 술을 마셨습니다. 마음에 속셈이 있었기 때문에 가니에는 평소보다 잔수를 줄였습니다. 안주는 물론 가자미조림입니다. 이 무렵엔 아무 말 하지 않아도 구미코가 이를 날라오곤 했습니다.

가니에가 사루사와에게 예의 담판을 꺼냈던 건 돌아가는 길, 스미레에서 두 정(약 218m) 정도 걸어온 밭길에서였습니다. 그는 갑자기 이렇게 말했습니다.

"난 구미코 씨를 좋아해. 그러니 자네는 손을 뗐으면 좋겠어. 애초에 내 쪽이 먼저였다고."

열사흘 밤의 달빛이 비치는 밭길을 비틀비틀 걷고 있던 사루사와는 갑자기 그런 얘기가 나오자 역시나 움찔 놀란 듯 뒤돌아보았습니다. 하지만 목소리만은 힘차게 되받아쳤습니다.

"누가 먼저인지 어떻게 안다는 거야."

"이쪽은 반년 전부터다. 게다가 난 진지해. 자네는 바람기일 뿐이잖나."

"이런." 하고 사루사와는 힘껏 으스대듯 굴었습니다. "자네는 내 자유를 속박하려는 거군."

"속박하려는 게 아니야." 그리고 가니에는 효과를 가늠하듯 한마디 한마디 또박또박 발음했습니다. "아무튼, 나는, 이 일을, 자네 부인분과도, 논의해 볼, 생각이야."

사루사와는 말없이 막대처럼 서 있었습니다. 됐다 하고 가니에는 생각했습니다. 곧장 대답할 수 없는 건 상당한 타격을 입었기 때문임이 틀림없다. 그런 식으로 노려보고 있기 때문입니다. 하지만 사루사와는 곧 마음을 고쳐먹은 듯 큰 소리로 웃어댔습니다. 기분 탓인지, 그것은 어쩐지 허세를 두른 듯한 울림이었습니다.

"좋아. 자네의 진지함은 알겠어." 하고 사루사와는 웃음 사이에 말했습니다. "그렇게까지 말한다면 손을 떼지. 하지만 거기엔 교환 조건이 있어."

"어떤 조건?"

"자네들이 결혼할 때 나를 중매인으로 세울 것. 그게 한 가지야."

"흠. 또 있나?"

"그래. 내 스미레 외상값을 자네가 전부 갚아주는 것. 뭐 그 정도뿐이지."

이번엔 가니에가 아무 말도 하지 않고 달빛 속에서 말뚝처럼 우뚝 서 있었습니다. 한동안 두 남자의 그림자가 서늘하게 마른 밭의 흙 위로 새카맣게 정지해 있었습니다. 긴 쪽이 사루사와의 그림자이고 짧은 쪽이 가니에의 그림자입니다. 이윽고 그 짧은 쪽 그림자에서 손 모양의 그림자가 쑥 튀어나왔습니다.

"좋아. 알겠다."

가니에가 주저했던 건 그 조건을 받아들였는데 구미코에

게 구혼을 거절당하면 등에 지워진 외상값만큼 모조리 손해가 된다는 그러한 계산을 하고 있었기 때문이었습니다. 그러자 사루사와도 손을 쑥 내밀어 두 사람은 손을 꽉 마주 쥐었습니다. 사루사와는 거듭 주의를 주듯 말했습니다.

"외상값 분명 갚아주는 거지?"

"갚아줄게. 그 대신 그곳으로 다시는 발 들이지 마."

이렇게 교섭이 성립했던 것입니다. 서늘한 밤공기 속에서 순간 가니에는 영웅적인 감격마저 들었습니다. 이 남자도 상당히 괜찮은 놈이야. 친구가 되어도 괜찮겠어. 그런 생각이 언뜻 진심으로 스쳤을 정도입니다. 머리 위 먹구름이 전부 걷힌 듯, 오랜만에 상쾌해진 기분이었습니다.

그렇게 그다음 날 저녁이었습니다. 스미레에 들러 잔을 기울이며 아무렇지 않게 사루사와의 외상값을 물어보자 세상에 일만이천 엔이나 쌓여 있다는 것입니다. 끽해야 천 엔이나 이천 엔으로 예상했던 가니에는 아주 화들짝 놀라 젓가락 사이에 쥔 가자미조림을 순간 봉당에 떨어뜨리고 말았습니다.

"일만이천 엔이라고?"

"그래. 요즘 밤마다 매일 그랬던걸요." 하고 구미코는 의아하다는 듯 대답했습니다. "어째서 그런 걸 궁금해해? 남의 일인걸."

"그게 말이지, 절대 남의 일이 아니야."

하고 가니에는 휘둥그레 뜬 눈을 굴리며 입술을 가볍게 깨물었습니다. 그 입술 끝으로 뿜어져 나온 거품을 보며 구미코는 다시금 상냥하게 물었습니다.

"왜 남의 일이 아니란 거야. 당신이 내기라도 한다는 거야?"

"실은 그래."

"무슨 말이야 그게."

가니에는 난처하다는 듯이 고개를 숙이고서 입을 다물어버렸습니다. 적막한 침묵이 내려앉고 밤바람이 처마를 스치는 소리만이 삭삭삭 울렸습니다. 고개를 숙인 가니에의 시선은 어둑한 봉당으로 떨궈져 있었습니다. 그곳에는 방금 전 떨어뜨린 가자미가 납작 찌그러진 듯한 비참한 얼굴로 가니에를 조용히 올려다보고 있었습니다.

갑자기 뱃속이 뜨거워지는 듯한 기분이 들어 가니에는 얼굴을 쓱 들어 올렸습니다. 그리고 누군가가 등 뒤에서 다그치는 것처럼 기운을 끌어올려 얼굴을 충혈시키며 술술 털어놓기 시작했습니다.

그날 밤늦게 가니에 시로는 일기장에 다음과 같이 적어두었습니다.

'밤 스미레로 향해 구미코에게 나의 충정을 털어놓다. 구미코 그를 승낙하도다. 돌아와 약간 허탈함을 느끼다. 행복이란 이런 것인가.'

실제로도 어쩐지 맥이 빠지는 듯한 기분이 들었습니다. 어째서 그런 기분이 드는 건지 스스로도 분명치 않았습니다. 그리고서 그는 계속 생각하고 생각하며 또 이어서 적었습니다.

'생각건대, 이 세상은 거짓된 세상이도다. 약속상에서만 성립하는 것이도다. 즉 인생은 연극이로다. 그에는 무대장치 또한 다소 필요한 것이도다.'

어쩐지 묘하게 복잡해져 무엇을 쓰고 있는 건지 스스로도 알 수 없어져 버렸기 때문에 그는 혀를 차며 일기장을 탁 덮었습니다. 그리고 기운 없는 얼굴이 되어 크게 기지개를 폈습니다. 사실 이 일기문의 고풍스러운 스타일은 모 문호의 일기 문체를 모방한 것이었습니다. 그는 그즈음 그것을 대출대에서 탐독하며 깊은 영향을 받아버렸던 것입니다. 하지만 아무래도 이러한 문체로 현대적 우수를 표현하는 건 다소 지난(至難)한 듯하군요.

그리고서 날이 흘러 조금씩 따뜻해지기 시작했습니다.

그 이후로 사루사와 사스케는 기특하게도 약속을 지켜 스미레의 포렴을 걷지 않는 상태였습니다. 그와 동시에 가니에 시로의 모습도 예전만큼 빈번하게 드나들지는 않게 되었습니다. 이는 사루사와의 외상값을 내기 위해 직장에서 돈을 빌렸기 때문에 다달이 이를 월급에서 공제하여 술값을 변통할 수 없었기 때문이었습니다.

드디어 봄이 되어 두 사람은 경사스레 결혼식을 올렸습니다. 결혼이라 해도 고리짝 하나와 함께 구미코의 몸이 스미레에서 가니에의 집으로 이동했을 뿐입니다. 지극히 수월했습니다. 결혼식도 가니에 집에서 거행하고 근처 이웃을 소규모로 초대, 약속대로 사루사와가 중매인으로 섰습니다. 사루사와 사스케는 '다카사고야•'는 잊어버렸다며 그 대신 '구라마텐구••'를 불렀습니다. '꽃이 피면 알려오는 산골짜기' 하는 그 구절입니다. 퍽 낭랑한 목소리라 자리한 사람들은 모두 아주 감복한 모양이었습니다.

이렇게 가니에와 구미코의 생활이 시작되었습니다. 하지만 그 생활도 일 년 반 가량 이어졌을 뿐, 갑자기 불쑥 끝을 고했습니다, 라고 함은 구미코가 초가을 감기가 악화되어 결국 폐렴에 걸려 덧없이 죽어버렸기 때문입니다.

이러한 비운에 처해 가니에는 물론 슬퍼하며 탄식했습니다. 눈물이 한없이 흘러나오고 목구멍이 말라 그는 물을 마시고서 울고, 물을 마시고서 울고, 하루 종일 끝도 없이 벌레처럼 울었습니다. 구미코가 죽었다는 사실도 물론 슬펐지만 안온한 가정적 평화가 완전히 자신을 떠나가버렸다는 그 점이 그의 마음을 마구마구 찢어 갈기는 것이었습니다. 가니에라는 남자는 그 가장 밑바닥에선 이런 식으로 사고방식이 자기중심적인 남자입니다. 그가 그 풍모로 보자면 보잘것없지만

- 高砂や; 일본 전통 이야기극인 라쿠고 중 하나.
- • 鞍馬天狗; 일본 전통 가무연극 노(能) 중 하나.

어쩐지 우직한 느낌이 드는 것도 아마 이 때문이었을 것입니다.

'나도 훌륭한 남편이었지만—.' 하고 슬픔의 밑바닥에서 그는 중얼거렸습니다. '구미코도 나의 훌륭한 반려였다.'

슬픔이 어느새 피로로 바뀌고, 그 싱거운 피로에도 곧 익숙해져 그렇게 한 달 정도가 지났습니다.

어느 일요일 낮, 구미코의 유품을 정리하는데 고리짝 속에서 노트 한 권이 나왔습니다. 표지를 보자 '그날그날 일기-가니에 구미코' 하고 쓰여 있습니다. 구미코의 일기장인 듯했습니다. 그 글자를 보자 가니에는 갑자기 눈물이 나올 것 같아 황급히 천장을 바라보고 또 바깥 경치를 바라보았습니다. 그리고서 이삼 분 후 가까스로 그 페이지를 넘기기 시작했습니다.

어느 페이지까지 오자 가지각색으로 움직이던 가니에의 표정이 갑자기 응어리지듯 굳고 시선도 똑같은 곳을 몇 번이나 왕복하듯 굴었습니다. 이윽고 의혹과 당황의 빛이 그의 얼굴에 어렴풋이 맴돌기 시작했습니다.

3

'나는 S를 사랑하고 있다.'

하고 그 페이지에 쓰여 있던 것이었습니다.

'S는 나의 불행을 위로해 준다. 그 위로로 나는 간신히 살아간다.'

가니에는 가슴으로 불길한 고동을 느끼며 읽어나갔습니다.

그리고 다음 페이지 중간쯤에서 날짜가 바뀌며,

'7월 15일. 오늘은 날씨가 맑음.

대낮에 웬 검은 고양이가 와서 부엌에서 가자미를 훔쳐 도망간다. 그 고양이가 훔쳐가는 것도 이걸로 벌써 세 번째다.'

그리고 한 줄 띄우고,

'나는 S의 등이 좋다. S의 등은 넓고 탄탄하다.

그 등 한가운데쯤에 작은 갈색 반점이 있다. 직경은 일 센티미터 정도 될까? 그곳에 꼬불꼬불한 털이 세 가닥 자라 있다. 껴안으면 내 손가락이 그곳에 닿는다. 그 감촉.

반점에는 표정이 있다. 슬픈 표정. 기쁜 표정.'

또 한 줄 띄우고 이번엔 시 같은 형식으로,

'반점은 등의 정중앙.

반점은 등의 표식.

내 사랑의 표장.'

가슴이 울렁울렁 울리고 등골이 욱신욱신 저려와 가니에는 무심코 시선을 허공으로 띄웠습니다. 부릅뜬 눈이 불안하게 빛나, 이는 침울한 표정이었습니다. 그리고 뭔가 겁에 질린 듯이 방안을 빙 둘러보았습니다.

'도저히 이해가 되질 않아.' 하고 그는 입속으로 우물우물 중얼거렸습니다. 'S. S가 뭐야.'

갑자기 도저히 감당할 수 없어져 가니에는 허둥지둥 일기를 닫고 이를 고리짝 속에 도로 집어넣었습니다. 그리고 고리짝을 벽장 속에 집어넣어 버리고 다시 방 한가운데로 돌아와 어깨를 들썩거리며 쩍 하고 책상다리로 앉았습니다. 그럼에도 뭔가 불안하고 쫓기는 듯한 기분이 드는 것은 멈추지 않았습니다.

'결혼. 결혼이란 뭘까. 뭐였던 걸까?'

그는 괴로운 듯이 신음했습니다. 사오일 전 도서관에서 읽었던 철학자의 책 중 결혼이란 인간의 그리게리어스 해빗(군거성)의 한 형식에 지나지 않는다고 쓰여 있던 것이 문득 떠올랐습니다. 그러다 갑자기 벌떡 일어나 방구석 책상 서랍에서 뭔가를 꺼내 다시 그곳에 털썩 앉았습니다. 그것은 가니에 자신의 일기장이었습니다.

"분명 7월 15일이었지?"

그렇게 중얼거리며 그는 자신의 일기장을 획획 서둘러 넘겼습니다. 7월 15일 무렵 부분을 펼치고서 그는 가만히 그곳에 눈을 고정시켰습니다. 그곳에는 이렇게 쓰여 있었습니다.

'7월 15일. 맑음. 무더운 날.

돌아가는 길 전차 안에서 우스이 군과 함께하게 되다. 함께 역에서 내려 밭길을 걸으며 집으로 서두르는데 바람이 한

바탕 크게 불어옴에 우스이 군의 보터 모자를 날려버리다. 우스이 군 허둥지둥 크게 당황하여 그를 쫓다.

　나는 즉석에서 포복절도하도다.'

　내가 아무것도 모르는 채로 포복절도나 하고 있던 같은 날에 구미코는 S의 등에 난 반점을 만지작거렸던 건가. 비통한 빛을 띠우며 가니에는 그렇게 생각할 수밖에 없었습니다. 그러자 그 얌전해 보이던 까무잡잡한 구미코의 얼굴이 지금까지와 다른 인상으로 가슴속에 떠오르기 시작했습니다. 그 얼굴은 그의 상상 속에서 생글생글 웃고 있었습니다. 비탄과 분노와 애련의 상념이 폭풍처럼 그의 마음을 가득 채웠습니다. 애련의 상념이란 구미코를 향해서라기보다 주로 배신당한 자기 자신을 향한 것입니다.

　그 이후 그는 정신을 놓고 있을 때나 인쇄물 속에서 S라는 활자를 보거나 했을 때 문득 그 일이 떠올라 입술을 살짝 깨물었습니다. 누군가와 상담하거나 털어놓을 수도 없는 노릇입니다. 이는 자신의 어리석음을 상대에게 드러낼 뿐이기 때문입니다. 어찌 됐든 오직 혼자서 S의 정체를 밝혀내야 한다. S는 무엇인가. 잇따라 그런 생각에 빠져들어 그만 전차에서 내릴 곳을 지나치기도 했습니다. S는 무엇인가?

　이렇게 사루사와 사스케의 존재가 다시금 하나의 응어리가 되어 그의 가슴속으로 등장했던 것이었습니다.

　언제부터 S라는 글자가 사루사와 사스케의 그림자와 이어지게 된 건지, 가니에도 알 수 없습니다. 문득 정신을 차리고 보자 그는 마음속에서 사루사와 사스케를 S라는 글자로 대치하여 멍하니 생각하고 있던 것입니다. 혹 이는 꿈속에서 연결되어 그것이 그대로 잠에서 깬 의식으로까지 연결되게 된 것일지도 모릅니다. 언젠가 밤에 그런 꿈을 꿨던 것도 같아. 그렇게 생각하며 갖가지 기억을 뒤져보아도 도저히 떠오르지 않습니다. 확실하지가 않았습니다.

'하지만 이렇게 연결된 이상 ─.' 하고 그는 생각하곤 했던 것입니다. '난 어느 순간엔가 의식의 아주 깊은 곳에서 사루사와 사스케를 확실하게 상정했던 게 틀림없어.'

상정하게 된 근거는 확연치 않다고 하더라도 생각해보면 이런저런 의심스럽고 수상한 부분도 있습니다. 가장 우선 사루사와 사스케라는 이름은 그 발음이 주는 울림으로 보아도 S가 똘똘 뭉친 듯한 이름이다. 그야말로 S적인 이름이 아닌가, 하고 가니에는 생각합니다. 게다가 아주 중대한 점은 사루사와 사스케가 일찍이 구미코에게 반해 있었다는 점이었습니다. 그 꼬불꼬불한 털 세 가닥이 난, 추접스러운 온천 마크 같은 반점이 저 사루사와 사스케의 등 뒤에 붙어 있는 게 아닐까?

중매인이 되어준 관계상 가니에 부부는 사루사와 부부와 상당히 친해져 서로의 집에도 방문하게 되곤 했습니다. 토요일 밤 등에는 꼭 사루사와네를 방문해 마작 테이블에 둘러앉는 것이 관례가 되어 있었을 정도입니다. 소액의 돈을 걸고 하는 것이지만 가니에는 잘 못했기 때문에 언제나 지고 말죠. 그런데 구미코는 아주 능숙, 능숙이라기보다 운이 좋아 언제나 일등이나 이등을 차지합니다. 그래서 가니에네로선 손해 보다는 이득이 더 많았을 정도입니다.

사루사와 부부는, 특히 사루사와 사스케는 구미코에게 무척 친절했습니다. 구미코가 일등을 하면 사루사와는 유쾌하다는 듯이 웃거나 훌륭해 훌륭해 하고 칭찬하곤 합니다. 하지만 가니에가 어쩌다 운이 좋아 일등이 되어도 사루사와는 결코 칭찬하거나 웃거나 하지 않습니다. 흥 하는 표정을 지을 뿐.

중매인이 되어준 이후로 서로 친하게 지내게 되었다고 해도 이제 와서 생각해보면 사루사와 사스케는 분명 가니에와 묘한 거리감이 있었던 것 같았습니다. 즉 응어리 같은 것이 사루사와에게 남아있던 것입니다. 그 무렵 가니에는 이에 그다지 신경을 쓰지 않았었습니다. 쑥스러워하는 거겠지 하고 생각했던 것입니다. 설마 날 질투한다거나 증오하거나 하는 건 아닐 거야. 외상값도 확실하게 내줬으니까. 그것도 일만이천 엔이나!

그런데 그 사루사와 사스케가 구미코가 죽고 나자 그에게 묘하게 친절을 머금고서 말을 걸거나 무람없이 굴곤 했던 것이었습니다. 구미코가 죽은 그날도 사루사와는 집으로 찾아

와 울고 있는 그의 등을 두들기면서,

"그래그래 울어. 울어. 울어서 슬픔을 완전히 흘려보내는 거야."

등등 간드러진 목소리로 위로해주었습니다. 그 말에 자극을 받아 그는 더더욱 흑흑 목메어 울었는데 지금 와서 생각해보니 아무래도 그 말투는 승리하여 우쭐대는 무언가의 무너져내린 것을 향한 어떤 우월감이 깃들어 있던 듯한 기분이 듭니다. 또 그 우월감의 내부에 어떤 심술궂음이 숨어 있던 듯한.

'이 자식 진짜 수상해!'

직장인 대출대에 앉아서도 그런 생각만 하고 있을 뿐이라 독서의 능률이 조금도 오르지 않습니다. 그래서 입속으로 우물우물 중얼거리곤 했던 것입니다.

'사루사와 사스케의 등에는 틀림없이 반점 하나가 있다. 게다가 꼬불거리는 털 세 가닥……'

자신이 믿고 있던 행복이 전부 허망해졌는데 사루사와 사스케 쪽은 전혀 불행하지 않고 즐겁다는 듯이 살고 있다. 그것이 막연히 밉기도 하고 또 샘이 나기도 했던 것이었습니다. 요컨대 대인 감정으로 보자면 스미레에서 알게 되었던 무렵 상황으로 가니에는 완전히 돌아가고 만 것입니다. 한편 사루사와의 그를 향한 태도도 결혼 중일 때와는 달리 묘하게 무람없이 건방져지기 시작하는 듯했습니다. 즉 알게 되었던 무렵과 거의 똑같은 태도입니다. 너그러운 척하면서 콧방귀를 뀌거나 노회한 농담으로 놀리며 그를 난처하게 하곤 합니다. 그것이 가니에의 속을 부글부글 끓게 하고 또 막연한 의혹을 불어넣곤 한 것이었습니다. 혹 나이 든 독신자의 별 의미도 없는 히스테리적 태도라고나 할까요. 하지만 구미코의 일기 속 'S'라는 글자는 어느덧 천근만근의 무게로 그의 온 생활을 짓눌렀습니다.

'어찌 됐건 이 자식의 등을 한번 확인해봐야 해.'

어느 토요일 사루사와 집에서 술대접을 받으며 그는 그런 생각이 강하게 들었습니다. 구미코 사후에도 그때까지의 관습상 그는 토요일마다 사루사와네를 방문해 저녁 식사와 술을 대접받았습니다.

'그것도 엄청 서둘러서. 내년 여름까지 기다리거나 할 순 없어.'

식탁 옆에선 사루사와 부인이 아이를 잠옷으로 갈아입히고 있었습니다. 어느덧 밤에는 슬슬 추웠기 때문으로 이는 플란넬 잠옷입니다. 사루사와 취향인 화려한 형태였습니다. 그때 얼핏 아이의 등이 보였습니다. 매끈매끈 부드러워 보이는 잡티 하나 없는 자그마한 등입니다. 그러자 곧장 사루사와 사스케의 등을 연상하며 가니에는 그렇게 생각했던 것이었습니다.

"등이 나왔잖아. 빨리 입혀, 감기 걸릴라."

하고 사루사와가 술을 머금은 채 부인에게 주의시켰습니다. 사루사와가 '등'이라는 단어를 발음했을 때 가니에는 희미한 몸의 전율을 느꼈습니다.

잠시 후 가니에는 짐짓 헛기침을 하며 손바닥을 어깨로 가져가 주무르면서 말했습니다.

"어쩐지 요즘 어깨가 결리지 않아?"

"주물러 줄 사람이 없어서 그것참 안됐네."

하고 사루사와는 가볍게 말을 받았습니다. 사루사와의 얼굴은 코를 중심으로 벌써 상당히 붉어져 있었습니다. 슬슬 취하고 있다는 증거입니다.

"등이라는 놈은 정말 지긋지긋해. 정말 의미가 없어"

하고 가니에는 멀리 에둘러 등으로 주제를 옮겨갔습니다.

"어째서?"

"어째서냐면 말이지 ―." 가니에는 잠시 생각하고서 "등이라는 건 인간 신체 중에 가장 넓은 면적을 차지하고 있잖아. 인간 표면적의 사분의 일은 되겠지."

"그야 그렇지. 지구로 치면 시베리아 같은 거네."

"그런 주제에, 라는 거야." 하고 가니에는 살짝 기세를 올렸습니다. "등이라는 건 인간에게 거의 아무 도움도 되지 않아. 우리가 등을 사용하는 건 의자에 기댈 때랑 잠잘 때 정도뿐이야. 그것도 의자 따위에는 등을 기대지 않고 앉으면 그만이고, 잘 때도 옆으로 누워 자면 등은 사용하지 않아도 그만

이지. 그럼 등이라는 건 도대체 무얼 위해 존재하는 거지?"

"하지만 말이야." 하고 사루사와는 연장자다운 침착함을 보이며 말했습니다. "등이 없으면 인간은 곤란하지 않을까. 위나 간이나 갈비뼈가 뒤에서 훤히 보이게 될 테고."

"진짜 별 의미 없어, 등이라는 건." 하고 가니에는 곁눈질로 사루사와의 모습을 힐끗 살폈습니다. "가령 말이야, 배에는 배꼽이라는 게 있어서 매듭이 지어져 있잖아. 그런데 등은 밋밋하기만 하고 중심이 전혀 없어."

사루사와 부인이 옆에서 큭큭 웃었습니다. 그러자 가니에는 추격하는 것처럼 말을 이었습니다.

"그야 사람에 따라선 있을지도 모르지. 가령 사마귀처럼 —."

"그야 그럴지도 모르지." 하고 사루사와는 따분하다는 듯 조그맣게 하품을 했습니다. "그건 그렇고 자네 요즘 조금 살이 빠진 것 같군. 역시 자취 생활로는 충분히 영양을 섭취할 수 없으려나."

이제 곧인 찰나에 화제가 그쪽으로 넘어가 버렸기 때문에 등에 관한 것은 허사가 되고 말았습니다. 가니에는 살짝 아쉬웠습니다. 저 사루사와 부인이 큭큭 웃었던 건 아무래도 어떤 의미가 있어 보였지? 혹시 남편의 반점이 떠올랐던 게 아닐까 하는 생각이 들기도 했습니다.

이날 밤 즈음을 경계로 가니에의 살아 숨 쉬는 정열은 하나의 분명한 형태의 목표를 향해 쏠리게 되었던 것입니다. 바로 사루사와의 등에 반점이 있는지 없는지, 오직 그것 하나뿐이었습니다. 인간 생활의 정열이라는 것은 여기저기 흩어지려 하는 경향보다 하나의 핵심으로 뭉치려 하는 경향이 더 강한 게 아닐까요? 가령 진주조개의 체액이 어떤 이물질을 붙잡아 진주알을 만들려고 하는 것처럼. 게다가 그 이물질이 자갈이든 유리 조각이든 어찌 됐든 간에 모양이 있기만 하면 무엇이든 괜찮은 것입니다. 그 어떤 말도 안 되는 것에도 인간이 정열을 쏟아부을 수 있는 건 대개 이러한 속사정 때문이 아닐까요? S의 반점은 가니에에게 바로 그러한 것이었습니다. 죽은 처에 대한 추모, 허망해져 버린 행복, 무미건조한 일상, 세속적인 행복을 향한 막연한 질투, 그런 것들의 혼연한 총량이 환상 속 반점을 핵으로 하여 그득그득 응집하고 만 것이었습니다. 이 반점에 대한 것만 해결하면 그와 동시에 모든 것이 해결된다. 말로 표현하면 뭐 그런 심정인 셈입니다. 그야말로 일종의 종교적 정서 같은 거죠.

'아무튼 사루사와의 등을 한번 확인해야 해.'

차차 겨울이 다가오고, 그러면 옷이 점점 두꺼워지고, 벌거벗은 등을 들여다볼 기회는 더더욱 사라지고 맙니다. 그 점에서 가니에는 일종의 초조함을 느끼고 있었습니다. 혹 그는 스스로 의식하지 못하는 곳에서 그 초조함을 즐기고 있던 건 아니었을까요? 확인해 버리면 이제 끝, 전부 끝나버리는 것입니다. 바로 그렇기에 가니에의 가슴에는 사루사와의 등을 보고 싶지 않다는 기분도 어둑한 그늘처럼 희미하게 따라다니고 있었습니다. 하지만 역시 확인해야만 했습니다. 최대한 기회를 만들기 위해 노력해야만 합니다. 정열이 지시하는 대로.

평온히, 무사히, 하루하루가 흘러갔습니다.

어느 토요일 밤 아홉 시경, 사루사와가 거실에서 화로를 끼고 사루사와 부부가 이런 대화를 나누고 있었습니다.

"가니에 씨도 부인분이 돌아가시고서 살짝 이상해. 뭔가 기분 나빠."

"그렇지? 원래부터 좀 이상한 남자였는데 요새는 특히 더 묘해."

"너무 상심해서 머리의 나사가 돌아버린 게 아닐지 모르겠어. 가끔씩 터무니없는 말을 꺼내거나 하니까 말이야."

"그 희번덕거리는 눈빛부터가 제일 이상해. 잠시 상대하지 않는 편이 나을지도 몰라."

"하지만 건너편에서 찾아오는걸요."

"그러니까 서비스를 나쁘게 하는 거지. 저 남자는 다소 어리광을 부리는 거야. 세상은 그렇게 호락호락하지 않다는 걸 가르쳐주는 편이 좋을 거야."

그때 현관이 드륵드륵 열리며 실례합니다 하는 소리와 함께 당사자인 가니에 시로가 들어왔습니다. 이는 아주 살짝 들뜬 듯한 목소리였습니다. 그 상태 그대로 거실로 올라왔습니다. 살짝 취해 있는 듯합니다.

"어머, 어서 오세요."

하고 사루사와 부인은 상냥한 말투로 답했습니다. 사루사와는 살짝 고개만 숙여 인사하고 말없이 연신 이쑤시개로 이를 쑤셨습니다. 이는 주로 이미 식사가 끝났다는 점을 가니에에게 나타내기 위한 것입니다.

"춥다 추워." 하고 가니에는 싱글벙글 웃으며 화로에 손을 쬐었습니다. "조용하고 쓸쓸한 밤이군."

"그러게. 구미코 씨라도 있었다면." 하고 사루사와는 이쑤시개를 옷깃에 꽂으며 답했습니다. "마작이라도 할 텐데."

"뭐 세 명으론." 하고 부인은 아쉽다는 듯이 말을 덧붙였습니다. "마작도 못하고."

"정말로 안타까워." 하고 가니에가 맞장구를 쳤습니다. "그럼 오목이라도 둘까?"

"하고 싶어도" 하고 사루사와. "바둑판이 없어서 말이야."

"아 그래? 그럼 자네 장기는 둘 줄 알지?"

"그야 둘 줄 알고말고. 그러고 보니 자네하곤 아직 둔 적이 없군. 한번 둬보고 싶어지는군그래. 근데 말이야—."

"사실 말도 없고 판도 없거든요." 하고 부인이 이어받았습니다. "사둘 걸 그랬네요."

"말은 내가 가져왔어."

가니에는 싱글벙글 웃으며 주머니에서 종이상자를 꺼냈습니다. 보자 그것은 장난감 가게 등에서 파는 그 조잡한 장기 말이었습니다. 그러더니 어느새 벌써 탁상 위에 서걱서걱 종이판을 펼쳐 둔 상태였습니다.

사루사와 부부는 슬쩍 얼굴을 마주 보았습니다. 하지만 가니에가 탁탁 말을 늘어놓기 시작해 사루사와도 천천히 몸을 움직여 가니에와 마주하였습니다.

"그럼 얼마를 걸까나."

결심한 듯 사루사와가 그렇게 말했습니다. 승부를 거는 듯한 목소리였습니다.

"그러게. 돈을 거는 것도 이제 물려." 하고 가니에는 말을 전부 늘어세우고 힐끗 사루사와의 얼굴을 쳐다보았습니다. "오늘 밤은 뭔가 특이한 걸 걸어볼까?"

"특이한 거라니 어떤 거?"

"예를 들자면." 가니에는 잠시 생각에 잠긴 척을 하다가 이윽고 툭 말했습니다. "진 쪽이 벌거벗어 보이거나 하는 건 어떨까."

"벌거벗어?" 사루사와는 히죽 웃었습니다. 순간 가니에의 벌거벗은 모습을 상상하기라도 했을 겁니다. "그거 재밌겠군. 그래서 춤을 추는 건가?"

"아니 추우니까 춤출 것도 없지. 근처 한 바퀴를 돌고 오는 거로만 하지."

"그만 하세요. 바보같이." 하고 사루사와 부인이 새된 목소리로 가로막았습니다. "당신네들 벗은 걸 봐도 전혀 재미없어요. 그것보다는 그냥 한 판에 이백 엔으로 해요."

"그래, 그렇게 하지."

가니에가 입을 열기 전에 사루사와가 그렇게 말해버렸기 때문에 가니에는 어물어물하다가 마지못해 입을 다물고 말았습니다. 얼굴이 확 붉어져 어쩐지 바로 재미가 없어진 듯한 표정입니다.

하지만 먼저 가니에가 각˙의 길을 열고 사루사와가 비차를 전진시키면서 싸움이 시작되었습니다. 양쪽 모두 묵묵히 입을 다물고 연이어 말을 움직였습니다. 말의 판국이 변화해 감에 따라 점차 두 사람의 투지도 달아오르는 듯했습니다. 특히 가니에는 어깨를 들썩이며 언뜻 보기에 혈투하는 꼴이 되어갔습니다.

사루사와 부인은 뜨개바늘을 꺼내와 옆에서 뜨개질을 시작했습니다. 방안은 고요하게 말을 움직이는 소리만이 때때로 삭삭 울릴 뿐입니다. 문득 그 소리가 끊겨 부인이 고개를 들어 바라보자 사루사와 사스케는 당혹스러움과 분함을 억눌러 감춘 노회한 미소를 머금고서 가만히 판을 노려보다가

- 일본식 장기의 말로 우리나라의 장기와 말의 구성이 다름. 일본식 장기를 쇼기라고도 부름.

가니에 곁에 놓인 예비말을 노려보곤 했습니다. 아무래도 형세가 좋지 못한 모양이었습니다.

이윽고 사루사와는 가니에의 예비말에 힐끗 일별을 던지면서 그제야 낮은 목소리로 말했습니다.

"가니에 군. 자네 그 계마를 삼십 엔에 팔지 않겠나?"

가니에는 깜짝 놀란 듯이 고개를 들었습니다. 그리고서 판을 둘러보며 계속 뭔가를 계산하는 듯한 모습이었는데 잠시 후 결정한 듯 답했습니다.

"좋아. 그 대신 현금이야."

그래서 사루사와는 십 엔 지폐 석 장을 휙 꺼내 계마를 사들여 그것을 판에 탁 두었습니다.

그리고서 얼마 안 있어 사루사와는 다시 현금을 꺼내 가니에의 은과 보를 샀습니다. 그리고서 거듭 향차를 이십 엔에 사곤 했습니다. 가니에는 현금이 척척 들어왔기 때문에 싱글벙글 예비말을 건넸습니다.

그리고서 삼십 분 정도가 지났습니다. 뜨개질을 하던 부인이 다시 고개를 들자 이번에는 가니에가 심각한 표정으로 생각에 잠겨있었는데 보니 사루사와의 곁에는 열 개 남짓의 예비말이 수북이 쌓여 있던 것이었습니다. 사루사와는 의기양양하게 천장을 향해 담배 연기 고리를 후우 내뿜곤 했습니다.

"사루사와 군." 이윽고 가니에는 다소 분한 듯한 말투로 말했습니다. "계마 하나 넘겨주지 않겠나."

"아아 그래그래. 오십 엔이야."

"오십 엔?" 하고 가니에는 눈을 부릅떴습니다. "그건 너무 비싸잖아."

"우리 집에선 그 가격이야."

하고 사루사와는 태연한 목소리로 말했습니다. 가니에는 다소 주저했지만 떨떠름하게 오십 엔을 내고 계마를 받았습니다.

그러고서도 형세는 그다지 좋아지지 않은 듯, 가니에는 연신 몸부림을 치며 그때마다 향차를 사거나 보를 사곤 했습니다. 그럼에도 불구하고 사루사와의 예비말은 점점 더 늘어나는 형세라 그는 그것들을 정리하여 일렬로 늘어세우고 보 따위는 셋을 하나로 겹쳐 쌓아놓곤 했습니다. 이는 보는 한 덩어리에 삼십 엔이라는 뜻이었습니다.

그리고서 판이 척척 변화하여 이십 분 후에는 말을 몇 개나 산 보람도 없이 가니에의 왕은 거의 맨몸이 되어버렸습니다. 가니에는 입술을 깨물고 낮게 으르렁거리며 머리에 완전히 피가 쏠려 수를 둘 곳도 제대로 판단하지 못하는 듯한 모양이었습니다. 판을 매섭게 노려보던 채로 신음하듯 물었습니다.

"금은 얼마지?"

가니에의 왕은 장군 상황에 놓여 뭔가 강력한 아이고마가 필요한 것입니다. 사루사와는 잠시 생각하더니 침착한 목소리로 답했습니다.

"금은 좀 비싸. 백오십 엔 정도려나."

"그건 너무 비싸. 좀 너무하잖아."

"하지만 값어치가 그만한걸."

"그럼 묻겠는데 각 같은 건?"

"각은 백사십 엔, 비차는 그래 백육십오 엔이야. 왕은 이건 예비말은 아니지만 만약 판다 하면 이백오십 엔 정도로 깎아줄게."

"뭐. 이백오십 엔?"

그렇게 말하면서 가니에는 사루사와의 왕을 아니꼽다는 듯이 응시했습니다. 응시하는 사이 그 왕 말이 불현듯 사루사와의 얼굴로 보이기 시작했습니다. 그 왕을 집어 올려 그 등을 조사해보고 싶다는, 그러한 충동이 언뜻 가니에의 가슴을 휩쓸어 무심코 손을 뻗으려 했습니다. 그때 사루사와의 침착한 목소리가 되돌아왔습니다.

"그래. 이백오십 엔이야. 어쨌든 왕이니까."

차라리 이백오십 엔을 내고 적 왕을 사들여버릴까 하고 가니에는 생각했으나 어쨌든 승부 판돈이 이백 엔이니 그 득실을 고려해 간신히 멈춘 것입니다.

옆에서 사루사와 부인이 크게 하품을 하면서 질린다는 듯

- 合駒: 장군을 막기 위해 상대 말과 자신의 말 사이에 두는 말.

한 목소리를 냈습니다.

"아직도 승부가 안 난 거야? 엄청 긴 승부네. 나 먼저 쉬러 가도 될까요?"

──가니에와 사루사와의 토요일 모임은 최근 대개 이런 식입니다. 이러한 상황이라 가니에가 사루사와의 등을 보는 것은 정확히 언제가 될지 알 수 없습니다.

하지만 더 이상 가니에는 사루사와의 등을 보지 않는 편이 낫지 않을까요? 사루사와의 등에 반점이 있어도 가니에는 불행해지고, 없다면 더욱더 불행해질 게 틀림없습니다. 떠올려 보거나 공상하거나 하기만 하고 실제론 보지 않는 편이 나을 법한 무언가가 이 세상엔 분명 존재할 겁니다. 'S의 등'도 이젠 그중 하나겠죠. 저는 그렇게 생각합니다.●

(1952. 1. 「군조群像」)

● 단편집에 수록되면서 1952년 1월 발표 당시 결말과는 결말 내용이 살짝 바뀜. 이에 대해서는 작품 해설에서 후술.

낡은 집의 봄가을

 노로 다비토(野呂旅人)라는 이름의 남자가 있습니다. 그놈이 어디 있느냐. 목하 저희 집에 거주 중. 즉 저와 동거 중이라는 것입니다. 하지만 이러한 상황을 동거라고 부르는 것이 적절할지 어쩔지 저는 잘 모르겠네요. 여러분도 알고 계시다시피 전 세상 물정 모르는 일개 가난한 화가이고 어휘 사용법에 있어 그다지 민감한 성격이 아닙니다. 하지만 제 느낌상 동거라는 것은 동일한 권리를 가지고 한집에 함께 사는 것, 한쪽이 다른 쪽에 종속되지 않고 함께 사는 것, (만약 종속된다면 이는 기식이나 세입자로 불러야 하겠죠) 그런 것들이 아닐까 싶습니다만 그러한 관계가 저희 사이에선 대단히 복잡해진 상태입니다. 무엇보다도 이 집은 도대체 누구의 소유물인지, 제 것인지, 노로의 것인지, 저희 외에 제삼자의 것인지가 전혀 확실하지 않은 상태입니다. 참으로 난처한 상황입니다.

　노로 다비토라는 남자는 나이 아마도 분명 서른하나. 키는 끽해야 고작 다섯 자(약 151.5cm). 몸도 야위어 체중도 열 관(약 37.5kg) 혹은 열한 관(약 41.3kg) 정도일 겁니다. 하지만 이 남자는 보다 살찔 소질은 있는 것 같습니다. 그냥 그런 느낌이 듭니다. 그런데도 전혀 살이 찌지 않는 건 영양을 충분히 섭취하지 않는 탓이라고 저는 추측하고 있습니다. 뭐 그렇다고 그 점을 두고 제가 큰소리칠 권리 또한 딱히 없지만요. ─ 아무튼 방금 막 말씀드린 것처럼 노로라는 남자는 허우대도 형편 없고 머리가 잘 돌아가는 편도 아니고 눈에 띄는 남자가 아닙니다만 딱 한 가지 외견상 특징이 있습니다. 그건 바로 사마귀입니다. 사마귀란 사전에 찾아보면 '피부상의 근육이 응괴를 이루어 밥알 정도 크기로 융기하는 것'이라고 나와 있는데 노로의 사마귀는 밥알보다도 훨씬 큽니다. 삶은 팥알 정도는 됩니다. 그게 하나뿐이라면 좋겠지만 아주 신중히 이마에 셋, 턱에 둘 도합 사마귀 다섯이 군데군데 박아 넣은 양 산재해 있습니다. 그리고 바로 이 사마귀남이 저와 동거 중입니다. 어떠한 사정과 경위로 노로가 저와 동거하게 된 건지, 이를 이야기하기에 앞서 우선 이 집에 대해 말씀드리죠.

　집이라 한들 제가 살고 있는 곳이니 만큼 커다란 집은 아닙니다. 폐가라 부르는 쪽이 더 적당할 테죠. 방은 셋. 여덟 장 넓이의 서양식 방이 중앙에 있고 넉 장 반 일본식 방이 양쪽에 붙어 있습니다. 방은 그뿐. 서양식이라느니 세련되게 들리지만 뭐 그다지 별다를 것 없는 꺼슬꺼슬한 마루방일 뿐입니다. 그리고 부엌, 변소, 목욕장 등등. 거기에 오십 평 정도 되는 마당. 그게 전부입니다. 무척 오래된 집으로 제 추정으론 적어도 세워지고 삼십 년은 경과했을 겁니다. 빗물이 떨어지고 바람이 새어들고 기둥은 기울고 차양은 부서져 마치 추레한 몰골의 상갓집 개와 닮아 이쯤되면 돈을 써서 근본적으로 특별대책을 강구하지 않으면 큰일이 날 것 같지만 누구 소유의 집인지 확실하지 않기 때문에 아무도 손을 쓰지 않고 끝내 그런 상태로 방치되어있는 겁니다. 슬슬 장마철이 다가온다고 하는데 정말이지 우울한 이야깁니다.

이런 낡은 집에 어떠한 경위로 제가 들어앉게 되었는가. 우선 그걸 말씀드리도록 하죠.

후와 가즈마라고 하는 인물이 있었습니다. 저는 이 남자와 작년 봄, 도쿄 도영 전차 안에서 알게 되었습니다.

도영 전차 안에서 알게 되었다니 다소 이상하게 들릴지도 모르겠습니다만 이야기는 간단합니다. 어느 날 제가 도영 전차를 타고 있었는데 제 앞에 후와가 서 있었습니다. 비교적 붐비던 날이라 저는 앉아 있었지만 후와는 공석이 없어 손잡

• 바닥재인 다다미 한 장을 기준으로 하는 넓이 단위로 다다미 두 장이 대략 한 평에 해당함.

이에 매달려 있었습니다. 물론 그때 제 앞에 서 있는 게 후와라는 인물인지는 전혀 알지 못했고 또 관심도 없었죠. 같은 차 승객에게 하나하나 관심을 가진다면 정신이 모조리 닳아 없어질 테니까 말이죠. 전 피곤해서 멍하니 전차에 실려 몸이 흔들리고 있었습니다. 그런데 종점에 가까워지던 중 문득 아주 제 흥미를 끄는 현상이 그 후와의 신변에 일어났던 것입니다.

  후와 옆에 젊은 남자가 마찬가지로 서 있었습니다. 안경 같은 걸 낀 일견 샐러리맨인듯 합니다. 그 자식이 석간을 펼쳐 들어 읽고 있습니다. 아니, 실제로 읽고 있는지 그저 펼쳤을 뿐인지 확실하진 않지만, 그 석간 그림자로부터 그 남자의 손이 조금씩 조금씩 뻗더니 연신 후와의 상의 주머니를 살며시 눌러보는 것 같습니다. 차체가 요동치는 탓이라고 생각했지만 그렇다기에는 손가락 놀림이 부자연스럽고. 소매치기인가 싶었지만 전 가만히 있었습니다. 전차는 요란하게 달려나갑니다. 전 실눈을 뜬 채 선잠을 자는 척하면서 그 손동작에 주의를 기울였습니다. 손가락이 여인처럼 부드럽게 움직여 주머니 표면을 건드리지만 좀처럼 본체에는 닿지 않습니다. 전 조금씩 가슴이 두근두근대기 시작했습니다. 이런 건 남의 일이긴 하지만 스릴이 있는 법이죠. 이는 낚시할 때 심정과도 조금 비슷합니다. 이제 잡히려나, 이제 잡히려나 하고 콩닥콩닥대면서 관찰하고 있는데 그 손이 순간 불쑥 평평해

지더니 스르륵 주머니로 숨어듭니다. 그다음 순간 검지와 중지 사이에 끼어 가죽 지갑이 어렵잖게 끌려 나왔던 겁니다. 제 심장은 세차게 쿵쾅쿵쾅 뛰어대 다소 더러운 얘기지만 부지불식간에 하반신에 아주 쪼금이긴 하나 일종의 생리현상을 일으켰을 정도입니다. 저는 어렸을 때부터 몹시 긴장하면 순간 그러한 현상을 일으키는 인과적인 버릇이 있습니다. 황혼 무렵 전차 안이고 신문지로 가로막혀 있어 아마도 그걸 본 건 저뿐일 겁니다. 당사자인 후와도 느긋한 표정으로 창밖에 땅거미가 지는 풍경 따위를 바라보고 있었습니다. 그리고 지갑을 빼낸 손의 주인은 서서히 몸을 빼내며 출구 쪽으로 이동하려는 듯합니다. 저는 무심코 후와의 무릎을 꾹 찔렀습니다.

어째서, 무슨 생각으로 제가 후와의 무릎을 찔렀던가. 솔직하게 말해서 그건 사회적 정의감 같은 것은 아니었던 것 같습니다. 말하자면 오지랖일까요. 그런 마음가짐이라고 말하는 편이 옳죠. 저는 선천적으로 상당히 오지랖이 넓어 타인과의 관계도 이것 없이는 맺지 못합니다. 하지만 크게 보자면 인간과 인간을 연결해주는 건 사랑이라느니 하는 같잖은 것이 아니라 오로지 이 오지랖이라든가 중뿔나게 참견한다든가 하는 정신이 아닐까요. 저는 대충 그렇게 이해하고 있습니다. 오지랖이야말로 인간이 살아 있음을 보증하는 셈이죠. 거기에 또 한 가지, 그때 저에겐 질투의 감정도 살짝 있었던 것 같습니다. 물론 소매치기인 젊은 남자를 향해. 저 자식만 혼자 단물을 빨게 해서야 되겠는가. 도대체 목격자인 나보고 어떡하란 거야 라거나 하는 생각으로.

후와는 어리둥절한 표정으로 저를 바라보았습니다. 그리하여 저는 허리를 들어 후와의 귀에 얼굴을 갖다 댔습니다. 후와의 귓불은 큼직했습니다. 소위 복귀(福耳)라는 것으로 이런 귀를 가진 자 중 악인은 드물다고 흔히 말하곤 하죠. 그 큼직한 귓불에 제가 막 목격한 대강을 속사포로 불어넣었습니다. 그러자 후와의 얼굴이 휙 홍조를 띠더니 출구 쪽을 노려보는듯 했습니다. 전차는 신주쿠 종점에 정차하려 하고 있었습니다.

순식간에 후와는 인파를 밀어 헤치며 출구를 향해 돌진했습니다. 그 뒤를 따라 저도. 그리고 정류장에서 이십 미터 정도 되는 지점에서 그 젊은 남자의 어깨를 꽉 붙잡았습니다. 저희가 뒤쫓는 발소리를 들으면서도 젊은이는 도망치려 하지 않더군요. 어지간히 만만찮은 놈이었던 게 틀림없습니다. 그 자식은 어깨를 붙잡힌 순간 미리 예상했다는 것처럼 쓱 뒤를 돌아보더니 지갑을 양손으로 받쳐 들고 불쑥 허리를 깊이 숙여 절을 올렸습니다. 마치 전시 중 'XX에 향하여 경례'라고 해도 좋을 모양새입니다. 이상하게도 그런 식으로 당하자 이쪽의 마음가짐이 쑥 가라앉아버려 후와는 그 지갑을 모호하게 받아들고 말았죠. 그러자 젊은이는 허리를 숙인 채 네 다섯 걸음 후퇴하더니 천천히 고개를 들어 올리며 뒤로 돌아 사뿐사뿐 걸으며 저편으로 사라져버렸습니다. 실로 훌륭한 몸동작이라 저희는 완전히 기세에 눌려 그저 어리둥절 배웅할 뿐이었습니다. 파출소에 집어넣어야 한다는 생각에 미쳤던 건 인파에 섞여 사라진 뒤로, 정말 어처구니없는 이야기입니다.

하지만 그럼에도 지갑이 돌아왔다는 이유만으로 후와는 크게 기뻐하며 저에게 한턱 대접하고 싶다는 말을 꺼냈습니다. 저도 그를 거절할 이유는 없어 흔쾌히 수락했습니다. 후와가 데려갔던 곳은 하나조노 정의 어느 장어집 이 층입니다. 후와는 가죽 지갑을 손으로 툭툭 두들기며,

"이렇게 된 거 소매치기당했다 치고 오늘 밤은 한바탕 호화롭게 가보죠."

하고 말했습니다. 그리고 그 지갑에서 명함을 한 장 꺼내 저에게 건넸는데 거기엔 '후와 가즈마'라고 인쇄되어 있었습니다. 후와는 콧구멍을 벌렁벌렁거리며 자신은 후와 가즈에몬●의 직계 후손이라고 다소 으스대듯 얘기했죠. 어쩐지 귀가 복스럽고 생김새도 온화하고 그런 명문가 출신이라는 것도 절대 거짓말이 아닐 거라고 저는 그때 생각했습니다. 소매치기한테 당하는 것도 근성이 등신 같은 탓이 아니라 대범한

● 不破正種: 에도 시대 전기의 무사로 그 이름을 딴 가부키 극으로 유명.

인품 탓임이 틀림없다. 그렇게 저는 생각했죠. 저희는 장어를 먹으며 술을 마시기 시작했습니다. 역시나 가즈에몬의 후손답게 후와는 마시는 방식이 시원시원했습니다. 쪼그만 잔이 아니라 컵으로 벌컥벌컥 마십니다. 아주 의기투합하여 거하게 마시고 문득 정신을 차리고 보니 벌써 열두 시에 가깝습니다. 저는 깜짝 놀라 일어났습니다. 당시 저희 집은 하치오지에 있었는데 서두르지 않으면 전차가 끊겨버릴 것이기 때문입니다.

그런데 후와 가즈마는 벌컥벌컥 마셔댄 탓인지 돌연 맥을 못 추리더니 벌러덩 다다미 바닥에 뻗어버렸습니다. 아주머님이 계산서를 들고 와도 축 늘어져 도저히 정신이 들지 않는 모양입니다. 하는 수 없이 제가 후와의 주머니를 뒤져 묵직하게 부푼 가죽 지갑을 끄집어내 이를 열어보자 현금은 겨우 이백이십 엔밖에 들어 있지 않더군요. 부풀어 오른 건 낡은 엽서 대여섯 장을 자잘하게 접어 쑤셔 넣은 탓으로 그중 한 장을 살짝 펼쳐보자 도민세인지 뭔지 하는 독촉장 같은 것이었습니다. 독촉장이라면 하는 수 없죠. 그래서 저는 떨떠름하게 제 지갑을 꺼내 계산을 매듭지었습니다. 그리고서 혼자 돌아가려 하는데 이 뻗은 남자도 데리고 가라고 여급이 강경하게 밀어붙여 어쩔 수 없이 후와를 들쳐메듯 하고 사다리 계단을 내려왔어요. 내려와서 밖으로 나오자 후와는 살짝 정신을 되찾은 듯 자신을 데려다줄 겸 자기 집에서 묵고 가랍니다. 시각으로 보아 하치오지행 막차는 떠난 뒤인 듯하고 저도 다소 취하여 어찌 되든 좋다 하는 심정이 되어 즉석에서 후와 집으로 묵으러 가기로 결정하고 택시를 불러세웠습니다. 후와의 집은 게이오선 다이타바시역 근처입니다. 저희를 태운 소형 택시는 산뜻한 달빛 속 고슈 가도를 쉬지 않고 달리다 어느 골목에서 꺾어 한 정정도 가더니 후와가(不破家) 문 앞에 정차했습니다. 그 택시비도 제가 냈죠. 이 후와가가 현재 제가 거주하는 중인 집입니다만 밤 시간대였고 또 눈부신 달빛 아래에선 그렇게 낡은 가옥으로는 보이지 않고 꽤나 번듯한 저택으로 보였습니다. 문을 두들기자 이윽고 잠옷 차림의 후와 부인이 탁탁 나왔습니다. 아무래도 부인 쪽이 후와보다 나이가 많은 듯, 후와를 마흔 정도로 치면 부인은 마흔다섯 정도로 보였습니다. 무뚝뚝하게 문을 열고 저희를 보고서도 놀라거나 하는 표정도 없이 척척 물러나 버렸습니다. 그날 밤 저는 동쪽 넉 장 반 방에서 후와와 같은 이불을 덮고 잤습니다. 부인은 서쪽 넉 장 반 방입니다.

    그렇게 날이 밝아 아침밥을 대접받았습니다. 아침이 되어 살펴보자 정말 낡아빠진 집인데다 더욱이 감탄스러웠던 건 가재도구가 거의 없다는 것입니다. 완전히 텅 비어 있습니다. 이불이나 식기류, 그러한 아주 최소한의 생활필수품뿐 그것 말곤 아무것도 없습니다. 밥상조차 없는 겁니다. 저희는 밥그릇을 바닥에 내려두고 아침 식사를 했습니다. 사방을 둘러보며 정말 시원시원하네요 하고 제가 감탄해 보이자 자신은 물건에 집착하지 않는 성격이란 의미의 말을 후와는 싱글벙글거리며 설명했습니다. 부인은 시종 딱딱한 얼굴로 서둘러 밥을 먹고 있었습니다. 취한 다음 날 아침이라 된장국이 무척 맛있었습니다. 또 요리 솜씨도 대단했죠. 된장국을 맛있게 끓이는 여자는 살림을 잘한다, 그런 말을 자주 하곤 하는데 그렇다면 이 후와 부인은 표정은 딱딱해도 분명 살림을 꾸려나가는 데 능숙한 게 틀림없습니다. 저는 그 새순 된장국을 세 그릇이나 더 달라 하여 먹어치웠습니다.

이 텅 빈 낡은 집에 후와와 부인 단둘이 살고 있다. 아까운 일이다. 그럼 반은 저에게 빌려 달라 하는 이야기가 어떤 계기로 나왔던 건지 이젠 거의 떠오르지 않습니다. 어느 쪽에서 먼저 말을 꺼냈는지 그것도 잊어버렸죠. 하지만 저는 당시 하치오지 아버지 집에 살고 있었는데 도쿄와 멀고 또 하치오지 집은 비좁아서 그림을 그리기도 불편해 조만간 도쿄에 방을 빌려 독립하고자 하는 생각이 있긴 했습니다. 이 집의 여덟 장 마루방이라면 아틀리에로 충분하다. 게다가 후와도 서글서글 온화한 성격에 부인도 무뚝뚝하긴 하지만 못된 사람은 아닌 것 같다. 모든 게 안성맞춤인 상황이라 순식간에 이야기는 결정이 났습니다.

"정말로 자네가 온다면 안전하기도 하고 우리도 한숨 놓는 셈이지."

후와는 기분 좋게 웃으면서 그렇게 말하거나 했습니다. 제가 동쪽 넉 장 반에 거주하고 후와 부부는 서쪽에 거주한다. 마루방은 양측 공용으로 한다. 그런 조건이었습니다.

"그래서 —." 하고 저는 마지막으로 물었습니다. "방값은 얼마 정돕니까?"

"음. 한 달에 오백 엔 정도만 주시게나."

하고 후와는 대수롭지 않게 말했습니다. 돈 같은 건 문제가 아니라는 듯한 말투였습니다.

"그럼 권리금은?"

"음." 후와는 귀찮다는 듯 턱 근처를 벅벅 긁었습니다. "오만 정도 받기로 할까?"

저는 잠시 입을 다물었습니다. 방세는 터무니없이 쌌지만 그에 비해 권리금이 다소 너무 비싼 것 같은 기분이 들었기 때문입니다. 그러자 그런 낌새를 눈치챘는지 후와는 문득 고개를 돌려 싱글벙글대며 말했습니다.

"아니, 뭣하면 사만도 괜찮아."

"그런가요? 그럼 그렇게 부탁드립니다."

그렇게 이야기가 결정되어 버렸습니다. 소매치기가 중개한 인연으로 집주인과 세입자 사이가 되다니, 참으로 재밌고 낭만적이라 소설 거리가 될 법도 한 이야기군요. 그래서 그날은 후와가에서 물러나 하치오지로 돌아가서 아버지를 설득해 사만 엔을 타냈습니다. 아버지도 사만이라는 돈에는 살짝 떨떠름해 보였지만 저도 언제까지 부모에게 빌붙을 순 없어 이후로도 경제적으로 독립한다는 조건으로 간신히 타냈던 것입니다. 물론 후와가로 이사했다고 해서 곧장 그림이 팔려나간다는 건 아니죠. 그래도 저에겐 한 가지 계책이 있었습니다. 저 후와가 여덟 장 마루방, 간혹 날씨가 좋을 땐 앞마당을 이용해 일요일마다 초등학생을 상대로 그림 교실 실습을 하면 어떨까. 운 좋게 후와가 근방은 주택지역이라 스물 혹은 서른 명은 모일 거란 것이 저의 어림짐작이었습니다. 한 명에 월사금을 삼백 엔 받으면 서른 명에 구천 엔. 방값은 오백 엔이고 팔천오백 엔이면 혼자서 별 탈 없이 먹고살 수 있겠죠. 그러한 저로서도 빈틈이 없는 계산이었습니다.

　후와하고 알게 된 지 사흘째 되는 날 저는 생활 도구와 그림 도구 일습을 삼륜차에 실어 담아 저 멀리 하치오지에서 다이타바시로 덜컹덜컹덜컹 이사해 왔습니다. 생활 도구 쪽은 후와에게서 배운 대로 최소한의 필수품만 지참했습니다. 그날 밤 후와와 간단한 계약서를 작성하고 사만 엔을 건네고서 근처 국숫집에서 이사잔치국수를 시켜다 국수를 안주 삼아 간략한 축하연을 열었습니다. 후와 부인도 그 축하연에 참여했는데 놀랍게도 부인은 그 풍모와 어울리지 않게 남편을 능가하는 대주가로, 준비했던 두 되가 부족해져 한 되를 더 사와야 했을 정도였습니다. 전형적인 술고래 부부라고나 할까요.

하지만 이 술고래 부부와의 동거생활은 불과 일주일 만에 속절없이 끝을 고했습니다. 일주일째 되는 날 부부가 함께 야반도주랄지 주간도주랄지 어디론가 실종되어 버렸던 것입니다. 이는 정말 예상 밖의 사건이었습니다.

실종 전날 밤 후와 가즈마는 살짝 술에 취해 제 방으로 찾아와 벽에 걸려 있는 제 그림을 비평하기도 하고 괴상한 화론을 지껄이기도 했는데 이윽고 머뭇머뭇하며 방값 선납이라는 형태라도 좋으니 이천 엔 정도 빌려줬으면 한다는 말을 꺼냈습니다. 부부가 아코로 선조 참배를 다녀오고 싶다는 것입니다. 일주일 전 사만 엔이라는 돈을 건넸는데 이천 엔만 더 빌려달라는 게 조금 이상하단 생각이 들었지만 제가 모르는 사정이 있을지도 모르고 설마 실종될 거라곤 생각지도 못해 방값 선납 형식이라면 괜찮겠지 싶었죠. 하지만 만일을 위해 물어보았습니다.

"선조 묘소면 굳이 아코까지 갈 것 없이 센가쿠지에 있지 않나요?"

그러자 후와는 어여뻐하는 듯한 웃음을 띠고서 저를 바라보며,

"우리 조상이라는 게 꼭 가즈에몬만 있는 건 아니니까요. 가즈에몬의 자식도 그렇고, 또 그 자식도 그렇고 그 대대로 전부 우리 선조분들이니까."

하기야 생각해보니 그렇긴 하여 저도 납득하고, 든 것 없는 지갑에서 천 엔 지폐 두 장을 건넸습니다. 후와의 말에 따르면 아코행은 성묘를 위해서뿐만 아니라 저쪽 산림 처분 용건도 겸한 것이라 일주일 아니면 열흘은 걸릴지도 모른다. 그 사이 집을 봐줄 사람으로 먼 친척인 노로라는 남자를 이곳에서 묵게 할 것이니 사이좋게 지내 달라. 노로는 모레쯤 도착할 것이다, 하는 식의 말이었습니다. 저도 빈집을 돌보며 혼자 모든 책임을 맡는 건 부담스러워 기꺼이 제의를 승낙했습니다.

다음 날 아침 열한 시 경까지 늦잠을 자다 일어났을 땐 이미 후와 부부의 모습은 보이지 않았습니다. 아침 일찍 떠났던 것으로 보입니다. 밥을 지으려고 부엌으로 가보자 제 반합 위에 놓여 있는 한 장의 편지지에 상당한 달필로,

'노로 군과 사이좋게 지내주십시오. 그는 진정 호인입니다.'

그렇게 쓰여 있었습니다. 물론 후와의 필적입니다. 나와 노로라는 남자의 사이를 묘하리만치 걱정하고 있군. 살짝 그런 의아함이 들었을 뿐 그 편지는 바로 접어서 주머니에 넣었습니다.

노로가 찾아온 건 그로부터 이삼일이 지난 정오 무렵이었습니다. 제가 마루방에 이젤을 세워두고 정원을 사생하고 있는데 앞쪽으로 커다란 짐수레 소리가 들리고 곧 발소리가 마

당으로 들어왔습니다. 마당에 들어온 남자는 저를 보고 살짝 놀란 듯 굳은 채 멈춰 섰습니다. 저는 화필을 내려두고 그 녀석의 얼굴을 쳐다보았습니다. 땀투성이 얼굴 여기저기 사마귀가 달려 있어 그것이 무엇보다도 가장 인상적이었습니다.

"노로 군입니까?"

하고 저는 물었습니다.

"그야 제가 노로이긴 한데 ─." 노로는 의아하다는 듯 마루방을 들여다보았습니다. "후와 씨는 없는 겁니까?"

"후와 씨는 어제 효고현으로 떠났어요." 저도 의문스러웠습니다. 아니 빈집을 지키러 왔다면 집주인 여행 정도는 알고 있어야 하는 법이니까 말이죠. "열흘 정도 걸린다고 했어요."

"열흘?" 노로는 눈살을 찌푸렸습니다. "그럼 곤란한데."

"곤란하다거나 할 게 있나요."

"곤란하지." 그리고 노로는 뚫어지게 저를 위에서 아래로 훑어보더니 갑자기 말투가 거칠어졌습니다. "도대체 넌 뭐야. 빈집을 지키는 건가?"

"지키는 거 아니야." 저도 살짝 발끈하며 말을 받아쳤습니다. "집 지키는 건 너잖아. 난 여기 거주자야."

"거주자?" 이거 바보 아냐 하는 듯한 눈빛으로 노로는 저를 쳐다봤죠. "무슨 소릴 하는 거야. 이 집은 내 거야. 후와 씨한테서 내가 샀다고. 넌 빨리 짐 싸서 나가."

"집을 샀다고?"

이번엔 제가 깜짝 놀라 꼼짝도 못 하고 얼어붙었습니다.

"그래. 빨리 짐 싸서 나가. 난 내 짐을 짐수레로 영차영차 여기까지 싣고 왔다고."

"무, 무슨 말도 안 되는 소리야. 나도 제대로 권리금 내고 확실하게 임대차 계약을 했는데."

저는 제 방으로 뛰어들어가 영수증과 계약서를 황급히 꺼내서 되돌아와 노로의 앞에 들이밀었습니다. 노로는 그걸 받아들고 살피기 시작했습니다. 이윽고 불안과 곤혹의 빛이 그의 얼굴 한가득 피어오르는 듯했습니다.

"이상하군." 그는 마루방에 털썩 주저앉아 한탄하듯이 말했습니다. "뭔가 오해가 있어. 마치 이 세상이 온통 오해로 가득 차 있는 것 같아."

"니가 사들였다니 어떻게 된 사정인 거야." 하고 저도 안절부절못하며 물었습니다. "후와 가즈마 씨한테서 확실하게 사들인 건가?"

"그래."

그러더니 노로는 괴롭힘당한 아이 같은 표정을 지으며 이야기를 시작했습니다. 그에 따르면 보름 정도 전, 신문광고란에서 매매 광고를 보고 이 집으로 와 후와를 방문했다고 합니다. 그러자 후와는 집 안팎을 꼼꼼히 보여주며 토지도 빌린 땅이고 집도 낡은 집이니 십오만 엔으로 깎아주겠다. 노로 쪽도 대체로 적당한 가격이다 싶었지만 부르는 값대로 사는 건

낡은 집의 봄가을

노로가의 가훈에 반하기 때문에 다짜고짜 일만 엔을 깎았다 (쩨쩨한 남자 같으니)는 겁니다. 그러자 후와는 싱글벙글하며 쾌히 승낙. 그렇게 노로는 사만 엔을 계약금으로 해두고 잔금 십만 엔이 마련되는 대로 이사해 오고서 그때 등기 변경을 하자는 식으로 정리되었다는 겁니다.

"그래서 내가 이삿짐 차를 끌고 온 거지." 하고 노로는 풀이 죽어 고개를 떨궜습니다. "이제 난 어떻게 해야 하지. 사기당한 건가."

"그럴지도 모르지." 저도 불안하게 맞장구를 쳤습니다. "근데 그렇다고 해도 이상해. 후와 씨는 너한테 아직 십만 엔 받을 돈이 있는 거잖아. 도망칠 리 없어. 도망치면 손해인데."

"그렇군. 그럼 정말로 성묘하러 간 거려나."

"하지만 그렇다 쳐도 너한테 팔아넘기는 계약을 하면서 나한테 권리금을 받았던 건 무슨 속셈인 거지?"

"십만 엔이 들어오고 나서 갚으려고 했던 게 아닐까."

"그건 나를 깡그리 무시하는 처사잖아." 저는 살짝 화가 났습니다. "그럼 나를 땜빵으로 쓴 거나 마찬가지인 건데."

"아니 꼭 그렇다는 건 아니지." 노로는 저를 달랬습니다. "아무튼 후와 씨가 돌아오면 그 견해를 밝혀보도록 하지."

"아무튼 짐을 들여오는 게 좋겠어. 저렇게 내버려 두는 건 위험하니까."

"앗, 맞다."

노로는 펄쩍 뛰더니 허겁지겁 바깥으로 달려갔습니다. 그래서 저도 대충 샌들을 신고 그 뒤를 따라갔습니다. 문 앞에 커다란 짐수레가 서 있고 짐이 산처럼 쌓여 있습니다. 어디서부터 끌고 온 건지 모르겠지만 이런 엄청난 짐을 혼자서 끌고 오다니 빼빼 마른 주제에 체력이 상당하군 하고 내심 혀를 내두르며 저는 짐을 들이는 걸 부지런히 도왔습니다. 그런데 노로는 그를 그다지 감사해하는 기색도 없이 지극히 당연하다는 표정으로, 때론 저에게 지시하는 듯한 말투를 쓰기까지 하는 겁니다. 이 의자를 들라든가, 이건 부서지기 쉬우니까 소중히 옮기라든가 명령하는 식으로. 호의로 힘을 보태 주고 있는데 염치가 없네 하는 생각이 들었지만 아무튼 전부 안으로 옮겼습니다. 그런데 거기서 한바탕 말썽이 일어났습니다. 옮겨온 양복 장롱과 책상 종류를 노로가 부지런히 중앙 마루방에 설치하기 시작해 제가 트집을 잡았던 겁니다.

"마루방에 너무 들여놓지 말아줘. 서쪽 넉 장 반에 놓으면 되잖아."

노로는 고개를 들고 저를 힐끗 보았습니다.

"그렇게 지시할 권리가 너한테 있기라도 하다는 거냐."

"있지."

그리고서 저는 저와 후와 사이에 주고받은 마루방 공동사용 계약을 노로에게 설명해 주었습니다. 그러자 노로는 입을 삐죽이며 말했죠.

"그래 봤자 계약서에 쓰여 있는 건 아니잖아."

"쓰여 있지는 않지만 그렇게 구두로 계약되어 있어."

"그거 이상하네. 거짓말이지? 보통 세입자라는 건 방 딱 하나로만 정해지는 법이라고. 그걸 후와 씨가 없으니까—."

"거짓말 아니야." 저도 큰소리를 냈습니다. "계약서에 마루방 공동이라고 명시되어 있지 않다지만 방 딱 하나뿐이라고도 쓰여 있지 않잖아. 니 말은 실증적이지 않다고."

"그럼 탁상공론은 그만두고 현실적으로 보자. 실례지만 살펴본 바로는 넌 도구류를 제대로 가진 게 없어. 전혀 없다 해도 좋을 정도지. 그런데 난 잔뜩 가지고 있어. 가진 쪽이 자리를 넓게 쓰는 게 당연한 이야기 아닌가."

"그런 생억지가 어딨어."

한창 말다툼을 벌이는데 마당 쪽에서 저기 하고 큰 목소리가 들려왔습니다. 보자 어느새 들어온 건지 건장해 보이는 남자와 살찐 남자 둘이 나란히 서 있습니다. 건장한 남자가 갑자기 날카로운 눈빛으로 말했습니다.

"후와 가즈마는 없나."

"여행을 떠났습니다."

"튀어버렸군."

뚱뚱한 쪽 남자가 기수가 말 엉덩이를 후려치는 것 같은 동작으로 자신의 엉덩이를 탁 때리며 분하다는 듯 말했습니다. 건장남은 한걸음 내디디며 우리 둘을 가리키며 위협하는

듯한 목소리로,

"너희들은 도대체 뭐냐!"

"그보다 당신은 도대체 누굽니까." 하고 노로가 어깨를 들썩였습니다.

"나는 당국 사람이다."

그리고서 건장남이 주머니에서 경찰 수첩 같은 것을 꺼내 보여주었기에 억지로 힘을 준 노로의 어깨는 순식간에 낮아지며 완전히 처진 어깨가 되고 말았습니다.

"예. 전 후와 씨에게서 이 집을 산 자입니다."

"전 후와 씨에게서 이 집의 절반을 빌린 자입니다." 하고 저도 질세라 덧붙였습니다. "어찌 됐든 우선 올라오세요."

두 사람은 신발을 벗고서 느릿느릿 올라왔습니다. 제가 부엌으로 가서 차를 끓여와 마루방에 네 사람이 빙 둘러앉았습니다. 살찐 남자가 명함을 꺼냈는데 명함에 따르면 이는 형사가 아닌 진근완(陳根頑)이라는 제삼국인•이었습니다.

"저는 대만 출신으로 현재 시부야 쪽에서 중화 반점을 경영하고 있습니다." 하고 진 씨는 희미하게 웃는 얼굴로 그렇게 자기소개를 했습니다. 웃는 얼굴이라 해도 웃고 있는 건 얼굴의 근육과 살덩어리뿐, 눈은 전혀 웃고 있지 않았던 것 같습니다. "실은 제가 후와 군에게 십팔만 엔 빌려준 게 있어

• 당시 일본에 거주하던 한국인, 중국인 등을 주로 가리키던 용어.

서. 이거 당해버린 건가. 핫핫핫하."

"너희들이 집을 사거나 빌리게 된 경위는?"

하고 형사가 저희에게 물었습니다. 저희는 무심코 얼굴을 마주 보았습니다. 아무래도 즐겁지 못한 방향으로 일이 진행되고 있는 것 같다. 노로도 그런 표정을 짓고 있었습니다. 그리고 저희는 서류를 제시하거나 하며 번갈아 사정을 설명하기 시작했습니다. 형사는 각진 턱으로 일일이 고개를 끄덕이면서 묵묵히 이야기를 듣고 있었습니다. 신문 등에 종종 경찰관이 '사정을 청취한다'라는 표현이 나오는데 '청취'라는 말의 어감과 아주 딱 들어맞더군요. 저희가 이야기를 마치자 형사는 고개를 갸웃거리며 팔짱을 꼈습니다. 노로가 걱정스럽게 물었습니다.

"역시 저흰 사기당한 걸까요? 후와 씨는 돌아오지 않는 걸까요?"

"아마 돌아오지 않을 겁니다." 형사의 말투는 다소 정중해졌습니다. 이쪽도 피해자라고 판단했기 때문이겠죠. "그 자식은 따로도 사기 혐의가 있으니까. 수사망이 미치는 걸 눈치채고 줄행랑친 듯합니다."

"그럼 제 사만 엔은?" 노로가 안절부절못하는 목소리를 냈습니다. "그러면 도대체 이 집은?"

"후와 명의로 되어 있는 한 후와 소유물이겠죠. 그 방면 법률에 대해선 잘 모르겠지만." 하고 형사는 귀찮다는 듯이 답했습니다. "이거 실례했습니다. 만일 후와가 돌아오거나 또 뭔가 연락이 닿을 경우 바로 서 쪽으로 전화주십시오."

형사는 제가 내온 차에는 손도 대지 않고 일어나서 척척 신발을 신고 밖으로 나갔습니다. 이어서 진근완도. 남겨진 우리 둘은 망연자실 멍하니 서로를 바라보고 있는데 진 씨가 허겁지겁 되돌아왔습니다. 뭔가 잊은 물건이라도 있는 건가 싶었는데 그게 아니었어요. 신발을 벗고 털썩 앉더니 제 어깨를 탁 쳤습니다. 뭐가 어쨌든 스무여 관(약 75kg)이나 될 법한 진 씨였기 때문에 마룻바닥이 우르릉 울렸을 정도입니다.

"그래. 너무 끙끙대지 마셔. 사기당한 건 불행하긴 하지만 형사분께 맡겼으니까 어떻게든 되겠지."

"그렇겠죠? 저희는 여기 머물러도 되는 걸까요?"

"음. 그에 관해 피해자끼리 이것저것 대책을 세울 필요가 있겠다 싶어. 그래서 내일 밤 당신들 둘이 우리 가게에 와주지 않을래요? 저녁 식사라도 먹으면서 서로 이야기해보죠."

진 씨는 수첩을 한 장 찢어 가게 지도를 그린 뒤 그것을 제게 건네주었습니다. 그리고서 다시 허겁지겁 돌아갔습니다.

남겨진 저희 둘도 언제까지고 망연자실하고 있을 순 없어 꼼지락꼼지락 일어나 주변 정리를 시작했습니다. 우선 이곳에 머무는 것만은 가능할 것 같아 즐겁지 못한 기분이 드는 반면 안도감도 들었습니다. 논쟁 중이었던 여덟 장 마루방 건도 그대로 어영부영 넘어가 노로 또한 자발적으로 도구를 서쪽 방으로 옮기기 시작했던 것입니다. 이는 서로가 공동의 피해자이고 피해자끼리 심정적 화합이 서로의 마음을 누그러뜨렸기 때문이겠죠. 저도 노로의 짐 정리에 힘을 보태주고 그렇게 저녁이 되었습니다. 저희 둘은 점점 더 단합되는 기분이 들어 둘이서 함께 동네 목욕탕으로 가서 노로는 제 등을, 저는 노로의 등을 씻겨주었습니다. 우정이란 실로 아름다운 법. 인간 사이 화해고 단결이고 의외로 간단하게 성립하기 마련이죠. 목욕탕에서 돌아와 저의 제안으로 간단한 집들이를 하기로 했습니다. 저번과 같은 메밀국수에 합성주입니다. 노로도 쩨쩨하게 굴지 않고 기분 좋게 돈을 부담하였습니다. 훗날 노로의 언동으로 보자면 용케 불만 없이 돈을 냈군 하고 사뭇 감개무량하지 않을 수 없습니다.

    그런데 이 축하연은 마시면 마실수록 점점 더 우중충해져 갔습니다. 화제가 후와에 관한 것으로 옮겨가 저도 넋두리가 심한 편인데 노로도 마찬가지인 듯 자연스레 대화가 울적해져 갔던 겁니다. 지금 생각하면 양자 모두 사만 엔씩 내고 당분간 이곳에 거주할 수 있게 된 셈이니 그다지 푸념하며 우는소리를 할 것도 없는 셈인데 당시 저희의 기분상으론 사만 엔을 생으로 빼앗긴 기분이라 화가 치밀고 치밀어 참을 수가 없었죠. 그 귀가 복스럽길래 그만 신용하고 말았다 하고 제가 한탄하자,

    "맞아. 맞아. 나도 그 목이버섯 같은 귀에 완전히 속아 넘

어갔어."

하고 노로가 열을 내며 동조합니다. 끝내 그런 사기꾼 같은 놈이 득을 보고 우리 같은 정직한 자들이 손해를 본다, 신도 부처도 없는 건가 하고 노로가 사내답지 못하게 울음을 터뜨리는 형국이라 그 대단한 저조차도 도무지 감당하기 힘들었습니다. 어르고 달래 간신히 울음을 그치게 하고서 앞으로 당분간 동거하게 되었으니 서로 이상적인 동거인이 되도록 노력하자고 맹세를 나눈 뒤 동서로 갈라져 겨우 잠자리에 들었습니다. 그날 밤 저는 제 손이 온통 사마귀투성이가 되는 꿈을 꿨습니다.

그리고 다음 날, 노로는 아침 일찍부터 일어나 부엌에서 요란한 소리를 내며 양치질을 했습니다. 그 소리에 저는 잠에서 깼죠. 그리고서 노로는 밥을 짓고 마당에서 체조를 하고 도시락을 옆구리에 끼고서 외출하려 합니다. 어디 가느냐 물어보자 학교에 간다더군요. 더 물어보니 노로의 직업은 중학교 국어교사라는 것이었습니다.

"오늘 밤엔 진 씨네 다로코정에 갈 거니까 시간 맞춰 돌아와야 해."

하고 저는 거듭 주의시켰습니다.

노로가 나가고 난 뒤 저는 전부터 생각하고 있던 그림 교실 수강생 모집 포스터를 열 장 정도 만들어서 근처 전신주에 붙이며 돌아다녔습니다. 붙이고 돌아다니면서 앞으로 난 누구에게 집세를 내는 거지, 후와가 실종된 이상 아무한테도 내지 않아도 되지 않나 하는 등의 생각에 살짝 기분이 유쾌해졌습니다.

그날 밤 다로코정에 도착했던 건 저녁 일곱 시경입니다. 다로코정은 골목길 막다른 곳에 있는 작은 중화 반점으로 진열창에는 맛있어 보이는 통닭이나 돼지 다리 따위가 걸려 있었습니다. 저희가 들어가자 안쪽 조리장에서 진 씨가 비대한 체구를 드러내며 자아 자아 이쪽으로 하고 이 층 작은 방으로 안내해주었습니다. 벽에는 협곡을 그린 중화풍 그림이 걸려 있었는데 진 씨는 그것을 가리키며 이것이 대만 다로코협이라고 설명했습니다. 진 씨의 생가가 이 근처에 있다고 합니다. 다만 화가인 제가 보기에 그 그림은 그다지 훌륭한 작품으론 보이지 않더군요.

상에 둘러앉은 건 저, 노로, 진 씨 거기에 또 한 사람, 진 씨 아래에서 일하는 손오풍(孫伍風)이라는 젊은 남자. 꽤나 기민해 보이는 근육질의 젊은이로 진 씨의 소개에 따르면 소림권법 달인이라고 합니다. 연회 한중간에 손은 요청에 응하여 그 권법의 품새를 보여주었는데 주먹 놀림의 빠르기로 말하자면 마치 유성 같아 이런 남자와 싸우기라도 하면 한순간에 즉사해버리겠지 싶었을 정도입니다. 오키나와의 가라테와도 살짝 비슷합니다. 손의 오른쪽 뺨에는 한 줄기 커다란 베인 자국이 있었는데 역시 싸움이라든가 뭔가로 인해 생긴 자상이겠죠.

상으로는 진수성찬이 차례차례 나왔습니다. 바이펜치(白片鷄)라거가 챠오아무탄(炒鷄蛋)이라거가 샤렌토우스(蝦仁吐糸)라거나 그 외 이것저것. 달리 먹어본 적도 없는 진수성찬뿐입니다. 저는 너무 게걸스럽게 먹는 건 일본인의 명예와 관계된다고 생각해 그렇게 먹지 않으려고 노력했지만 노로를 보니 한눈도 팔지 않고 부지런히 먹어치웠습니다. 정말이지 자의식이라는 게 없는 태도입니다. 술은 라오주였습니다. 이쪽은 저도 사양하지 않고 쓱싹쓱싹 마셨죠.

진 씨의 이야기에 따르면 후와라는 남자가 원래부터 나쁜 남자는 아니지만 금전적으로 살짝 깔끔하지 못한 편이라 그래서 이번 같은 사건을 일으켜 신세를 그르쳤다는 것. 전후 한동안 후와는 「뉴소설」이라는 순문예 잡지 편집장으로 있었는데 그곳에서 진 씨와 알게 되었다는 것입니다. 진 씨는 맥주(건강상의 이유로 라오주는 끊고 있기에) 컵을 기울이며 자랑했습니다.

"제가 이래 봬도 예술에 대단히 조예가 깊어서."

이 중화 반점의 뚱보 주인이 예술에 조예가 깊다니 의외이기도 하고 또 굉장히 기뻤기 때문에 저도 가슴을 쫙 펴고 말했습니다.

"실은 저도 변변치 않지만 예술가 나부랭입니다."

"오. 오." 하고 진 씨는 감탄하는 소리를 내지르며 양손으로 가볍게 박수를 쳤습니다. "하면 어느 방면의 예술을?"

"회화입니다."

그리고 저는 제 소속 단체나 현재까지 업적에 대해 조촐한 설명을 시도해보았습니다. 그러자 진 씨는 대단히 감격하여 더 드세요 더 드세요 하고 컵에 라오주를 따라주며 이후로 친구로 지내고 싶다는 둥 합니다. 환대의 양상이 확 바뀌었기 때문에 노로는 그걸 보고 재미없게 느껴졌을 겁니다. 우리가 주고받는 대화를 잠시 곁눈질로 노려보다가 적당한 때를 가늠해 크흠 하고 짐짓 헛기침을 하며 천천히,

"저도 소설 공부를 하면서 지금까지 열 편 정도 써보았는데 좀처럼 잘 되지 않더군요. 하하하핫."

하고 엉뚱한 웃음소리를 보탰습니다. 그러자 진 씨는 한편으론 놀라고 한편으론 싱글벙글 기뻐하며 예술가가 이처럼 한자리에 모이는 건 경사스러운 일이지 하고 말하며 노로의 컵에도 열심히 라오주를 따라주었습니다. 노로는 제대로 면목을 되찾아 빙그레 웃으면서 라오주를 핥았습니다. 지난밤의 집들이와는 완전히 딴판으로 자리가 활기로 가득 차 마시면 마실수록 약간 광적인 경향조차 드러나기 시작했던 듯합니다. 애시당초 광적인 경향이라 한들 그것은 저와 노로뿐, 손오풍은 술을 한 방울도 마시지 않았고 진 대인은 맥주뿐이라 아무래도 광폭의 원인은 그 라오주에 있었던 것 같습니다.

라오주는 라오주지만 평범한 라오주가 아니었던 거죠. 웃음 중독 독버섯이라든지 뭔가의 원액이 섞여 있던 게 아닐지 지금 와서 저는 짐작하지만 행여 그렇다 한들 저희는 보기 좋게 진 씨의 속임수에 걸려들었던 겁니다. 완전히 활기가 폭발한 저희 둘은 허접한 나니와부시˙곡을 뽑아 불러 보거나, 일어서서 손오풍의 권법 품새 흉내를 내거나 하며 야단법석 소란스러운 와중에 진 씨가 천천히 주머니에서 서류 같은 것을 꺼냈습니다. 후와와 관련된 서류라는데, 일단 살펴보고 만약 찬성하면 서명하고 지장을 찍어달라. 저희는 완전히 기분이 붕 떠 있었기 때문에 후와와 관련해선 진 씨가 최대 피해자고 말하자면 피해자 대표 같은 셈이므로 만사 진 씨에게 맡기기로 하고 제대로 서류를 확인하지도 않은 채 즉석에서 유유낙낙 서명하고 지장을 찍었습니다. 오로지 특제 라오주가 이룩한 성과입니다. 정말 주의해야 할 일이에요. 진 씨는 그 서류를 만족스럽게 받아들어 안주머니에 쑤셔 넣고 손바닥을 탁탁 쳤습니다. 그러자 아래층에서 종업원의 발소리가 들리더니 위로 올라온 것은 탕수잉어입니다. 이것이 즉 요리 코스의 결정타로 우리는 그것을 탐욕스럽게 먹어치우고서 마지막 건배를 하고 물러나게 되었습니다. 바깥으로 나와서도 마음이 붕붕 들떠 비둘기 거리˙˙라도 갈까 하고 제가 꼬드겼

• 浪花節: 샤미센 반주 가락에 맞춰 이야기를 읊는 일본 전통 창극.

지만 노로는 싫다. 적어도 나는 선생으로 불리는 신분인 이상 그런 부도덕한 거리를 향할 수는 없다, 그렇게 노로는 말했지만 역시 돈 쓰는 게 아까웠던 게 아닐까요.

"둘 다 젊고 청순한 예술가니까 곧바로 집으로 돌아가자."

그래서 저도 비둘기 거리는 단념하고 소형 택시에 올라타 곧바로 다이타바시로 돌아왔습니다. 이대로 잠드는 것이 아쉬운 밤이었지만 둘 다 부엌에서 이를 닦고 간약을 다섯 알씩 먹고 동서 양쪽으로 갈라져 쿨쿨 잠들어버렸습니다.

그리고 다음 날 아침 눈이 뜨였던 건 오전 여섯 시 반입니다. 숙취 기운도 없이 머리는 개운, 개운하다기보다 텅 비어 공허해져 여우에게 홀렸다가 정신을 되찾은 듯한 기분이었습니다. 부엌으로 가자 노로는 벌써 일어나 철썩철썩 얼굴을 씻고 있었습니다.

"좋은 아침."

"응, 좋은 아침."

"개운한 기분이야."

"응. 완전히 머리가 바보가 되어버린 것 같아."

"어젯밤은 재밌었지. 진 씨는 정말 좋은 사람이야."

"맞아. 게다가 요리도 맛있었어. 매일 그렇게 맛있는 걸 먹을 수 있으면 좋겠다."

●● 당시 도쿄 스미다 주변에 있던 환락가.

"라오주도 맛있었어. 근데 살짝 묘한 취기가 돌았던 것 같기도 하고."

"맞아. 나도 방금 막 그걸 이상하게 생각하던 중이야."

"완전히 취해버려서 서류인지 뭔지에 날인 서명을 했었지?"

"아 맞아. 그게 무슨 서류였지?"

"나도 막 떠올려보려고 하는데 도저히 떠오르질 않아."

"이상하군. 역시 라오주 탓이려나. 그러고 보니 그 라오주에서 살짝 양하(襄荷) 냄새가 났던 것 같아."

그래서 저희 둘은 이리저리 생각해보았지만 도저히 떠오르지 않습니다. 그래서 어쩔 수 없이 저희는 얼굴을 마주 보며 하하하 하고 웃었는데 외국 속담에 최후에 웃는 자가 승리한 자라는 말이 있다고도 하니까요. 아무래도 저희 둘은 최후에 너무 지나치게 웃어대는 경향이 있습니다. 라고 하는 건 그로부터 삼 일째 되는 날 저녁입니다. 안녕하세요 하는 목소리와 함께 한 젊은이가 발소리도 내지 않고 슥슥 마당으로 들어왔습니다. 보자 그 손오풍입니다.

"아아 어서 와요. 저번에는 정말 잘 먹었습니다. 무슨 일 있으세요?"

"이번 달 월세 받으러 왔어."

"뭐, 월세?"

제가 깜짝 놀란 듯한 소리를 내자 노로도 서쪽 방에서 꼼지락꼼지락 고개를 내밀었습니다. 손은 태연한 표정으로 말했습니다.

"그래. 월세."

"월세라니 누구한테 내라는 겁니까."

"누구라니, 당신, 진 대인한테."

"그게 무슨 소리예요. 손 씨." 하고 노로가 상반신을 쑥 내밀어 끼어들었습니다. "하지만 이 집은 후와 씨 거잖아요. 진 씨한테 우리가 월세를 낼 이유가 어딨어."

"이 집, 진 대인이 압류했다. 빨리 집세 내."

"압류했다니 손 씨." 저는 웃으면서 손을 타일렀습니다. "우리 동의도 없이 그런 건 불가능해요. 분명 진 씨가 뭔가 잘못 알고 있는 거야."

"동의했잖아."

손오풍은 다소 화가 난 듯이 눈을 번쩍 번뜩였습니다. 보자 양쪽 손이 벌써 반쯤 주먹 모양이 되어 있습니다. 저번 날 솜씨를 보여줬던 것이 떠올라 저는 살짝 기가 꺾였지만 그럼에도 더욱 힘을 내서,

"우리가 언제 그런 동의를 했다는 거죠?"

"그날 밤 분명히 지장을 찍었지 않았어? 뻔뻔하네."

저와 노로는 동시에 앗 하고 소리치며 서로의 얼굴을 마주 보았습니다.

"이번 달 월세 사천 엔 바로 내. 낼 수 없으면 빨리 나가."

그리고서 손오풍은 주먹을 꽉 쥐어 올린 채 한 발 한 발 마루방으로 다가옵니다. 더듬더듬거리는 일본어가 도리어 더욱 위협적으로 다가왔습니다.

"낼 거야 안 낼 거야, 도대체 어느 쪽이야!"

"낼게. 낼게요."

결국 저는 비명과도 유사한 소리를 내고 말았습니다. 그리고 허둥지둥 방으로 뛰어들어가 지갑 안에서 천 엔 지폐 네 장을 꺼내 손에게 건넸습니다. 그러자 손은 히죽 웃으며 주머니에서 임대차 통장을 꺼내 꾹 인을 찍어 이쪽으로 넘겼습니다. 그것을 보자 집을 빌린 사람은 저와 노로 두 사람의 연명으로 되어 있습니다. 노로도 손의 기백에 압도되었던 건지 약간 창백해져 있었습니다. 손은 들어왔을 때처럼 전혀 발소리를 내지 않고 쉭쉭 마당을 떠났습니다. 발소리를 내지 않는 것도 수련의 일종이겠죠.

"병신 취급을 하고 있네."

하고 저는 중얼거렸습니다. 진의 횡포는 물론이거니와 멍청하게 날인을 찍은 등신 같은 자신을 향한 혐오. 거기에 또 한 사람, 이 집에 노로라고 하는 등신이 있다, 그러한 거북함 때문에 저는 뱃속이 새카맣게 타들어 가는 듯한 기분이 들었습니다. 노로도 똑같은 기분인 듯 입술을 깨문 채 저를 노려봅니다. 그 노로에게 저는 거침없이 쏘아붙였습니다.

"자아. 이걸로 서로 아주 알아주는 얼간이라는 게 확실하게 밝혀진 셈이네. 집세 반값 이천 엔 빨리 내."

"싫어. 니가 멋대로 낸 거잖아." 하고 노로는 입을 삐죽거렸습니다.

"뭐? 안 내? 그럼 안 내도 돼. 그 대신 넌 이제 이 집 세입자가 아닌 거다. 넌 나한테 얹혀사는 거다!"

"얹혀살아? 얹혀살더라도 상관없어."

"미리 말해두겠는데 집주인은 얹혀사는 놈을 언제든지 내쫓을 권리가 있어. 안 나가면 형사를 데리고 올 뿐이야. 그렇게 되면 자택침입죄로 잡혀가겠지!"

"그런 말도 안 되는 게 어딨어."

삼십 분이나 그렇게 말다툼을 했을까요. 아무리 생억지를 부려봤자 노로 자신도 낯인을 찍었고 조금씩 자신의 그름을 인정하고 굽혀갔습니다. 그렇게 결국 사천 엔 중 천팔백 엔을 노로가 맡고 저는 이천이백 엔이 되었습니다. 어째서 이렇게 되었는가 하면 노로의 방은 서쪽이므로 석양이 비친다. 방 조건상 사백 엔 정도 손해라는 것이 노로의 주장으로 그 주장을 제가 받아들인 것이죠. 그것도 처음엔 팔백 엔 정도 손해라고 우기는 걸 간신히 절반으로 깎은 겁니다. 노로에게 있어선 저녁해조차 금전으로 환산된다. 이런 남자와 앞으로 동거해 나가야만 한다. 그런 생각이 들자 정말 비참한 기분이 들어 참으로 눈물이 날 것 같았습니다.

그래서 그날 밤도 또 술. 줄창 술만 마시고 있는 것 같지만 저희처럼 괴롭힘당하는 자들은 괴롭힘의 괴로움을 잊어 넘기기 위해 술이라도 마셔야 하는 법입니다. 이날 밤 술잔치는 향후 대책 협의라는 명목이었지만 제대로 결론도 나지 않고 끝났습니다. 경찰에 신고할까 하는 안도 나왔지만 멍청하게 날인을 찍어버렸던 게 사실이고, 상대는 이미 압류처분인지 뭔지를 완료한 상태임이 틀림없고, 게다가 제삼국인이고, 밉보이면 큰일이 날 것 같다는 이유로 그 안은 기각되었습니다. 변호사에게 상담해보는 안도 있었지만 이는 노로의 짠돌이 근성으로 인해 절대 불가. 그러던 중 또 노로의 우는 술버릇이 시작되어 예의 그것처럼 신도 부처도 없나 하고 울부짖던 끝에 아홉 시 즈음엔 대성통곡과 아비규환 속에서 이에라 모르겠다 하는 식의 술잔치는 끝을 고했습니다.

그리고서 열흘이 지나고 보름이 지나도 후와 부부는 끝끝내 돌아오지 않았습니다.

이런 식으로 저희의 기묘한 동거생활은 시작되었던 것입니다.

노로는 매일 아침 여섯 시에 일어나 학교에 가고 오후 네 시에는 꼭 돌아옵니다. 저와는 달리 꽤나 착실한 생활이었습니다. 저 같은 사람은 매사가 귀찮은 인간인지라 자취와 외식을 짬뽕하곤 하지만 노로는 오직 자취로 일관하고 있습니다. 조만간 시골에서 노모를 불러 같이 살까 하는데. 그렇게 한번 그는 저에게 의논해 왔기 때문에 뭐 괜찮아 하고 답해두긴 했지만 나중에 생각해보니 그것은 노모가 한 사람 늘어도 집세 부담액은 그대로다, 그런 의미였던 듯합니다. 아무튼 그는 악착같이 근검절약하여 깎을 수 있는 부분은 조금이라도 더 깎고, 그것을 차곡차곡 저금 쪽으로 돌리고 있는 듯한 모양입니다. 식사에 관해서도 그러합니다. 그는 저녁이나 일요일을 이용해 마당 나무를 멋대로 뽑아내고 그 후에 부지런히 밭을 갈기 시작했습니다. 처음에 전 그걸 말없이 보고만 있었는데 그 밭의 영역이 순식간에 마당 전체로 확장되어가는 것 같아 황급히 그것을 저지했습니다. 노로는 여느 때처럼 무슨 권리로 저지하느냐고 항의했지만 결국 마당의 절반만 사용하기로 타협. 그리고 어디서 들고 온 건지 울타리 부근에 이상한 관목을 몇 개씩이나 꺾꽂이했습니다. 무슨 나무인지 묻자 구기자나무랍니다. 그의 말에 따르면 절대적이라고 해도 좋을 정도로 영양가가 있는 식물이라 하여 그는 그것을 데치거나 밥에 섞어서 짓거나 말려서 차처럼 만들어 마시곤 합니다. 언젠가 그 구기자차를 대접받았는데 그다지 맛있지는 않더군요. 대체로 노로의 식사는 선종 승려의 것과 비슷하여 소박하기 짝이 없습니다. 최소한의 영양만 섭취하면 된다는 셈입니다. 그런데 어느 날 밤 식사로 그가 너무 소박하게 먹고 있길래,

"좀 더 지방분이라도 섭취하는 게 어때?"

하고 놀렸는데 그는 벌컥 성을 내며 자신의 이 식생활은 바로 그 게일로드 하우저 박사의 소론에서 힌트를 얻어 자기 나름대로 고안한 일본식 영양식이라며 날을 세워 쏘아붙였습니다.

"난 이래 봬도 신념을 가지고 있는 거라고. 너 따윈 모르겠지만 지방은 인류의 큰 적이닷!"

하지만 이 노로는 그날 다로코정의 중화요리를 맛있다 맛있다 하며 게걸스럽게 먹어치웠었기 때문에 가소로울 따름이죠. 신념이고 나발이고 그저 경제적 식사에 지나지 않습니다. 즉 단순한 짠돌이 정신에서 나온 거죠.

밭에 관한 것도 그렇습니다. 노로는 그 스무 평 남짓한 밭에 갖가지 야채를 재배하였는데 초짜 텃밭치곤 꽤 훌륭한 성적을 거두어 그는 매일 그것을 뜯어와 먹습니다. 이로써 그런대로 야채가게 신세를 지지 않고 때우고 있는 듯합니다. 어느 날 아침 제가 된장국을 만들려고 하는데 안에 넣을 건더기가 없는 겁니다. 그래서 노로를 불러 텃밭에서 솎아낸 야채 한 움큼만 달라고 부탁했죠. 노로는 흔쾌히 바로 나누어줬습니다. 거기까지는 좋았지만 그날 저녁 그는 솎은 야채 대금을 청구해왔습니다. 그것은 시가의 세 배 정도나 되는 터무니없는 가격이었습니다. 저는 너무 어이가 없어서 탄식했습니다.

"진짜 비싸네. 아무리 그래도 그렇지 좀 너무 비싼 거 아냐?"

"뭐가 비싸. 이게 보통이야."

"그렇지 않거든. 야채가게에선 이거의 삼분의 일 가격으로 판다고."

"야채가게하고 나하곤 달라." 노로는 단호하게 말했습니다. "첫째로 야채가게보다 내 쪽이 월등히 신선해. 둘째로 내 건 똥거름을 사용하지 않아서 회충 걱정이 없어. 셋째로 넌 야채가게에 가는 수고를 덜었잖아. 이유가 세 가지나 되는데 값도 자연스레 세 배 정도 오르는 게 당연하지 않겠어?"

이러한 노로의 논리엔 맞설 방도가 없기 때문에 전 마지못해 대금을 치렀죠. 그 이후 전 노로에게서 일절 야채를 사지 않습니다. 뭣만 하면 곧바로 폭리를 탐하기 때문에 정말 넌덜머리가 납니다.

그림 교실에 관한 것도 마찬가지입니다. 전에 말씀드린 것처럼 모집 포스터를 붙였더니 꽤나 성황을 이루어 초등학생 마흔 명 정도가 모여 왔습니다. 일요일 오전 시간을 전부 이에 할당해 내가 그림 강습 및 지도를 담당한다. 월사금 삼백 엔으로 즉 일만이천 엔 정도가 됩니다. 이것이 제 생활을 지탱하는 유력한 재원인 셈인데 노로 녀석이 이를 주목한 거죠.

일요일은 곧 노로 또한 쉬느라 집에 있는 셈인데 그 오전 내내 마루방 혹은 마당이 학생들로 넘쳐나 제각기 화판을 들고서 사생을 한다. 초등학생들이기 때문에 조용히 그리는 것은 불가능합니다. 왁자지껄 시끌벅적 떠들기도 하고 개중에는 노래를 불러대는 아이도 있다. 너무 꽥꽥대서 혼내면 다음부터 오지 않을지도 모르기 때문에 저 또한 그만 삼가게 되곤 합니다. 그 점에 노로가 주목하여 일요일 오전은 자신의 소설 수업에 있어 중요한 시간이다, 그 중요한 시간에 왁자지껄 떠들어대면 아무것도 할 수 없다, 도대체 어떻게 하라는 거냐는 겁니다. 노로가 소설 수업을 실제로 하고 있는지 어쩐지, 다로코정에서 주목을 받기 위해 되는 대로 지껄였던 게 아닐지 저는 아직까지도 의문이 들지만 아무튼 그는 그렇게 완강히 우깁니다.

"공부가 안 되는 것뿐만 아니라 부엌이나 변소에 가고 싶어도 아이들이 우글우글거려서 편하게 가지도 못하잖아."

"그럼 도대체 어쩌자는 거야." 하고 저 또한 정색했습니다. "그림 교실을 그만두기라도 하라는 거냐."

"아니, 딱 잘라 그만두라는 건 아닌데—." 하고 노로는 다소 타협의 빛을 내비쳤습니다. "나한테 손해를 끼친 배상금으로 수익의 이 할 정도 넘기면 되지 않겠어? 나도 그 시간을 완전히 허비하는 거니까."

"넌 자기 시간까지도 돈으로 환산하는 거냐."

"그래. 시간은 금이라는 속담도 있지. 이게 근대적 합리 정신이라는 거야. 도대체가 넌 너무 자기 멋대로야. 마루방은 공동사용으로 약속했는데 나를 무시하고 돈벌이를 위해 독점 사용하고 있는 거잖아. 정말이지 니 오만방자함에 아주 기가 질린다."

 어디가 오만방자하다는 거냐 하고 화가 치밀어 맘대로 하라고 고함쳐주고 싶었지만 만약 주지 않으면 완전히 발가벗고 여학생 앞을 서성거릴 거라는 둥 지껄여 왔습니다. 자기 집에서 전라로 있는 이상 누구에게도 비난받을 근거가 없다는 주장입니다. 이 남자라면 정말 그럴지도 모르고, 그렇게 되면 학생들은 전부 다음 회차부터 오지 않게 될 테죠. 제 생계는 순식간에 쪼그라들어버릴 겁니다. 그래서 전 눈물을 머금고 노로의 주장을 받아들였습니다. 액수만은 일 할로 값을 깎았지만 그럼에도 천이백 엔이 됩니다. 울분을 가슴에 품은 채 저는 월말마다 천이백 엔을 건넵니다.

 하지만 지금 생각해보면 이는 단순히 노로의 짠돌이 근성일 뿐만 아니라 저를 향한 괴롭힘의 의미 또한 십분 포함하고 있었던 것 같습니다. 그렇게 전 생각합니다. 즉 노로는 후와로부터 집을 사기 위해 계약금을 내놓았다. 계약금을 내놓은 이상 이 집의 권리는 자신에게 있다. 그런데 제 쪽은 애초부터 세입자이다. 그러한 심리에서 그는 도저히 빠져나올 수 없었고 또 빠져나오기를 완강히 거부하는 것입니다. 그래서 그는 마음속 깊숙한 곳에서 저를 세입자 또는 군식구로 보고 있고 짓궂게 괴롭힘을 통해 저를 내쫓으려고 시도하고 있는 게 아닐지. 아무래도 그렇게 생각됩니다. 제 입장에서 보자면 양쪽 모두 사만 엔씩 냈기 때문에 집에 관해선 동등한 권리를 지녀야 한다고 생각하지만 노로는 그렇게 생각하고 싶지 않은 듯합니다. 게다가 그는 한 채의 단독주택을 소유하는 것에 이상할 정도의 열의를 보이며 때때로 그런 말을 저에게 흘린 적도 있습니다. 집 한 채를 자신의 것으로 소유하여 시골에서 노모를 불러오고, 그리고서 적당한 상대를 찾아 결혼하고 싶다. 그것이 그의 소시민적인 이상인데 후와, 진 두 사람에게 당하고, 게다가 저라는 남자와 동거하는 처지가 되기에 이르렀다. 그 점에 화가 치밀어 견딜 수 없는 모양입니다. 그 울분은 사실 자기 자신을 향해야 하지만 당면한 저를 향해 쏠리는 것이 일의 진상인 듯합니다. 하지만 그렇게 잠자코 물러나면 제가 설 곳이 없는 게 아니겠어요?

또 이런 일도 있었습니다. 어느 날 저녁 제가 마루방에서 그림을 그리고 있는데 마침 학교에서 돌아온 노로가 싱글벙글대며 좋은 게 있어 하고 저에게 한 조각 작은 판 초콜릿을 들이밀었습니다. 노로치곤 드문 일이었는데 혹시나 하여 물어보았습니다.

"맛있어 보이는 초콜릿이긴 한데 대체 얼마야?"

"파는 게 아니야." 노로는 순간 거북하다는 표정을 지었습니다. "오늘 학교에 드나드는 상인한테서 받았어. 먹고 싶으면 줄게."

"흐음. 너 치곤 퍽 인심이 좋네. 그럼 먹어볼까."

"그래. 너 요즘 안색이 안 좋으니 이런 거라도 먹는 편이 나을 거야."

 판 초콜릿을 먹고 혈색이 좋아진다니, 정신 나간 소리를 하네 하고 생각했지만 그대로 고맙게 받아먹었습니다. 비교적 맛있는 초콜릿이었습니다. 우적우적 먹고 있는 저를 노로는 자선가의 미소를 머금은 채 조용히 바라보고 있었습니다. 노로가 답지 않게 이런 미소를 머금으면 정말 징그럽다는 생각이 듭니다.

 그리고 그다음 날입니다. 학교에서 귀가한 노로가 진지하기 짝이 없는 표정으로 저에게 물어왔습니다.

 "어때? 나왔나?"

 "응? 뭐가?" 하고 저는 반문했죠.

 "그럼 아직 안 나왔나 보군." 하고 노로는 의미심장하게 끄덕끄덕했습니다.

 "그렇담 뭐 상관없지."

 "도대체 무슨 소리야. 어금니에 뭐 낀 것 같은 소리를 해대고—."

 "괜찮아. 아무것도 아니야!"

 그리고 노로는 기분 나쁘게 히죽 웃었습니다. 그러고서 다음 날이 되어 낮에 제가 변소에 들어갔는데 어쩐지 엉덩이 부근의 느낌이 이상한 겁니다. 더러운 이야기라 송구스러우나, 손을 대보니 마카로니 모양의 무언가가 엉덩이에 축 매달려 있는 거예요. 정말 엄청 놀랐죠. 전 쪼그려 앉은 채로 십 센티 정도 펄쩍 뛰었습니다.

　이 부분은 자세히 얘기하는 것도 뭣하니 간략하게 말씀드리자면 즉 제 체내에서 회충이 나왔던 거죠. 그것도 한 마리가 아니라 크고 작은 것들이 섞여 수 마리. 완전히 배출해낸 뒤 반쯤 꺼림칙하게 반쯤 시원하게 변소를 나왔는데 저는 돌연 어제 노로가 했던 말이 떠올랐습니다. 그 자식 이상한 말을 했는데 무슨 짓을 한 거 아닌가. 그래서 제가 가만히 노로의 방으로 숨어 들어가 책상 위를 보자 작고 납작한 종이 껍데기가 올려져 있습니다. 그 겉면의 '구충제 초콜릿'이라는 인쇄 문자를 보았을 때 저는 순간 피가 부글부글 거꾸로 솟구쳤습니다. 상자를 뒤집어보자 '이 초콜릿은 일본 약국방 산토닌 0.05그램 해인초 및 석류껍질을 주제(主劑)로 하여 그 밖에 각종 영양제를 배합하여 그 상승작용을 통해' 운운하는 효능서가 인쇄되어 있습니다. 저는 노발대발하며 그 빈 상자를 벽으로 팍 던졌습니다. 학교에 드나드는 약국인지 뭔지가 판매하러 오는 게 효과가 있는지 없는지 저를 실험대로 사용해본 거겠죠. 화가 치민 나머지 저는 그림 작업이 손에 잡히지 않아 마당으로 나와서 쉭쉭 소림권법 흉내 따위를 내던 사이 저녁이 되었습니다. 돌아온 노로에게 저는 대뜸 버럭 소리 질렀습니다.

　"그저께 나한테 먹였던 게 구충제 초콜릿이었던 거냐!"

　격렬한 저의 서슬에 노로는 깜짝 놀라 압도당한 듯했습니다.

"그, 그래 맞아."

"대체 넌 이딴 짓을 해도 될 거 같은 거냐. 사람을 너무 우습게 보지 마."

"하지만—." 노로도 열심히 변명했습니다. "벌레가 나왔을 거 아냐. 벌레가 나왔으면 결과적으로 너한테 행복이 된 거잖아."

"행복이고 불행이고 전혀 관계없어!" 하고 저는 화가 나 소리 질렀습니다. "넌 내 의지를 짓밟고 있어. 기본적 인권 문제라고."

"그럼 넌 체내에 회충을 키우고 싶기라도 하다는 건가."

"그런 질문에 대답할 필요를 못 느끼겠어. 아무튼 나를 원래 상태로 되돌려놔."

"하지만 니 안색이 나쁘고 피곤해 보여서 회충 구제를—."

"그렇게 말하는 게 통한다면 니가 자고 있을 때 면도날로 내가 니 사마귀를 전부 도려내 주마!"

노로는 순간 새빨개져 턱의 사마귀로 손을 가져갔습니다. 아하, 사마귀에 대한 말을 들으면 이 남자는 반응을 일으키는군. 그렇게 저는 생각했죠. 노로의 목소리는 갑자기 찌그러트린 것처럼 변했습니다.

"그럼 어떡하라는 거야. 원래 몸으로 돌려놓으라니—."

이에 저는 화를 가라앉히고 이것저것 궁리한 끝에 향후 일 개월 매일 양상추 한 포기를 나에게 제공할 것, 그것도 노로 텃밭에는 벌레알이 없으니 야채가게에서 사다 구해올 것, 그 조건으로 용서하기로 했습니다. 노로는 계속해서 일 개월을 보름으로 깎으려 했지만 저는 완고하게 받아주지 않았죠. 이렇게 하여 이 건은 일단 제 주장이 통한 꼴이지만 실제로 야채가게의 양상추를 먹게 된 건 열흘 정도일 겁니다. 매일매일 양상추를 구매하는 것의 경제적 불리함을 깨달은 노로는 마침내 노로 텃밭의 양상추에 똥거름을 사용하기 시작했던 겁니다. 물론 그걸 저에게 먹이자 하는 속셈에서입니다. 게다가 그 똥거름은 우리 집 것으로 노로의 말에 따르면 여기에는 알이 분명 다량으로 함유되어 있다고 합니다. 그야 확실히 함유되어 있겠지만 내 배설물을 뒤집어써 오염된 양상추를 먹는 건 아무리 저라도 감각적으로 받아들일 수 없어 가석방이라는 형태로 이후 양상추 제공은 면제해주었습니다. 하지만 노로 입장에서도 배상 의무가 면제되기는 했지만 자신 텃밭의 양상추가 알을 함유하게 된 셈이라 크게 득이 되지는 않았을 겁니다.

뭐 이런 식으로 우리의 기분은 한 사건 한 사건마다 조금씩 뒤틀려갔습니다. 입주 초기, 서로 이상적인 동거인이 되도록 노력하자고 맹세를 나눴던 것 따위는 이젠 꿈속에서 일어난 일만 같습니다. 노로의 얼굴을 보는 것만으로도 투쟁심 같은 것이 솟구쳐 오르는 것 같습니다. 하지만 투쟁심이니 증오니 하는 것은 어떤 의미에서 인간의 일상을 시원시원하게 또 팔딱팔딱하게 만드는 법이죠. 노로 쪽도 마찬가지일 겁니다. 저는 그 무렵부터 저 자신의 하루하루가 오히려 빼곡히 충실해져 가는 것처럼도 느껴지기 시작했습니다.

그렇게 제가 소속된 회화단체의 전람회가 점점 가까워져 왔습니다. 저는 이것저것 소재를 망설인 끝에 결국 노로의 얼굴을 테마로 제작을 개시했습니다. 하지만 역시 예술이라는 것은 증오를 기조로 하여서는 성립하기 어려운 것 같더군요. 그럼에도 끈기 있게 다시 칠하고 다시 칠하고 하던 사이 화폭 속 노로의 얼굴이 점점 불어나 기묘한 추상체 같은 재미있는 형태가 되어갔습니다. 그럼 이제 다 된 거나 마찬가지라 저도 크게 기운을 내어 제작을 이어갔습니다. 진근완에게 중대한 속달이 온 건 바로 그즈음입니다.

어느 토요일 오후, 제가 화포(畫布)를 앞에 두고 레몬옐로 효과로 고심분투하고 있는데 속달 — 하는 소리가 들리더니 한 통의 손편지가 휘릭 날아 들어왔습니다. 뒤집어보자 시부야 진근완 하고 적혀 있습니다. 받는 이는 저와 노로 연명입니다. 급히 개봉하자 소로분●의 달필입니다. 소로분을 쓸 줄

● 候文: 중세부터 사용된 일본어 문어체로 주로 서신에 사용.

알다니, 참 재주 넘치는 대만인이 다 있다 싶었는데 그 내용이 다시 한 번 저를 놀라게 했습니다. 이 집을 매각하고 싶다는 겁니다.

소로분이라 감정이 노골적이지 않고 격식화된 문체지만 그 요지는 이 집을 매각하고자 하는 용의를 진은 가지고 있다, 매매가는 사정이 사정이라 십만 엔으로 한다, 향후 삼십일 이내에 지불받고자 한다, 혹 지불할 능력이 없으면 퇴거를 요구한다, 다만 퇴거비로 한 사람당 일만 엔 정도 지급한다, 이러한 내용입니다. 저는 깜짝 놀라, 또 어리둥절하여 방안을 빙글빙글 돌았습니다. 또다시 새로운 재앙이 덮쳐왔다. 편지 끝부분엔 집을 매매하는 건 우리 두 사람이어도 괜찮고 어느 한 사람이어도 괜찮다고 쓰여 있습니다. 빙글빙글 돌며 저는 생각했습니다. 노로 놈도 이걸 보고 깜짝 놀라겠지? 또 오늘 밤쯤이면 그 자식은 신도 부처도 없는 건가 하고 울부짖겠지?

그런데 저녁에 돌아온 노로에게 속달을 보여주자 기대와는 달리 그다지 떠들썩하게 굴지도 않고 머리를 쥐어뜯지도 않습니다. 비교적 태연하게 그를 다 읽고 나서 말했습니다.

"그런가. 그렇단 건가. 그럼 내가 사기로 하지."

그 한마디가 제 비위를 툭 건드렸죠.

"사기로 하다니 이 편지는 너 한 사람한테만 온 게 아니야."

"그야 그렇지. 하지만 넌 처음부터 세입자였으니까 집을 살 생각은 없잖아?"

"세입자라는 건 후와 가즈마를 상대로야. 난 너한테 방을 빌린 기억은 없어. 무엇보다도 편지를 읽자마자 바로 내가 살게 라니 제멋대로도 정도가 있지. 알겠어? 편지는 두 사람 앞으로 왔다고. 둘이서 의논하는 게 당연한 거다."

"의논한다니, 뭐를?"

"우선 편지 내용. 우리를 아주 대놓고 무시하고 있지 않아? 일방적으로 매각을 선언하는 게 말이야."

"그런가. 난 그렇게 생각 안 하는데 말이지."

"사지 않으면 퇴거비가 일만 엔이래잖아. 무시한다는 생각 안 들어?"

"안 드는걸. 그야 퇴거하지 않고 살 거니까"

"넌 정말 욕심쟁이에다 제멋대로인 주제에 몽매하기까지 하구나. 그니까 무시당하는 거야."

"누가 날 무시했지?"

"진도 그렇고. 또 게다가 후와인들—."

"뭐? 후와가 언제 나를 무시했지?"

"무시하지. 당연한 거 아냐? 후와가 남기고 간 편지 보여줄까?"

저는 제 책상에 넣어둔 후와 가즈마의 편지를 꺼내 들이밀었습니다. 실종 날 아침 반합 위에 올려져 있던 '노로 군과 사이좋게 지내주십시오. 그는 진정 호인입니다.' 하는 종잇조각입니다. 노로는 그를 다 읽고 어리둥절한 표정으로 저를 쳐다봤습니다.

"이게 어디가 무시한다는 거야."

"모르겠냐. 거참 답답하네. 그 호인이라는 부분 말이야."

"이건 칭찬하는 거 아닌가?" 하고 노로는 뺨을 실룩실룩 부드럽게 풀며 싱글벙글 웃는 얼굴이 되었습니다. "호인이라는 건 양호한 인간이란 의미잖아. 그러니까 나보고 인간으로서 우수하다는 거지. 뭐야. 너 이걸 가지고서 날 질투하는 건가."

"설마 그럴 리가."

저는 어이가 없어서 말문이 막혔습니다. 이렇게 둔감한 남자가 소설가 지망생이라니, 세상도 이제 말세군요.

"게다가 여기엔 나하고 사이좋게 지내라고 쓰여 있는데 넌 나한테 덤벼들기만 하잖아. 살짝 반성하는 게 어때."

"나인들 딱히 덤벼들고 싶지 않아. 우리는 같은 피해자 사이니까 사이좋게 단결해서 이에 대응해야 한다. 그렇게 생각해. 그렇게 생각하고 있는데, 니가 너무 제멋대로인 데다 소 귀에 경 읽기니까ㅡ."

"뭐. 소귀에 경 읽기?" 노로는 살짝 안색을 바꿨습니다. "내 어디가 소귀에 경 읽기야. 진 씨가 판다고 하니까 사겠다는 것뿐이잖아. 이치는 제대로 통한다고."

"무슨 소리야. 그럼 나도 살 자격이 있어."

"그야 너한테도 자격은 있겠지. 하지만 자격이 있다고 해서 살 수 있다는 건 아니지." 그러더니 노로는 씨익 웃으며 검지와 엄지로 둥근 모양을 만들었습니다. "선행해야 할 게 없다면 말이야."

그 거북한 웃음이 저를 격분시켰습니다. 절대로 이 집을 노로만은 소유하지 못하게 하리. 전력을 다해 방해해주마. 그러한 결심이 가슴속에 불끈불끈 맺힌 것도 당연하죠. 저는 집어던지듯이 말했습니다.

"돈이라면 얼마든지 마련하지. 뭐 고작 십만 엔쯤이야."

그러자 노로는 살짝 당황한 듯했습니다. 저를 도발해선 안 된다는 생각이 퍼뜩 들었겠죠. 그러자 그 즉시 타협적인 태도로 돌변하여 만약 자신에게 살 권리를 양보해 준다면 퇴거비를 충분히 주겠다는 둥 말을 꺼내왔습니다. 하지만 전 이미 오기가 생겨났기 때문에 완강히 거부. 그러자 노로는 난감한 나머지 애원하는 투가 되어가기까지 했습니다.

"아니 그 있잖아. 에펠탑에서 뛰어내리는 듯한 심정으로 말하는 건데 퇴거비 사만 엔까지 내줄게. 사만 엔이야."

"싫어."

"사만이면 넌 본전을 찾는 거잖아. 게다가 그 돈으로 다른 좋은 방으로 이사할 수도 있고. 그럴 거야. 좀 손익을 고려해 보는 게 어때."

"싫어."

사만 엔을 받고 퇴거하면 이런 제멋대로에다 소귀에 경 읽기인 남자와 동거하지 않아도 된다. 그런 생각에 정말 고개를 종으로 끄덕일까 하는 생각도 들었지만 아니 이건 참아야 해 하고 버텼습니다. 인간의 의지란 참 기묘하죠. 그러자 사만 엔이 노로의 양보 한계였던 듯 그는 불쑥 자세를 고치며 타협적 태도를 홱 벗어던졌습니다.

"그럼 도대체 어쩌겠다는 거야."

"분명히 말해두겠는데 우리는 이 집에 있어서만은 현재 절반씩 권리를 가지고 있어. 그러니 사는 것에 있어서도 절반씩 서로 지불해서 사는 거야. 그게 싫음 니가 나가. 그 외 다른 그 어떠한 방법도 나는 거부한다!"

노로의 안색이 싹 변하더군요. 증오의 빛이 순식간에 눈으로 차올라 매섭게 저를 쏘아보았습니다.

"그렇담 좋아. 내일은 일요일이라 우체국이 쉬니 모레 월요일 날 밤 난 진 씨를 만나러 간다. 너도 동행하려면 그때까지 오만 엔을 조달해. 조달하지 못하면 권리를 일체 포기하는 걸로 간주한다, 그래도 되겠나."

"그래 좋다!"

저도 달리는 호랑이를 올라탄 기세로 악덕 장사꾼 같은 말투로 승낙했습니다. 그리고서 서로 씩씩 화를 내며 동서 방으로 제각각 갈라져 들어갔습니다.

그리고 다음 날 일요일입니다. 저는 아침 일찍 일어나 황급히 아침밥을 먹고서 온 도쿄를 뛰어다니며 온갖 선배 지인을 방문해 빌릴 수 있는 만큼 돈을 빌리며 돌아다녔습니다. 점심밥도 거르고 뛰어다니다 저녁에 맥이 탁 풀려 신주쿠 외식권 식당˙에서 밥을 먹으면서 빌려 모은 돈을 계산해보니 약 사만 엔입니다. 일만 엔이 부족하다. 밥을 다 먹은 뒤 곧바로 중앙선을 타고 하치오지로 날아가, 이제 부탁할 건 아버지뿐입니다. 운 좋게 아버지는 집에 있었습니다. 저는 그 앞에 양손을 그러모아 평소의 불효를 사죄하며 일만 엔을 빌려줬으면 한다며 신신부탁했습니다. 오늘 중으로 일만 엔을 마련하지 못하면 저라는 남자가 제대로 설 곳이 없다며 뚝뚝 눈물을 흘리는 데까지 이르자 아버지는 깜짝 놀라 손궤 금고 안에서 천 엔 지폐 열 장을 꺼내 저에게 건네주었습니다. 정말 무의미한 고집 때문에 친아버지께까지 노고를 끼쳤습니다. 이리하여 간신히 오만 엔을 조달할 수 있었습니다.

월요일 저녁 학교에서 돌아온 노로는 제 방을 들여다보며 차가운 목소리로 말했습니다.

"다로코정 같이 갈 건가."

"갈 거야."

- 제2차 세계대전 후 식량 사정이 좋지 않아 정부는 미곡통제를 실시하고 외식권을 배급해 지정된 식당에서 식사하게끔 조치함.

저도 벌떡 일어나며 무뚝뚝하게 답했습니다. 서둘러 옷차림을 갖추고 어깨를 나란히 하여 바깥으로 나왔습니다. 양쪽 모두 시종 묵묵히 다로코정에 도착할 때까지 한마디도 입을 열지 않았죠. 이미 냉전 양상을 띠기 시작했던 것입니다.

진근완은 조리장 한쪽 의자에 앉아 담배를 피우고 있었는데 우리의 모습을 보고 싱글벙글 웃으며 일어나 지난번과 같이 이 층으로 안내해 올라갔습니다. 자리에 앉자마자 노로는 돈을 가져왔으니 집을 사고 싶다며 말을 꺼냈습니다. 그러자 진은 순간 살짝 의외라는 표정을 지었습니다. 제 추측으로 진은 그렇게 간단히 돈을 들고 올 거라곤 생각지 않고 아마 이번 건으로 인해 한바탕 큰 말썽을 예상했던 것이겠죠. 하지만 진은 곧바로 싱글벙글 웃는 얼굴로 돌아와,

"그러십니까. 그거 정말 수고하셨습니다."

하고 말하는 듯한 인사를 하더니 박수를 쳐 손오풍을 불러와 서류와 지필류를 들고 오게끔 시켰습니다. 천천히 붓을 잡으며,

"그럼 매도서를 작성하도록 하죠. 사는 건 당신들 둘입니까?"

"그렇습니다."

하고 우리는 이구동성으로 답했습니다. 그러자 진은 힐끗 우리 두 사람을 번갈아 보고선 술술 붓을 놀렸습니다. 매도서의 내용은 다음과 같습니다.

매도서

1. 주소 도쿄도 세타가야구 오하라 정 XXX
2. 주택 내용 가옥 목조 단층집 12평 7합 5작
   단 상기 가옥의 권리서는 현재 후와 가즈마가 보관 중이므로 향후 상기 권리서에 관한 일체의 문제에 관해선 후와 가즈마와 진근완 사이에서 해결한다.
3. 금 십만 엔 정.

년　　월　　일

도쿄도 시부야구 오와다마치 XXX

진근완 (인)

그리고 상대편 이름은 우리 둘 연명으로 되어 있습니다. 그 매도서를 노로가 받았기 때문에 저는 황급히 진에게 부탁했습니다.

"진 씨, 지금이랑 똑같이 제 걸로 한 통 더 작성해주세요."

한 통 더 만들어 받은 뒤 문면을 살펴보자 권리서는 아직 후와 가즈마가 보관하고 있는 게 아니겠어요. 그래서 그 점에 대해 발언하려 하자 진은 손을 팔랑팔랑거리며 저를 제지하며,

"후와라면 괜찮습니다. 혹 상경하기만 하면 그 자식은 그냥 바로 붙잡을 수 있지. 만사 저에게 맡겨두세요."

그리고서 가슴을 퉁 쳤습니다. 그래서 우리는 각각 주머니에서 오만 엔씩 꺼내 진 앞에 내놓았습니다. 진은 싱글벙글 웃으며 이를 집어넣곤 손바닥을 탁탁 쳤습니다. 그러자 손오풍이 그릇 두 개를 들고 계단을 올라왔습니다. 그것을 하나씩 우리 앞에 놓아두어 바라보자 그냥 라멘입니다. 중국 죽순과 자잘한 해초밖에 들어 있지 않은 삼사십 엔짜리 가장 싼 것이었습니다. 저번 호화판에 비교하면 어쩜 이리 대우가 하락할 수 있는 걸까요. 우리가 무심코 서로의 얼굴을 바라보자 진이 간드러진 목소리로 말했습니다.

"자아. 따뜻할 때 드시게나."

우리는 젓가락을 집어 탁자 위 후춧가루를 마구잡이로 뿌리고서 우물우물 먹기 시작했습니다. 노로 놈은 후추를 너무 많이 뿌려 그것이 콧구멍에 들어간 듯 재채기를 크게 대여섯 번이나 연달아서 했을 정도입니다. 진근완은 의자에 앉아 우리의 식사 모습을 눈을 가늘게 뜬 노회한 표정으로 물끄러미 바라보고 있었습니다. 전 마치 저녁밥 남은 걸 받아먹는 개인지 뭔지가 된 듯한 비참한 심정으로 젓가락을 연신 놀렸습니다.

이날 이후 우리 둘은 같은 집에 살면서 서로 거의 입을 열지 않게 되었습니다. 생활상 필요한 최소한의 대화밖에 나누지 않는다. 즉 대화는 용건이 있는 경우에만, 좋은 아침이라거나 잘 자라는 인사도 일절 생략합니다. 노로는 매일 학교에 나가고 저는 저대로 빌린 돈으로 인해 아르바이트로 분주했습니다. 실제로 집을 사긴 했지만 아직 도무지 내 집이란 실감이 들지 않습니다. 임대료를 내지 않아도 된다, 이전과 다른 점은 그 정도뿐, 다른 건 거의 변하지 않은 겁니다. 하지만 노로 쪽은 새로 개와 고양이를 한 마리씩 키우기 시작했습니다. 물어보지 않아 자세히는 모르지만 그 노로이기 때문에 아무 이유 없이 키울 리 없습니다. 아마도 개는 가옥을 지키게 할 생각일 테고 고양이에겐 쥐잡기 책임을 부과할 게 틀림없습니다. 그렇다면 노로는 저와 달리 자신의 집이라는 실감이 확실히 생겨났던 거겠죠. 그러고 보니 그의 행동거지 또한 이전과 비교하면 다소 엄중해져 자못 집주인스러운 풍격을 두르기 시작한 듯했습니다.

그리고 또 월세에 있어 제가 이천이백 엔 노로가 천팔백 엔, 그 차이인 사백 엔은 서향값이라는 명목이었기 때문에 노로식 논리에 따르면 폐지 후에도 사백 엔을 저에게 청구할 수 있는 셈인데 아무런 말도 해오지 않습니다. 그러면서 예의 일요일 강습비 일 할 자릿세는 확실히 챙기고 있으니 분명 까먹은 거겠죠. 저 깍쟁이치곤 드문 일입니다. 하기야 아직 여름도 아니고 요즘 같은 시기에 서향값이라는 것도 웃기는 소리긴 하지만요.

그리고 또 한 가지 우리의 집이 되고 나서 바뀐 점은 세무서 고정자산계에서 독촉장이 날아오고 또 징수원이 찾아오게 된 것입니다. 징수원이 찾아오는 건 대개 평일 낮이기 때문에 노로는 부재중, 자연히 저 혼자 응대에 나서게 됩니다. 징수원은 코가 붉은 마흔 전후의 남자로 그의 설명에 따르면 후와 때가 세 분기 쌓여 있고 진근완은 전혀 내지 않아 그러므로 그것들 전부 내달라는 건데, 물론 이 집의 명의인은 후와 가즈마. 후와 명의에 우리가 내는 건 아무래도 이상하게 느껴져 제가 징수원에게 그렇게 말하자 사람 좋아 보이는 그 징수원은 곤혹스럽다는 표정으로 예에 그것도 일리가 있네요 하고 총총 돌아갑니다. 그렇게 돈에 연연하지 않으며 공무에 임한다는 점, 전후 세무관원 중 이례에 속하여 표창하고 싶을 정도의 인물이었습니다. 하지만 독촉이 있을 때마다 저는 의무적으로 그 사실을 노로에게 전합니다. 그러면 노로는 그런가 하고 말할 뿐 그 뒤론 아무 말도 안 합니다. 내는 거라면 헛바닥을 내미는 것도 고까워하는˙ 남자라 고정자산세라느니 말도 안 된다고 생각할 테죠.

이렇게 한 집을 둘이 나누어 소유한 이래 서로에게 그다지 입을 열지 않게 되었지만 이로써 서로에게 무관심하게 되었는가 하면 어처구니없게도 전혀 그 반대입니다. 표면상으로 상대를 묵살하는 태도를 취하며 생활의 간섭을 일체 피하

• 돈을 내는 걸 비정상적으로 아까워하는 자린고비라는 의미의 관용표현.

는 것처럼 보이지만 속으론 바짝 예민해져 상대의 일거수일투족에 신경을 곤두세우고 있다. 그야 그렇죠. 집이 우리에게 부과하는 무게가 이전보다 훨씬 크게 늘었습니다. 노로는 아직도 이 집을 독점하려는 욕망을 버리지 않았을 게 분명하니 빈틈을 찾아내 제 약점을 잡기 위해 노리고 있을 겁니다. 그러한 노로에게 저도 면밀하게 주의를 기울여야만 하는 겁니다. 하루하루 일상이 날카롭게 긴장되어 그러한 점에서 오히려 사는 보람을 느낄 정도였습니다. 그저 내버려 둘 수 없는 상대가 같은 지붕 아래에 있다는 건 실로 의욕이 생기는 일이더군요.

그사이 심리는 노로도 마찬가지일 겁니다. 그림엔 그다지 취미가 없는 그가 제가 출품한 전람회에 슬쩍 보러 왔던 것도 그런 종류일 겁니다. 도대체 저놈이 어떤 그림을 그렸을까 하고 가만히 내버려 둘 수 없었던 거죠. 그렇게 가만히 있었으면 저에게 들키지 않았을 텐데 노로에겐 가만히 있을 수 없는 사정이 있었습니다. 어느 날 귀가한 노로가 마당에서 풀을 뽑고 있던 저에게 갑자기 물어뜯을 기세로 고함을 질렀습니다.

"넌 나를 모욕했어!"

"모욕 같은 거 하지 않아." 하고 저도 어안이 벙벙하여 경계하는 자세를 취했습니다. "내가 널 모욕할 이유가 어딨어."

"모욕했어!" 노로는 불쑥 마루방으로 들어섰습니다. "너

전람회에 '사마귀가 있는 풍경'이란 걸 냈잖아. 그거 내 얼굴이지?"

"말도 안 되는 소리." 하고 저는 항변했습니다. "니 얼굴일 리가 있겠냐. 그건 쉬르레알리슴 풍경화일 뿐이야."

"아니, 거짓말치지 마. 내 직감으로 그건 분명 내 얼굴이야."

"이야. 합리주의자인 니가 직감 같은 걸 믿는 건가. 어처구니가 없군. 그건 내가 그린 그림이야. 내가 그린 이상 내가 제일 잘 알아. 애초에 그 그림의 모티브가 된 건ㅡ."

운운하며 제가 이런저런 전문용어를 섞어 설명을 시작했기 때문에 노로는 분하다는 듯 입을 다물어 버렸습니다. 노로에게 있어 그림은 전문분야 밖이라 자신의 얼굴이란 결정적인 근거를 발견할 수 없었던 거겠죠.

진에게서 집을 매도 받고 나서 두 달이 지난 무렵, 즉 지금으로부터 한 달 정도 전 어느 날 일입니다. 제가 점심 식사를 마치고 현관 편지함(이도 집이 우리 것이 된 뒤 노로가 만든 거지만)을 들여다보자 봉서 한 통이 들어 있습니다. 손으로 집어 보자 수신인 거주지 불명이라는 부전(附箋)이 붙어 있어, 요컨대 발신인에게 반송하는 편지인데 그 수신인의 이름을 보고 저는 깜짝 놀랐습니다. 그 이름이 세상에 '후와 가즈마', 뒤집어보자 발신인은 노로 다비토입니다. 무슨 꿍꿍이 수작을 벌이는 거야 하고 그것을 들고 저는 방으로 돌아왔습니다. 노로가 무슨 일을 꾸미는 건지 봉을 뜯어 내용을 확인하면 곧장 알 수 있겠지만 그러면 이는 노로 것이니 서신 개봉을 이유로 트집을 잡을 테고 쫓아낼 구실을 주게 될지도 모릅니다. 그렇다고 그냥 내버려 둘 수도 없는 노릇이고, 갈팡질팡 고민했지만 결국 호기심 쪽이 우위를 차지했습니다. 경찰대학 방식을 따라 온기를 가져다 대 몰래 개봉하는 방법이 떠올랐던 것입니다. 신속히 물을 끓여 그 온기를 봉한 부분에 가져다 대자 이윽고 풀칠이 풀어지기 시작해 어렵지 않게 개봉할 수 있었습니다. 가슴을 두근두근대며 내용물을 쭉 잡아 꺼내보자 그것은 붉은 괘선의 팔랑팔랑거리는 종이 한 장으로 내용증명 전용 괘지입니다. 게다가 글자로 빽빽이 가득 차 있습니다. 저는 서둘러 읽어보기 시작했습니다. 그것은 다음과 같은 문면입니다.

'삼가 용건만 아룁니다. 이러한 편지를 드리는 사정은 이미 짐작하고 계시겠지만 귀하 명의의 세타가야구 오하라 정 XXX번지 가옥에 대해 금번 진근완 씨와 협의한 결과 진 씨에게 십만 엔을 수교하여 제가 그 권리를 양도받게 되었습니다. 그때 진 씨는 '후와 가즈마 씨는 십팔만 엔 정도 본인에게 대금이 있고 현재 행방불명인 탓에 이 집의 등기를 본인 명의로 변경할 수 없는 형편이다. 하지만 이 집에 관한 일체 문제에 관해 후와 씨와 진 사이에서 해결한다'라는 조항을 넣어주셨습니다. 그리하여 십만 엔을 진 씨에게 건네드렸으나 고정자산세 지불 문제도 있어 서둘러 당사자 명의로 등기해야 할 필요가 다급해 이러한 사정이 있음을 양해해주시고 등기신청을 위해 이 상신이 도착하는 즉시 인감증명을 보내주십사 삼가 간곡히 부탁드리는 바입니다. 또한 진 씨는 귀하께서 인감증명을 보내주시기만 하면 모든 것을 눈감아줄 생각이라고 구두로나마 말씀하고 계신다는 점 또한 덧붙여 말씀드립니다. 귀하의 현주소가 불명이기 때문에 우선 이 편지를 본적지 앞으로 발송하는 결례를 용서해주십시오.

쇼와 29년(1954년) X월 X일 노로 다비토 (인)'

그리고 그 난외에는

'이 우편물은 쇼와 29년(1954년) X월 X일 제XX호 서류내용증명 우편물로서 발송하였음을 증명합니다.

세타가야 우체국장'

하고 검은 스탬프가 꾹 찍혀 있습니다. 저는 저도 모르게 으르렁거렸습니다. 무슨 수를 궁리하고 있는 게 틀림없다고 생각하고 있긴 했지만 이런 당치도 않은 짓을 꾸미고 있을 줄은 꿈에도 몰랐던 겁니다. 혼자서 생각해낸 건지 다른 누구에게 간사한 꾀를 알려 받은 건지, 명의인인 후와와 뒷거래를 하여 자신 명의로 등록하고 그리고서 그걸 방패로 삼아 저를 쫓아내려는 속셈이겠죠. 멍청한 노로 치곤 상당히 훌륭하여 하마터면 이쪽도 궁지에 몰릴 뻔했지만 하늘은 부정한 편의 손을 들어주시지 않아 최후의 일순간에 이 꿍꿍이속이 간파당했다. 꼬락서니 좀 보게 하고 쾌재를 부르고 싶지만 상대가 계속해서 무슨 수를 써올지 알 수 없으므로 방심할 수 없습니다. 다시 다른 방법으로 후와의 현주소를 알아내 직접 교섭하러 나설지도 모릅니다. 그러한 이유에서도 내가 이 편지를 개봉했다는 걸 노로에게 들켜선 안 되고 편지가 되돌아왔다는 것도 몰랐다는 걸로 하는 편이 좋을 것 같다. 그렇게 생각하며 저는 그 편지를 봉해 시치미를 떼며 다시 원래대로 우편함에 던져넣고 바로 외출 준비를 갖추었습니다. 외출했던 터라 반송된 편지는 보지 못했단 식으로 꾸민 겁니다.

하지만 외출하여 근처를 어슬렁어슬렁 돌아다니다 보니 어쩐지 후와에 관한 것이 걱정되기 시작해 그렇게 문득 떠올라 경찰서로 발길을 돌렸습니다. 요전에 진과 함께 찾아왔던 형사에게 상황을 물어봐야겠다 싶었던 것입니다. 접수처로 찾아가 보자 그 형사는 때마침 자리에 있었습니다. 음침한 대기실에서 동료로 보이는 남자와 함께 장기를 두고 있었습니다. 저를 잊어버린 듯 수상쩍게 저를 바라봤지만 후와 가즈마 건이라고 입을 떼자 간신히 떠오른 듯 말했습니다.

"아아, 그래. 자네였군. 후와에게서 뭔가 연락이라도 있었나?"

그래서 저는, 아니 연락이 있었던 건 아니나 뭔가 후와에 대한 정보가 없을까 싶어 찾아뵙게 되었다고 말씀드리자 형사는 고개를 갸우뚱하며,

"현재로선 정보가 들어온 게 전혀 없지만 아코에서 또 도망쳐 지금은 아마미오섬인지 어딘지로 간 것 같아."

하고 답했습니다. 멀리 달아나는 것도 부족해 아마미오섬이라니 매우 놀랐습니다. 혹 도쿄 근방에 있다면 제가 직접 가서 후와와 만나 권리서를 양도받아 노로의 허를 찔러줄까 싶기도 했는데 아마미오섬이면 다른 수가 없습니다. 그래서 형사에게 인사를 하고 경찰서 현관을 나오는데 그곳에서 그 고정자산세 징수원과 딱 마주쳤습니다.

"앗 안녕하세요." 하고 저는 반갑게 불러세웠습니다. "어떠세요, 징수 성적은?"

"이렇다저렇다 할 것도 전혀 없어요." 징수원은 손수건을 꺼내 이마의 땀을 닦았습니다. "디플레로 다들 아주 맥을 못 추리는 형국이라. 납부 상태가 영 심각하니 원."

"걸으러 다니는 것도 정말 힘들겠어요. 저쪽에서 맥주라도 한잔하시겠어요?"

그렇게 권유하자 그 빨간 코 징수원은 아주 내키지 않는 것도 아닌 듯 태연하게 저를 따라왔습니다. 그래서 저는 그 근처 식당으로 그를 안내해 자리에 앉아 누에콩과 맥주를 주

문했습니다. 오후 세 시 즈음이라 식당 손님은 우리뿐이고 다른 곳은 텅 비어 있습니다. 맥주 한 병을 다 마신 뒤 두 병째를 청하려 하자 그는 살짝 제 소매를 잡아당기며 말했습니다.

"사실 저야 뭐 맥주보단 소주 쪽이 좋아서."

남에게서 대접받는 이상 조금이라도 비싼 걸 바라는 것이 인지상정이거늘 싼 걸 바라는 이 얼마나 담백하고 속 깊은 인품인지. 정말 당대에 매우 드문 훌륭한 세무 공무원입니다. 그래서 저도 감동하여 곧장 소주 두 잔에 오믈렛 두 개를 주문했습니다. 그는 소주잔을 홀짝이며 저에게 물었습니다.

"아까 경찰서에서 나오시던데 무슨 호출이라도?"

"아뇨. 그게 알고 계시죠, 후와 가즈마 건으로."

"아아, 그쪽 집 명의인이지. 그래서 어떻게 됐어요. 거처가 밝혀졌습니까?"

하고 그는 가방을 밀며 상반신을 바짝 들이밀었습니다. 소주를 마시는 와중에도 왕성한 그 복무의식에 아주 감탄했는데 그때 저는 문득 이 징수원에게 모든 경위를 털어놓고 의논해볼까 하는 생각이 들었습니다. 이는 약간의 취기 탓도 있었지만 그와 동시에 이 인물에 대한 신뢰 때문이기도 했습니다.

"사실 제가 후와 가즈마라는 남자와 알게 된 건 이러한 계기거든요."

하고 저는 맨 처음 도영 전차 안 소매치기 사건에서부터 권리금 사만 엔 셋방살이 건, 노로가 끼어들어 눌러앉고, 진근완, 손오풍의 대강, 그리고 그 뒤 경위를 가능한 한 정확하고 자세하게 하나하나 징수원에게 털어놓았습니다. 그는 이따금씩 맞장구를 치고 질문하며 끼어들고 컵을 입으로 가져가곤 하며 열심히 귀를 기울여 주었습니다. 하나하나 그리고 자세히 이야기했기 때문에 상당히 시간이 걸려, 그러게요, 완전히 이야기를 끝냈을 땐 징수원은 네 잔째 컵에 입을 대고 있었을 정도입니다.

"그래서 정말 어떡해야 좋을까요."

"그러게요." 징수원도 어느새 얼굴 전체가 코와 똑같은 색으로 변한 상태였는데 이윽고 딱 잘라, "한 가지 유효한 수단이 있어요. 이것 말곤 없을 테지."

"수단이 있나요? 도대체 어떤 거죠?"

"그건 말이죠." 하고 그는 잔을 기울였습니다. "후와 가즈마 씨가 노로 씨, 혹은 그 외 제삼자에게 권리를 양도했다 친다. 그럼 권리는 일단 양도받은 사람 것이 되죠. 그런데 말입니다. 여기에 고정자산세가 체납되어 있다. 그러니 그를 내지 않는 한 세무서는 그 집을 압류할 권리가 있다. 세금체납에 따른 압류, 그러니 즉 경매죠."

"예예."

"그러므로 여기에 수단이 있다. 후와가 권리서를 확실히 양도했다는 걸 알게 되면 당신은 바로 저한테 연락해주세요.

그럼 곧장 압류 수속을 취할 테니까요. 압류하게 되면 그 사람의 소유 권리는 무효가 되는 겁니다. 거기서 당신이 체납분 전액만 지불하면 집은 당신 것이 되고 만다. 뭐 그런 겁니다. 그런 식으로 처리해 드리죠."

"이거 참 감사합니다." 하고 저는 가슴이 세차게 뛰어 감사의 말을 전했습니다. "하지만 관공서 일이 그렇게 신속하게 술술 진행되나요?"

"그게 문제예요." 하고 그는 살짝 고개를 갸웃거렸습니다. "운동자금으로 조금 돈을 내면 될지도 몰라요."

"예에. 어느 정도일까요."

"뭐 소임에게 이천 엔 정도 계장에게 삼천 엔, 합해서 오천 엔 정도 내면 술술 진행될 겁니다. 뭣하면 제가 건네드려도 되고요."

"정말인가요? 정말 감사해요. 이제 됐다." 하고 저는 안도의 한숨을 내쉬었습니다. "그리고 본인께는?"

"저요? 전 필요 없어요." 하고 이 고결한 징수원은 상냥하게 생긋 웃으며 손을 내저었습니다. "저는 당신을 향한 동정심에서 입을 열었을 뿐이에요."

"그런가요. 그럼 내일이라도 오천 엔을 들고 세무서로 찾아뵙겠습니다."

"아뇨 아뇨 무슨 말도 안 되는. 당신도 바쁘신 몸이실 테니 내일 낮쯤에라도 이쪽에서 찾아뵙죠."

"그렇습니까? 거듭 친절하시게도 —."

저는 두터이 예를 표하면서 전표를 집어 들었습니다. 시간은 벌써 오후 다섯 시 반이었습니다.

그리고서 집으로 돌아오자 노로는 부엌에서 철벅철벅 빨래를 하고 있었는데 제 모습을 보자마자 말했습니다.

"아 어서 와." 평소와 달리 살갑게 굴지만 어쩐지 억지로 만들어낸 듯한 목소리였습니다. "어디 갔던 거야?"

"하치오지 아버지네 다녀왔어." 하고 저는 거짓말을 했습니다.

"집 몇 시쯤 나갔어?" 하고 노로가 아무렇지 않게 물어왔습니다. 저는 흥이다 싶었죠.

"글쎄. 니가 나가고 한 시간 정도 지나 여덟 시 살짝 전이려나."

"그래?"

노로는 안심한 듯한 소리를 내더니 그 뒤론 아무 말도 하지 않았습니다. 그 편지를 들킨 건지 아닌지 빙 에둘러 떠본 겁니다. 이쪽은 교묘한 거짓말로 몸을 피한 것이고요. 그리고서 저는 방으로 돌아와 잠시 배꼽을 잡고 소리를 죽인 채 웃어댔습니다. 노로 놈이 후와에게 권리를 양도받으면 그 순간 덜컥 압류당하고 집은 내 것이 된다. 허둥지둥대도 뒤따라 붙잡지 못한다. 그 계략이 공연히 웃겼던 겁니다. 게다가 그 계략은 나만 알고 있고 노로 쪽은 전혀 눈치채지 못하고 있다.

나를 내쫓으려 하는 속셈이 자기 자신이 쫓겨나는 방향으로 진행되어간다. 웃지 않을 수 있겠습니까.

다음날 정오가 살짝 지나 징수원이 조용히 찾아왔습니다. 물론 노로는 학교에 가 있어 부재중입니다. 저는 선배 지인에게 돌려주려고 모아둔 돈 가운데 오천 엔을 끄집어내 징수원에게 건넸습니다. 징수원은 붉은 코를 벌름벌름거리며 빙그레 웃으며 오천 엔을 주머니에 넣고 종종걸음으로 돌아갔습니다.

그날로부터 오늘까지 약 한 달이 지난 셈이나 아직 국면은 뚜렷한 전개 없이 여전히 냉전 상황이 지속되어 때때로 작은 다툼이 벌어지는 정도의 상황입니다. 노로도 아직 후와의 현주소를 찾아내지 못한 듯합니다. 주민등록 쪽을 슬쩍 들춰보는 기색이 있지만 현재로선 아직 성공하지 못한 듯합니다. 노로는 매일 착실하게 학교에 다니며 그 여가 시간에 일을 진행하는 셈이라 좀처럼 능률이 오르지 않는 거겠죠.

작은 다툼이라 함은 지난번 대청소 때로 완전히 노로에게 당했습니다. 이 인근 대청소 날은 지난달 이십오일로 구청에서 통지를 받아 그날 저와 노로는 각자 방 다다미를 들어내 마당에서 펑펑 두들겼습니다. 서로 협력해서가 아니라 뿔뿔이 고립되어. 하지만 넉 장 반이라 별것도 아닙니다. 다다미를 치우고 나서는 바닥에 신문지를 깔고 DDT를 뿌린 뒤 다다미는 마당에 널어둔 채 제가 무심코 점심을 먹으러 나갔던 겁니다. 그리고 식당에서 돌아오자 노로는 이미 다다미를 자신의 방으로 옮겨놓고 후련한 얼굴로 담배를 피우고 있었습니다. 그래서 저도 부지런히 다다미를 제 방으로 들여놓았는데 도무지 바닥에 딱 들어가지 않습니다. 햇볕을 쬐어서 다소 불어났나 싶어 발로 밟고 걷어차고 해서 겨우 끼워 넣었습니다. 그리고서 노로 흉내를 내며 방 한가운데 책상다리를 하고 앉아 담배를 피우는데 아무래도 느낌이 이상한 겁니다. 다다미 색깔이 묘하게 검붉게 탄 것처럼 흐릿하다. 아차 하고 정신이 들더군요. 제가 점심 먹으러 나간 사이 제 다다미를 노로는 그대로 죄다 자신의 방으로 옮기고 그 뒤 자신의 다다미를 기대어 세워둔 게 틀림없습니다. 노로 방은 서향이라 볕 관계상 제 방보다 검붉게 탄 겁니다. 저는 뱃속이 부글부글 끓어올라 저편에서 담배를 피우고 있는 노로에게 항의하려고 했지만 꾹 참았습니다. 노로가 다다미를 바꿔치기했다는 물증이 없기 때문입니다. 현행범을 잡았다면 모를까 다다미 색깔만으론 상대가 궤변의 대가인 노로인 이상 결론이 나지 않고 끝날 게 분명합니다. 그래서 일어나려던 엉덩이를 원래 방향으로 돌리고 가만히 노로를 노려보자 노로는 딴 쪽을 향해 히죽 웃었습니다. 가증스럽기 짝이 없습니다.

그리고 고양이. 고양이란 노로가 키우는 고양이로 이름은 고양이로 붙여져 있습니다. 정말이지 노로다운 작명입니다.

이 고양이가 제 방으로 슬금슬금 들어와 툭하면 캔버스를 향해 발톱을 세우려 하는 난처한 경향이 있는 겁니다. 이 고양이의 생리적 천성인가 싶었지만 주의해서 살펴보면 아무래도 그렇지 않은 듯합니다. 캔버스를 보면 조건반사적으로 발톱을 세우도록 노로가 고양이에게 은밀히 훈련을 실시하고 있는 듯합니다. 정말 다양한 수를 고안해 냅니다. 노로는 범포로 만든 배낭을 가지고 있는데 얼마 전 목욕탕에서 돌아와 무심코 노로 방을 들여다봤더니 그가 그 속에 고양이를 집어넣고 꽉 죄어 매 놓은 겁니다. 고양이는 괴로워하며 비명을 지르면서 그 범포 안쪽에서 마구마구 발톱을 세워대고 있었습니다. 제가 들여다보는 걸 눈치채자 노로는 고양이를 향해,

"쥐를 더 잡으라고. 노력이 부족하다. 이 불량 고양이!"

하고 꾸짖었습니다. 이는 쥐를 잡지 않는다는 이유로 처벌하는 것처럼 보여주려는 속임수인 셈입니다. 그 범포 배낭은 제가 아직 노로와 사이가 좋았던 무렵 유화 물감을 사용해 모양을 그려줬던 가방입니다. 쥐를 좀 더 잡으라느니, 고양이가 사람 말을 알아들을 리가 있나요. 이는 오로지 고양이에게 범포 감촉과 유화 물감 냄새를 익히게 하여 그 조건만 주어지면 바로 발톱을 세우게끔 맹훈련을 실시하고 있는 게 틀림없습니다. 그래서 고양이는 제 방에 들어와 유화 물감을 칠한 캔버스를 보면 아주 정신이 팔려 발톱을 세우는 것입니다. 이 얼마나 비열한 짓인가요.

그래서 저도 자기방어상 어쩔 수 없이 신주쿠 육교 아래로 나가 상투를 튼 이상한 할아버지한테 대나무 효자손 세 개를 구해왔습니다. 가련한 작은 동물을 학대할 생각은 털끝만치도 없지만 캔버스에 발톱을 세우게 되면 이쪽도 거덜 납니다. 그래서 제 방으로 고양이가 들어오면 틈을 주지 않고 바로 옆에 둔 효자손을 쥐고서 고양이 머리를 탁 때립니다. 고양이는 깩 소리 지르며 도주합니다. 열흘 정도 그런 행위를 지속하자 고양이는 이제 효자손을 보기만 해도 휙 도망가게 되었습니다. 외출할 때도 효자손을 상인방에 줄줄이 걸어 두면 고양이는 이를 두려워해 제 방엔 들어오지 않는 듯합니다.

장황하게 떠들었습니다만 작년 봄부터 현재에 다다르는 이런저런 악전고투는 이상과 같이 정말 눈물 없이 얘기할 수 없습니다. 지금으로서도 최후의 파국이 내일 올지, 일주일 뒤에 올지, 혹 현재의 대치 상태가 계속 질질 이어질지 도무지 짐작할 수 없는 상황입니다. 정말 어이가 없군요. 저희 두 사람은 똑같은 피해자이고 현재로서도 어떤 의미에선 같은 위협에 노출되어 있는 셈이지만 우리 둘의 노력은 그 위협을 제거하여 평화를 되찾는 방향으론 향하지 않고 서로를 상처 입히는 쪽으로만 쏟아부어지는 셈입니다. 가령 후와 가즈마가 아마미오섬에서 권리서를 제삼자에게 매매하면 어떻게 될지, 그리고 만일 압류 변통이 제대로 진행되지 않으면 어떻게 될지, 우리 둘은 바람 앞의 먼지처럼 제삼자에 의해 완전히 이 집에서 쫓겨나 버리게 되겠죠. 우리 둘은 서로를 향해 고집을 피우며 완강히 버티고 있지만, 애당초 우리 둘 다 독선적인 데다 세상 물정에 어두워 타인을 향해선 완전히 무저항이라 해도 좋을 정도로 나약합니다. 실제로 후와나 진근완이나 손오풍으로부터 우리 둘은 갓난아이의 손을 비틀 듯 가볍게 당한 전력이 있기에 앞으로 무슨 일이 일어난들 똑같은 코스를 더듬어 가겠죠.

그렇다면 현재 상태가 질질 이어져 갈 경우엔 어떻게 될까, 그것을 강하게 바라고 있는 인물이 한 명 있습니다. 그건 우리들 집의 지주입니다. 우리 집 일대는 지주가 동일하여 농부 타입의 눈이 부리부리한 마흔 즈음의 남자입니다. 이 남자가 땅값을 징수하러 때를 정해두고 찾아오는데 올 때마다 땅값 인상을 요구합니다. 이는 노로와 의논할 것도 없이 그때마다 제가 거절하고 있는데 이 남자가 우리 둘이 서로 노려보는 상태가 계속 지속되기를 바라는 겁니다. 어째서 바라는가 하면 앞서 말씀드렸다시피 이 집은 막 무너지려 하는 낡은 집으로 서둘러 보강공사를 하지 않으면 지진이나 태풍으로 조만간 거주할 수 없게 될 겁니다. 우리 둘이 서로 노려보는 한 근본적인 보강 작업은 이루어지지 않는다. 끽해야 각자 방에 물 새는 걸 고치는 정도, 그 이상은 하지 않을 테죠. 그렇게 되면 붕괴 시기는 앞당겨집니다. 그 붕괴 시기가 한시라도 빨리 다가오기를 이 지주가 간절히 기다리는 겁니다. 붕괴

만 되면 그는 더 이상 우리에게 신축을 허락하지 않을 겁니다. 토지를 달리 비싸게 팔아버리거나 만일 신축을 허락한다고 해도 막대한 권리금을 요구할 게 분명합니다. 그런 식으로 이 지주가 근처 어느 집에서 얘기한 적이 있는 듯, 그곳 부인분께서 언젠가 저를 향해 빨리 보강공사를 하지 않으면 손해예요, 라는 의미의 말로 멀리 에둘러 충고해주었습니다. 저도 그러는 편이 좋다고는 생각하나 어쨌든 상대가 노로니 말이죠. 수호(修好)를 회복하고 단결하여 작업에 임하지 않겠나 등은 지금까지의 관계의 흐름상 저도 말을 꺼낼 수 없고 말을 꺼낸다 해도 노로는 그 제안을 비웃으며 일축할 게 분명합니다. 우리의 서로를 향한 증오, 서로를 향한 괴롭힘은 이미 업의 영역에 들어 다른 사람의 말이 귀에 들어오는 단계를 아득히 지나 온 상태입니다. 정말 불행한 일이지만 이제 다른 방법이 없습니다. 나아가는 자로 하여금 나아가게 하고 스러지는 자로 하여금 스러지게 하라. 이런 비장한 심경으로 이 일상의 날카로운 긴장 속에서 저희는 매일같이 살아가고 있습니다. 부디 가여워하며 웃어 주십시오.

(1954. 8. 「신초新潮」)

기억

그날 밤 그는 상당히 취해 있었다. 사토라는 친구가 개인전을 연 첫날이라 축하 위스키병이 몇 병이나 나왔다. 만취하여 신주쿠역에 도착했을 땐 이미 열 시를 지나 있었다.

잡았던 것은 전문 구내 택시이다. 역을 나와 손님이 지정한 곳에 내려주자마자 다시 곧장 역으로 돌아가는 식이라 그것이 가장 안전해 보였기 때문이다. 취하면 그는 필요 이상으로 조심스러워지는 버릇이 있다. 전후 얼마 되지 않은 당시 그는 아직 젊었지만 취하여 플랫폼에서 떨어져 다친 이후 그런 버릇이 생겼다. 나이가 들수록 그 버릇은 점점 더 완고해져 가는 경향이 있다.

"이 사람은 말이지, 취하기 시작하면 바로 눈에 보이거든."

그날 밤도 사토가 웃으면서 모두에게 설명했다.

"길이나 복도나 모퉁이를 돌 때면 벽에 찰싹 달라붙어선 직각으로 꺾는 거야. 아까부터 보니까 벌써 직각이 되어가는 것 같던데? 슬슬 집에 가는 거 어때?"

"찰싹 달라붙는다니, 도마뱀붙이도 아니고."

그는 답했다. 혀가 살짝 꼬이고 있음을 스스로도 알 수 있었다. 그래서 비틀거리며 일어섰다.

"하지만 그렇다면야 먼저 돌아가도록 하지. 잘 있게."

"야기 군. 자네가 데려다줘."

사토가 추격하듯 말했다.

"꼴을 보아하니 위험해 보여서 어쩔 수 없어. 같은 방향이지?"

"그런가요? 제가 모셔다드리죠."

야기는 답했다. 야기는 그나 사토보다 훨씬 젊다. 햇병아리 화가이다. 체질상 술을 마시지 못해 취하지 않은 듯하다. 안색이 창백하다.

바깥으로 나오자 밤바람이 얼굴로 차갑게 들이닥쳤다. 야기가 부축하려 하는 걸 거절하고 스스로 걸었다. 직각으로 어떻게 걷는다는 거야 하는 생각이 들어 척척 걸어가 보려 했지만 역시나 번번이 걸음이 꼬였다. 야기는 옷깃을 세운 채 두세 걸음 뒤에서 따라왔다.

신주쿠역까지 십 분 정도가 걸렸는데 정면 출입구에서 마침 택시가 그의 앞으로 딱 멈춰 섰다. 그는 차의 모양을 확인하고 안심한 뒤 자신의 몸을 짐짝처럼 털썩 좌석에 던져넣었다. 야기가 뒤따라 올라탔다. 자동문이 쓱 움직이더니 찰칵 닫혔다. 그는 말했다.

"N방면으로 가줘."

간단히 가는 길을 설명했지만 운전기사는 답하지 않았다. 차는 움직이기 시작했다. 옅은 불쾌감이 그의 내부에서 일렁인다. 요즘 운전기사들은 행선지를 알려줘도 제대로 대답을 하지 않는다. 하지만 인간은 섣불리 입을 놀려 이야기가 뒤엉키곤 하므로 알아듣기만 했다면 대답하지 않는 편이 낫다. 경험을 통해 그는 그렇게 생각하고 있다. 그 점에서 가장 좋은 건 구두닦이이다. 전후 한때 그는 생계가 곤란해 구두닦이를 했던 적이 있다. 점령병을 상대로 장사를 했었지만 이는 말이 제대로 통하지 않아 실패했다. 구두닦이는 괜찮았다. 장소를 확보하는 데 가장 고생했지만 정착하기만 하면 그 뒤론 단순하다. 손님이 와서 신발대에 발을 올려놓는다. 그것을 닦는다. 다 닦았다는 표시로 두꺼운 천으로 구두 끝 빛깔을 톡톡 정돈한다. 손님도 눈치채고서 구두를 끌어당기며 돈을 건넨다. 받아서 동전통에 집어넣는다. 단지 그뿐이다. 손님도 아무 말 하지 않고 이쪽도 입을 열지 않는다. 주객 모두 입을 열지 않은 채 성립하는 업종은 아마 오직 구두닦이뿐 아닐까. ─그가 불쾌하게 느꼈던 건 그러므로 그 탓이 아니었다.

"이거 자동문이군."

창밖으로 움직이는 길거리를 바라보며 그는 멍하니 야기

에게 말을 걸었다.

"난 도무지 이 자동문이라는 놈이 마음에 안 들어."

"어째서요?"

"내가 탔잖아. 그럼 내 손으로 닫는 게 당연하지. 다른 힘으로 닫히니까 뭔가 이상해. 너무 찝찝해."

"그런가요? 전 편리하다고 생각하는데—."

"편리? 그야 편리하지."

그는 분주히 머리를 굴리며 다른 예를 찾아보았다.

"하지만 가령 유치장이나 관뚜껑 같다는 생각이 드는 거지. 아니 잠깐. 유치장이나 관은 내가 직접 들어가는 게 아니긴 해도."

"맞아요. 그건 들어가는 게 아니라 남이 집어넣는 거죠."

야기는 침착한 목소리로 말했다.

"백화점 엘리베이터를 타도 찝찝하신가요?"

엘리베이터와 자동차는 다르다. 그 이유를 찾으려고 고민해보았지만 도중에 귀찮아져 포기했다. 장단을 맞춰달라고 하진 않았지만 무심하도록 침착한 모습이 마음에 들지 않는다. 말을 하는 것이 귀찮아져 그는 좌석에 등을 깊이 묻은 채 창밖만 바라보았다. 쭉 뻗은 길거리가 갑자기 밝아지더니 야채가게니 약국이니 하는 것들이 무리 지어 있는 일대가 나왔다. 야기가 말했다.

"세워주세요. 전 여기서 내리겠습니다."

차가 멈추고 한 치의 틈도 없이 자동문이 끼익 열렸다. 야기가 이 근처에 살고 있다는 것은 언젠가 동승한 적이 있어 그도 알고 있다. 그다지 의외는 아니었다.

"내리는 건가."

"네. 그럼."

다시 차가 움직이기 시작하자 그는 머리를 후방 유리창 쪽으로 돌렸다. 야기는 이쪽을 바라보지 않고 보도를 가로질러 밝은 과일가게 안으로 들어갔다.……

이러한 언쟁을 언젠가 분명 했던 적이 있다. 몇 년 전인지, 장소는 어디였는지 떠오르지 않는다. 떠오르지 않지만 똑같은 조건에서 똑같은 장단으로 비슷한 사람을 상대로 언쟁을 했다. 기분도 그때와 똑같았다. 그 의식이 그의 어조를 누그러뜨렸다. 그는 말했다.

"절대 못 들어간다는 거지?"

"어휴. 못 들어간다니깐."

운전기사는 앞을 주시한 채 말했다. 요금표시기는 삼백 엔을 가리키고 있다.

"이렇게 좁은 길은 무리예요."

"아니 하지만 좀 좁아 보이긴 해도 낮에는 트럭, 대형은 들어가기 힘들어도 여하튼 트럭이나 승용차나 휙휙 왔다 갔다 한단 말이야."

야기를 내려주고서 십오 분 정도를 달려 차는 그의 집 근처까지 왔다. 도로로 둘러싸인 삼각지대가 있다. 어떤 방식으로 구획을 나눈 건지 알 수 없지만 집 네 채가 그곳에 세워져 있다. 차가 멈춘 곳은 그중 한 채 앞으로 그의 집은 그 반대편으로 꺾인 곳에 있다. 이 한 채는 아직 깨어 있어 창으로 불빛이 새어 나오고 있다. 철사로 엮은 울타리엔 장미가 얽혀 있어 희고 붉은 꽃을 몇 송이나 매단 모습이 눈에 들어온다. 이 집은 예전엔 치과의사가 살았는데 사람이 많이 오지 않았던 듯 일 년 정도 지나 이사했고 지금은 미국인이 살고 있다. 민간 바이어인 듯하다. 낮에는 일본인 가정부가 화려한 속옷을 말리곤 한다.

 "그야 낮에는 들어갈 수 있겠죠. 하지만 이렇게 어두우니 원."

 길은 실제로 어둡다. 산울타리류가 줄줄이 이어져 빛은 어디서도 보이지 않는다. 그렇게 좁은 길은 아니지만 근처에 토목업자 집이 있어 길 초입에 고목재가 겹겹이 잔뜩 쌓여 있다. 반대편 울타리로 커다란 감나무가 길을 뒤덮듯 가지를 뻗고 있다. 낮이라면 전망이 탁 트이지만 밤에는 실제보다도 훨씬 좁게 느껴지는 것이다. 게다가 설상가상으로 길 초입엔 좁은 하수도가 있고 사각형의 콘크리트 발판 여섯 장이 걸쳐져 있다. 길 너비만큼 전부 걸쳐두면 좋겠지만 양 끝쪽은 생략하고 중앙 부분, 즉 길의 반쪽밖에 걸쳐두지 않은 것이다.

"어둡다거나 밝다거나 하는 문제가 아니겠지."

그는 마음을 억누르며 말했다.

"지금까지 탔던 택시는 전부 들어갔어."

"다른 택시들은 몰라도 난 싫어."

앞을 향한 채로 운전기사의 말투는 다소 거칠어졌다. 그는 아직 이 운전기사의 얼굴을 보지 못했다. 올라탈 때 볼 기회를 놓쳤다. 보이는 건 모자와 목덜미와 어깨뿐이다. 모자는 뒤쪽으로 기울여 쓰고 있다. 목덜미는 좁쌀알 같은 것이 검붉게 돋아 있다. 나잇대는 잘 모르겠다.

"들어가라니 도대체 얼마나 들어가라는 거야."

"바로 앞이야, 우리 집. 삼십 미터 정도 들어가서 왼쪽 집이라고."

"삼십 미터면 걸어가면 되잖아요. 계속 고집부리지 말고."

"걸어가라고? 자네 나한테 걸어가라고 명령하는 건가?"

"명령이 아니에요. 권유할 뿐입니다."

"하지만 그건 ─."

그렇게 말하는데 자동문이 저절로 끼익 열렸다. 그건 흡사 재촉하는 소리였다. 소리가 결정적으로 그의 귀에 울려 퍼졌다.

'진정해. 진정하는 거야.'

그는 그렇게 속으로 되뇌며 주머니에서 돈지갑을 꺼냈다. 떨리는 손가락으로 백 엔짜리 동전 세 개를 끄집어내 어깨너머로 건넸다.

"내친김에 묻는데 이 차 번호가 몇 번인가?"

"차 뒤쪽에 붙어 있잖아. 그걸 보면 되지."

운전기사는 돈을 받으며 퉁명스럽게 답했다.

"그런가."

그는 몸을 빼내 차에서 내려 뒤쪽으로 돌아 번호판을 봤다. 자동문이 닫혔다. Q2039. 그것을 두세 번 입속으로 중얼거리며 자기 집 방향을 향해 한쪽 길을 걷기 시작했다. 삼십 미터를 걷는 동안 걸려 넘어지지 않도록 주의하며 그는 그 번호만을 계속 떠올렸다. 넘어지거나 다른 것을 생각하거나 하면 번호를 잊어버릴 염려가 있었기 때문이다. Q2039⋯⋯ Q2039⋯⋯.

집으로 들어와 자물쇠를 잠그고 화실로 들어간다. 도화지에 그 번호를 적어둔다. 그제야 안심하고 의자에 살짝 걸터앉는다. 팔꿈치를 무릎 위에 세우고 턱을 괸다. 오 분간 그 자세 그대로 가만히 꿈쩍도 하지 않았다. 이윽고 얼굴에 괸 팔을 풀고 손을 뻗어 전화번호부를 집었다. 무릎 위에서 펄럭펄럭 넘기며 자동차 회사 번호를 찾았다. 곧 찾아냈다. 그는 중얼거렸다.

"안 혀도 쓰는 것을!"

그는 벌떡 일어나 방구석에 있는 전화기의 다이얼을 돌렸다. 돌리는 도중 잠깐 망설였지만 밀어붙이듯 마지막 번호까지 돌렸다. 상대가 전화를 받았다.

"여보세요. 거기 Q2039라는 차가 있죠?"

"예. 잠시만 기다려주세요."

수화기를 놓는 소리가 들렸다. 그는 몸을 빳빳이 세운 채 서 있었다. 어린 시절 그의 집엔 드센 성격의 할머니가 있었다. 무언가 나쁜 짓, 쓸데없는 짓, 장난 비슷한 짓을 하면 엄청난 기세로 화를 내며 부젓가락이나 긴 담뱃대로 그를 매타작하며 혼쭐을 냈다.

"안 혀도 쓰는 것을!"

"안 혀도 쓰는 것을 혀서."

하지 않아도 될 짓을 한다, 라는 의미이다. 그 말은 그의 몸 깊숙이 스며들어 때때로 혓바닥까지 올라온다. 끽해야 꺾고 안 꺾고 하는 문제이지 않은가. 걸어가라고 했다 한들 삼십 미터에 지나지 않지 않나. 그걸 그렇게 전화하여 항의하면 해당 운전기사도 성적이 떨어질 테고 말려들면 이쪽도 귀찮아질지 모른다. 아무도 득 보는 게 없다. 요컨대 이런 짓이 안 혀도 쓰는 것 아닌가. 그렇게 생각하는 순간 전화기 너머로 상대가 말했다.

"네. 그건 저희 차가 맞습니다."

"그렇죠? 그 차가 이십 분 정도 전에 이런 짓을 했는데."

그는 방금 전 사건을 순서를 세워 순서를 세운 대로 설명했다. 건너편은 사무적인 목소리로,

"네."

"네."

하고 대답했다. 자세히 이야기할 생각이었지만 설명은 일 분도 채 지나지 않아 마무리됐다. 상술하려 해도 그럴 정도의 재료가 없다. 마지막으로 말했다.

"도중에 내리라니 승차거부보다도 나쁘다고 저는 생각합 니다만."

"알겠습니다. 당사자가 내일 아침 열한 시에 돌아올 테니 사정을 잘 물어보고서 —."

그는 전화를 끊었다. 모처럼의 취기가 제대로 발산하지 않 고 깊숙이 막혀버린 것이 느껴진다. 꾹 농후하게 괴어 움직이 지 않는다. 한 잔 더 마시면 이 녀석을 끄집어낼 수 있을지도 모르지만 아무리 둘러봐도 이곳엔 술은 한 방울도 없다. —

다음날 정오경 그는 눈을 떴다. 입안이 끈적거리고 취기가 아직 남아 있었다. 그 탓에 푹 잠들지 못했다. 특히 창이 밝아 진 뒤론 소음이 잔뜩 새어 들어와 깬 건지 잠든 건지 분명치 않은 상태로 몽롱하게 누워 있었다. 눈을 뜨려 하면 저항감이 생기고 떠보아도 계속 물체가 이중으로 일그러진다.

물을 마시기 위해 몸을 일으키자 번호를 적은 도화지가 가 장 먼저 눈에 들어왔다. 두툼한 전화번호부도 어젯밤 페이지 를 펼친 그대로 책상 위에 놓여 있다. 그는 수화기를 덥석 쥐었다. 지금 이 불쾌한 상태의 책임이 모두 이 전화번호부 때문이란 생각이 든 것이다. 어제와는 다른 목소리가 나왔다.

"사정은 당직한테 들었습니다. 아무래도 당사자가 오늘 아침 일곱 시에 회사로 돌아와 이미 집으로 돌아가 버린 것 같아서 ―."

"일곱 시? 어젯밤 전화로는 열한 시경이라고 했는데."

목소리는 구구절절 변명을 늘어놓았다. 자신은 이 회사의 상무로서 이런 일이 없도록 매사 종업원에게 주의시키고 있다. 그런데 어째서 그런 불친절한 짓을 하는지, 진심으로 드릴 말씀이 없다. 응당한 조치를 취하라고 말씀하셨지만 그것만은 용서해달라. 내일 당사자가 나오면 잘 타일러 둘 테니. 운운.

"타이르는 건 그쪽 사정이십니다만."

그는 말했다.

"이 길은 좁지 않다. 대형차도 천천히 들어올 수 있다. 그 점을 명확히 해주세요. 전 그뿐입니다."

그는 급히 전화를 끊었다. 난 나의 체면을 세우기 위해서가 아니라 길을 헐뜯은 것에 관해 화를 내는 셈이다. 하지만 전화를 겂으로써 그는 기분이 다소 나아졌다. 그는 우물가로 나가 큰 컵으로 물을 벌컥벌컥 마시고 마당 구석 쓰레기 구멍에 전부 토해냈다. 목구멍을 밀어 올리며 나오는 것은 물뿐이었다. 마실 때와 마찬가지로 차갑게 뿜어져 나온다. 두세 번 반복해 위를 게워 내고 그는 자신의 방으로 돌아왔다. 그리고서 다시 저녁까지 잤다.

상무와 운전기사가 그의 집을 찾아온 건 그다음 날 오후였다. 낯선 남자 둘이 현관에 서 있다. 수상하다는 듯 그가 바라보자 나이든 쪽이 명함을 내밀었다. XX택시 상무 직함으로 그제야 알아챘다. 애써 찾아왔는데 현관에서 응대하는 것도 어색해 화실로 안내했다. 현관에는 새 구두와 찌그러진 듯한 구두 두 켤레가 남겨졌다.

"전화를 걸었을 뿐인데 우리 집을 어떻게 안 거지?"

차를 끓이며 그가 문득 생각했다. 다음 순간 그것이 멍청한 의심이라는 것을 바로 깨달았다. 두 사람 모두 차에는 손을 대지 않았다. 상무가 입을 열었다.

"이번에 저희 쪽에서 대단히 실례되는 태도를 취한 것 같아서―."

그는 이야기를 들으며 운전기사의 얼굴을 힐끔힐끔 쳐다봤다. 그저께 밤엔 좀 더 젊고 건방진 느낌이었는데 지금 그곳에 앉아 있는 건 점퍼 차림에 서른 전후로 성실해 보이는, 오히려 우둔한 인상의 남자이다. 가느다란 눈이 졸린 듯 축 처져 있다. 초점거리(焦點距離)가 없어 보여 어디를 보고 있는 건지 알 수 없다.

'바꿔치기해서 데리고 온 거 아냐? 이런 남자가 아니었어.'

하고 그는 생각했다.

'본인을 데리고 오면 또 싸움이 벌어질 테니까 —.'

"그렇게 된 일입니다만 부디 용서해주시길."

몸집이 있는 상무는 바스락바스락 상자를 꺼냈다. 포장지 상태로 보니 과자 상자 따위인 듯하다.

"아니. 그런 건 —."

그는 큰소리를 냈다.

"그런 걸 바라고 전화를 건 게 아니야. 당신들은 뭔가 오해를 하고 있어. 난 그냥 우리 집 길이 —."

"알고 있습니다. 알고 있습니다."

상무는 일어나 운전기사를 콕콕 찔렀다.

"이봐, 자네도 사과하게. 빨리."

운전기사가 가만히 있자 상무는 운전기사의 뒤통수로 손을 가져가 앞으로 꾹 밀었다. 그러자 운전기사는 머리를 숙이는 꼴이 되었다.

"자아. 돌아가자."

머리에서 손을 떼며 상무는 말했다. 운전기사는 머리를 원래 방향으로 돌리며 무표정하게 일어섰다.

"아니. 평소에 모셔다드리는 것처럼, 평소에."

꽁무니를 빼듯 상무는 뒷걸음질을 치며 방을 나갔다. 운전기사도 그 뒤를 따랐다. 그는 두 사람을 따라 현관까지 나갔다. 두 사람은 몸을 굽혀 구두를 신고 있다. 등 뒤쪽에서 보는 운전기사의 목덜미는 거무스름하여 본 적이 있는 듯, 또 없는 듯한 모습이었다. 그는 잠시 확인하는 눈빛으로 그를 내려다보았다.

'역시 그때 그 운전기사려나. 피부에 모공 같은 게 많았어.'

화실로 돌아오며 그는 생각했다. 상무는 주절주절 떠들었지만 운전기사는 입을 열지 않았다는 걸 그는 그때 깨달았다. 목소리만 들으면 그 억양이나 말투 등으로 본인인지 바꿔치기인지 알 수 있을 터였다. 하지만 바꿔치기였다고 한들 어쩌겠는가. 당사자를 데려와 해명하라고 내 쪽에서 요구한 기억은 절대로 없다. 건너편에서 멋대로 찾아온 것일 뿐이다. 상무도 그 당사자라는 것은 분명하게 밝히지 않았다. 모든 게 모호한 상태로 머물러있다. 과자 상자 하나만이 또렷한 형태로 남아 있다. 그는 입 밖으로 내어 말했다.

"이딴 걸 누가 먹어줄 것 같냐."

신문지 너덧 장을 꾸깃꾸깃 말아 과자 상자를 들고 마당으로 나갔다. 쓰레기 구멍에 던져넣고서 불을 붙였다. 신문지는 흰 불꽃을 일으키며 활활 타오르기 시작했다.

"운전기사 얼굴이라. 어느 운전기사의 얼굴일까."
"아니. 사토 군 모임에서 말야, 같이 택시를 잡았잖아."

한 달 정도 지나 우에노의 찻집에서 그는 우연히 야기와 만났다. 홍차를 마시며 그 이야길 꺼냈다. 야기는 시선을 허공에 띄운 채 잠시 생각에 잠겼다.

"아아. 그때. 흰머리 가지고 사토 씨한테 시비 걸던 날 밤에—."

"흰머리?"

"예. 사토 씨한테 최근 흰머리가 늘어난 건 늙어가는 증거라면서 엄청 시비 걸지 않았습니까. 그래서 작품도 엉망이라면서."

그는 고개를 갸웃했다. 사토는 그와 동갑으로 최근 묘하게 흰머리가 늘어난 것도 사실이다. 하지만 그에 대해 사토에게 시비를 걸거나 한 기억은 전혀 없고 상상조차 가지 않는다.

"내가 그런 말을 할 리가 없어. 흰머리하고 작품하고 연관 짓다니 무슨 터무니없이."

그는 기억을 뒤적거리며 말했다.

"그 녀석이 내가 취했다고 비평해서 재미없어져 회장을 나온 거야. 자네도 함께였잖나."

"예. 밖에는 가랑비가 내리고 있었고."

"비가?"

"예. 전 추워서 옷깃을 세운 채 걷고 있었어요. 그래도 꽤나 젖었죠."

"난 전혀 젖지 않았어. 이야기가 이상해지는군."

그는 식어가는 홍차를 홀짝였다.

"뭔가 뒤죽박죽이야. 역에서 구내 택시를 잡았지. 번호는 Q2039야."

"용케 번호까지 기억하시네요."

"응. 사정이 있거든. 자넨 도중에 내렸잖아. 그리고서 모퉁이 과일가게로 들어갔고."

"과일가게?"

"그래. 후지 과일가게라는 간판이 나와 있었어. 자네는 곧장 그곳으로 들어갔고. 내가 자동차 뒤창으로 그걸 보고 있었거든."

이번엔 야기가 꺼림칙한 듯 컵을 탁상 위에 가만히 내려두었다.

"정말입니까? 하지만 그럴 리가 없는데."

"어째서?"

"왜냐면 전 그 과일가게하고, 반년 정도 전이었나 바나나를 가지고 싸웠거든요. 바나나 큰 송이로 대금을 치렀는데 집에 와서 열어보니 작은 송이가 들어 있는 거예요. 그래서 그 아저씨랑 크게 싸우고 그 뒤로 거기서 장을 안 보고 있어서요."

"하지만 내가 봤는걸, 이 두 눈으로."

두 사람은 잠시 아무 말도 하지 않았다. 이윽고 야기가 고개를 들었다.

"눈으로 봤다 치고 그 뒤엔 무슨 일이 있었던 거예요."

"집 근처까지 와서 운전기사가 나한테 내리라고 했어. 그래서 나는 내렸지. 하지만 비는 내리고 있지 않았어."

그 경위를 그는 띄엄띄엄 확인하듯 설명했다. 야기는 적당히 맞장구를 치며 듣고 있었다. 이야기가 끝나자 야기가 질문했다.

"그런데 그래서 결국 그 과자 상자에 뭐가 들어 있던 겁니까?"

"몰라. 신문지랑 겉 상자만 다 타고 그 뒤엔 질척질척한 게 남아 있었어. 묘하게 단내가 나서 구역질이 나올 것 같고 구더기가 들끓을까 봐 삽으로 구멍을 파서 묻어 버렸어. 하지만 그런 걸 들고 올 정도라면 어째서 그때 그 길로 들어가 주지 않았던 걸까?"

"자동차 강도로 오해했던 게 아닐까요?"

"강도? 이런 나를? 설마."

"하지만 운전기사들은 조심하는 게 좋아요. 노이로제라든지 간질 따위를 자각하지 못한 채 영업한다는 얘기가 있으니 말이죠."

야기는 진지한 얼굴로 이야기의 방향을 틀었다.

"하지만 승객 쪽도 정신이 멀쩡할지 어쩔지 아무도 모르지."

"하긴."

다소 간격을 두고 그는 고개를 끄덕였다.

"우리도 조금씩 헷갈리기 마련이야. 자네가 기억하는 것하고 내가 기억하는 게 뭔가 어긋나잖아. 그러면서 잘도 맘 편히 살아갈 수 있는 건지 원."

"저 말입니까?"

"아니. 자네뿐만 아니라 누군들."

그는 말을 얼버무렸다.

"애초에 의심하기 시작하면 끝이 없는 법이니까. 잊어버리거나, 기억에서 없애버리거나, 착각한 채 속 편히 사는 게 훨씬 맘 편하겠지. 낡은 우물을 들여다봐야 아무 소용 없으니 말이지. 쓸 데도 없는 이끼만 자라고 있을 뿐—."

"그거 비꼬는 겁니까?"

야기는 눈을 반짝이며 반문했다.

어느 더운 여름날 오후, 그는 그 운전기사와 재회했다. 물론 그는 모르고 있었고 상대편도 알아보지 못했다. 그는 메지로 부근에서 택시를 불러세워 올라탔다. 집 쪽으로 가는 길을 설명하며 손수건으로 이마와 팔의 땀을 닦았다. 차는 이윽고 출발했다. 움직이기 시작하자 바로 운전기사가 말했다.

"손님, 절 기억하시나?"

"응?"

땀 닦기를 멈추고 그는 운전기사의 뒤통수를 바라보았다. 목덜미에도 땀이 줄줄 흐르고 있었다.

"기억하시겠지. 가는 길을 듣고 막 떠올랐어. 그게 오월 초순이었던가."

"아아, 그때 그—."

뒤통수에서 백미러로 시선을 옮기자 그는 불쑥 기억이 떠올랐다.

"나를 도중에 내려준 운전기사시네."

"내려줬을 뿐만이 아니야."

운전기사의 말투는 험악한 기운을 띠었다.

"난 사과를 하러 끌려갔어. 하루 벌이를 날려 먹었다고."

"맞아 그랬었지. 상무였나 하는 살찐 아저씨랑."

축축해진 등을 좌석에서 끌어당기며 그는 답했다.

"하지만 난 사과하러 오라고 하지 않았단 말이야. 그쪽에서 멋대로 왔을 뿐."

"그런 전화를 걸어오는데 상무라고 내버려 둘 거 같아?"

"상무는 잘 지내나?"

"죽었어."

"교통사고인가?"

"아니. 아파서."

잠시 대화가 끊어졌다. 교차로가 적신호라 차는 멈춰 섰다. 수건으로 목을 슥슥 닦으며 운전기사가 말했다.

"그 방문 선물도 내가 내 돈으로 치른 거야. 맛있었지?"

"그랬던 건가."

그는 다른 생각을 하고 있었다.

"그날 밤, 우리를 신주쿠에서 태웠던 밤에 말이야, 그때 비가 오고 있었나?"

"비? 무슨 소릴 하는 겁니까."

운전기사는 코웃음을 쳤다.

"비 이야길 하던 게 아니잖아. 과자 상자라고. 시끄럽게 굴 것 같으니 가장 좋은 거로 사라고 상무가 그래서—."

"흠 그렇게 좋은 과자였던 건가. 안에 든 건 뭐였지?"

"카스테라야. 먹어놓곤 벌써 까먹은 건가?"

"먹지 않았어."

그는 솔직히 말했다. 거짓말을 하면 또 혼란을 일으킬지 모른다는 생각이 들었다.

"안 먹었어? 다른 사람한테 준 거예요?"

"아니. 태워버렸어."

흰 불꽃과 달콤한 냄새가 생생히 되살아났다.

"역시나군. 카스테라를 태우면 그런 냄새가 나는 건가."

운전기사는 대답하지 않았다. 등 뒤가 약간 부풀어 오른 것처럼 보였다.

창을 통해 보이는 거리엔 바람이 불지 않았다. 가로수도 전선도 우중충하니 움직이지 않았다. 서둘러 집으로 돌아가 물로 씻고 싶다. 그는 착 달라붙은 속옷을 피부에서 떼어내고 있었다. 억누른 듯한 목소리로 운전기사가 말했다.

"손님. 아직도 도박 같은 걸 하나?"

"도박이라니 무슨 소리지?"

"아니. 같이 탄 젊은 남자랑 차에서 계속 서로 얘기했잖아. 경마하고 화투 같은 거."

신호가 녹색으로 바뀌고 차는 다시 움직였다.

"같이 탄 남자면 도중에 내린 놈 말인가?"

"그래."

또다시 얽히기 시작했구나 하고 그는 생각하며 창가로 몸을 옮겼다. 바람이 그의 얼굴을 거칠게 스쳤다.

"난 도박 같은 얘기 안 해. 할 리가 없어."

"아냐. 했었어."

"하지만 난 경마도 화투도 해본 적이 없다고. 해본 적이 없는데 이야기를 어떻게 해."

그럼 그날 밤 야기와 어떤 얘기를 나눴던 건지 그는 더 이상 떠오르지 않았다. 이야기를 나눈 기억은 있지만 그 내용은 사라져버렸다.

"그럼 승부를 보거나 하는 건 아무것도 하지 않는단 말이군."

"그런 건 아니야. 장기라면 조금 두니까."

다시 교차로에서 멈춰 섰다. 운전기사는 수건을 꺼내 손바닥 손잡이 등등을 슥슥 닦았다. 수건은 검게 때가 타 있었다.

"덥구먼. 손님."

짜증이 난 목소리로 운전기사가 말했다.

"같이 빙수 먹지 않겠나? 자주 가는 가게가 요 앞에 있어."

"그래?"

짜증이 난 운전기사를 조심하라고 누군가에게 들었던 것을 그는 떠올렸다. 서둘러 집으로 돌아가고 싶지만 여기선 참고 적당히 상대해주는 편이 안전할지 몰라. 그는 유약하게 타협했다.

"그럼 그럴까?"

차는 그로부터 오백 미터 정도를 더 달려 보도에 타이어를 바짝 붙이며 멈춰 섰다. 그는 차에서 내렸다. 빙수 가게의 붉은 깃발은 축 늘어져 있고 구슬발을 걷고 들어가자 알알이 달린 유리구슬이 팔 털을 콕콕 뜯어 당겨 따끔거렸다. 얼음을 다루는 가게면서 가게 안은 거리보다 더웠다.

"딸기 빙수로 둘."

그러고서 운전기사는 가게 구석으로 가 낡아빠진 장기판을 들고 와서 그를 향해 들이밀었다. 졸려 보이는 가느다란 눈이 그의 바로 정면에 있었다.

"손님, 한판 두지 않겠나?"

"뭐. 장기를 여기서 말인가?"

"그래요. 당신이 둔다고 했잖아."

"둔다고는 했지. 하지만 자네하곤—."

말을 하다 말고 그는 입을 다물었다. 피할 길이 없는 무언가가 등 뒤로 닥쳐오는 듯한 느낌이 들었다.

"뭘 걸고 하는 건가?"

"응."

가느다란 눈이 살짝 커졌다. 안구에 붉은 혈관이 콕콕 터져 있는 것이 보인다.

"지는 쪽이 상대에게 큰절을 올린다. 그걸로 어떤가 손님."

"좋군. 두세."

상무의 물컹거리는 하얀 손바닥이 운전기사의 뒤통수를 꾹 누른다. 머리는 압력에 저항하다 결국 앞쪽으로 고꾸라지고 만다. 흐음. 그건가. 그런 생각이 든 순간 그는 이완된 전신의 깊은 곳에서 묘한 투지가 용솟음쳐오는 것을 느끼며 운전기사보다 먼저 말을 탁탁 늘어세우기 시작했다.

(1962. 7. 「군조群像」)

범인범어

 그 아인 절 싫어합니다. 아니, 증오하는 게 확실합니다.
 방금 막 아이라고 했지만 더는 아이가 아닐지도 모르죠. 전후 아이들 신장이 쭉쭉 향상되어 어느 지점에서 어른과 아이를 구별 지어야 할지 도저히 판단할 수 없게 되어가는 듯합니다. 말하는 건 아이 같은데 신장이 백팔십 센티나 되거나, 아니면 거꾸로 모습은 영락없이 아이 같은 꼴을 하고 있는데 말하는 것만은 영악하리만치 술술 유창하거나 하는 등 구분 지을 수 없는 경우가 종종 있죠. 저는 어느덧 서른일곱 살이 되어 그들의 세계와 교섭할 일이 없기 때문에 뭐가 어떻든 별 상관없긴 하지만 그래도 역시 명확히 구별되지 않는다는 건 좋은 일은 아닙니다.
 몇 년 전 선배를 모시고 규슈로 스케치 여행을 갔습니다. 이런저런 구경을 하고 이야기를 듣고 그림을 그리고 돌아왔는데 깜짝 놀랐던 건 건너편 식용 식물의 어마어마한 크기였어요. 맥주 안주로 삼으려고 오이무침을 달라 하자 한 자 가까운 오이가 떡 하니 접시 위에 올려져 나옵니다. 깜짝 놀라 좀 더 가는 걸로 부탁하자,

"이쪽이 더 맛있어요. 꽃이 붙어서 말라비틀어진 건 영양가 없어!"

가지도 마찬가지입니다. 도쿄에서 조림으로 쓰는 긴 가지가 모습을 바꾸고 형태를 개조해 접시 위에 등장합니다. 신기해서 물어보니 그쪽에서 가지라고 부르는 건 이거고 둥글둥글한 건 따로 주머니 가지라고 부른다는 겁니다. 관동지방에선 둥글둥글한 게 보통이고 기다란 건 긴 가지라고 부르잖아요. 그러니까 그 반대인 거죠. 기본적인 사고방식이 다릅니다.

최근 아이들(또는 반어른)은 이 규슈의 오이 혹은 가지와 닮았단 생각이 듭니다. 우리의 식욕이나 이해를 완강히 거부하는 듯한 무언가를 분명 지니고 있다. 무엇에서 연유하는 것인지 저는 잘 모릅니다. 딱히 따로 알고 싶지도 않고요.

그 아이의 이름은 히라카즈(平和)라고 합니다. 평화라는 뜻인 이상 종전 후에 태어난 게 틀림없습니다. 어찌 됐든 이겨 나가자 하는 시대에 자신의 아이에게 평화 같은 이름을 붙일 리는 없을 테니까요.

히라카즈 군의 목소리를 저는 전부터 듣곤 했습니다. 저희

집 대각선 뒷집에 가메다라고 하는 집이 있습니다. 그곳으로 이틀에 한 번, 사흘에 한 번 정도 소년의 목소리가 놀러 옵니다.

"가메다 구-운."
"가메다 구-운."

가메다가로 이르는 골목길, 하수구와 아슬아슬 닿아 있는 곳에 제 화실이 세워져 있습니다. 하지만 그 길과 면한 쪽은 판자벽 한 장으로 되어 있고 위쪽에 들창이 조그맣게 붙어 있을 뿐, 제 쪽에선 전혀 보이지 않죠. 그저 목소리만 들릴 뿐, 어떤 생김새, 어떤 체격의 소년인지는 저는 본 적이 없습니다. 하지만 소년이 친구를 부르는 목소리에는 그 억양이나 발성법에 일종의 감각이 있습니다.

"가메다 구-운."

의 구-운에 악센트를 둡니다. 봄날 정오가 살짝 지나, 장대 대나무장대 하는 외침을 들을 때나 밤늦게 귓가로 들려오는 날라리 소리 울림, 그런 것들과 정취는 달라도 어쩐지 향수를 동반한 듯한 묘한 애감(哀感)이 있죠.

그 소년의 목소리가 얼마 전부터 조금씩 변하기 시작했습니다. 물론 부르는 방식이나 억양은 똑같지만 목소리의 성질이 변화한 겁니다. 예전엔 맑고 아주 투명한 목소리였는데 묘하게 탁하고 건조해졌습니다.

"하핫. 저놈 자식. 감기에 걸린 건가. 빨리 약이라도 먹어야 할 텐데."

 그림 작업을 계속 이어가며, 아니면 즉석 침대에서 뒹굴거리며 저는 그렇게 생각하곤 했습니다.

 "심해지면 큰일 난다고. 학교에선 백신 같은 걸 안 놔주는 건가."

 그런데 그게 감기가 아니었던 겁니다. 변성기인 거죠. 감기 걸린 목소리치곤 다소 굵다 싶었습니다. 감기라면 얼마 안 있어서 나을 텐데 이 탁함은 좀처럼 사라지지 않을 뿐만 아니라 그대로 정착해가는 경향이 있습니다.

 "드디어 변성기가 온 건가."

 그렇게 알아차리자 약간의 충격과 감개가 들었습니다. 충격이란 저쪽이 변성기가 될 때까지 성장했다는 건 제가 그만큼 연식이 쌓였다는 걸까요. 하지만 저는 이러한 인간관계를 좋아합니다. 판자벽 너머 인생, 얼굴도 모습도 모르는 소년이 그런 단계까지 성장했다. 친구를 부르는 목소리만으로 내가 남몰래 그를 알아챈다. 건너편에서 침범해오는 일도 없고 이쪽에서도 귀찮게 구는 일 없이 일방통행적으로 특별한 계기 없이 연결되어 있다. 그러한 인간관계를, 인간끼리의 건조한 연결을 저는 길조로 여기는데 말이죠. 가령 수족관에 간다고 합시다. 유리 너머 물고기들이 제각기 다채로이 헤엄치고 싶은 놈은 헤엄치고, 가만히 있고 싶은 놈은 가만히 있는다. 구경하는 사람은 구경하며 유리 너머에서 이를 멍하니 바라본다. ─ 그런 관계를 저는 비교적 좋아합니다. 그래서 전 평소에 늘 스스로 다짐하죠. 먼저 움직이지 마라. 나서지 마라. 개입하지 마라. 이것이 서른 해 동안 제가 몸에 익힌 취미라 해야 할지 처세법이라 해야 할지, 뭐 그런 겁니다. 하지만 현실에선 그런 식으로 술술 풀리진 않더군요.. 비단으로 까까머리를 문지르는 격으로 어딘가에서 턱 걸리거나 보풀이 일거나 실밥이 터지고 맙니다. 마음처럼 되지 않기 마련이죠.

이런 식으로 떠들다간 이야기가 전혀 진척되지 않을 것 같군요. 화제를 바꿔보죠. 당신은,
"칫, 켓, 탓!"
이라는 말을 아십니까? 아니, 칫 켓 탓 건은 뒤로 미루죠.
아시다시피 제 화실은 어느 집 별채를 개조한 것으로 전 이곳에서 벌써 오 년 가까이 살고 있습니다. 집주인은 제 먼 친척에 해당하는 노부인으로 비교적 맘대로 굴 수 있고 또 편해서 그만 뿌리를 박고 만 셈입니다.
별채에서 단독 생활이라 살림을 따로 차린 건 아니고 그렇다고 기식하는 것도 아니죠. 이도 저도 아닌 신분, 그것이 도리어 제게 편한 겁니다. 동네와 교섭도 한정되어 있어 가령 목욕탕, 담배가게, 반찬가게, 야채가게나 술집 그 외 제 생활의 범위에서만 교류하고 나머지는 무시해도 되죠. 무시한다고 해도 억지로 눈을 감아버리는 건 아니고 저 또한 살아 있

는 몸을 가진 인간인 이상 보이는 부분은 물론 봅니다. 밀어 헤쳐서까지 보려 하지 않을 뿐. 즉 수족관 유리 너머 같은 거죠.

하지만 세상은 아무래도 저와 같은 삶의 방식을 정상적인 것으로 받아들여 주지 않는 듯합니다. 뒤에서 괴짜라고 부르는 사람들도 있는 듯합니다. 저 자신은 제가 제일 정상이라고 생각하는데 말이죠. 그것이 양의 형태와 음의 형태로 나타납니다. 양의 경우에는,

"혼자서 불편하시겠네요."

라든지 혹은 좀 더

"혼자 해 먹는 것도 엄청 힘드실 테니까."

하고 푸성귀나 고기를 억지로 떠맡기듯 덤으로 주곤 하죠. 제가 따로 덤을 바란 건 아니지만 주는 것을 거부하거나 할 생각도 없습니다. 싱글벙글 웃으며 받아버립니다. 아마도 전 그들에게 있어 수족관 물고기가 아니라 어항 속 물고기처럼 보이는 게 아닐지. 바라보는 것만으론 성에 차지 않아 쿡쿡 찔러보고 아가미를 열어보는 아무래도 그런 경우일 겁니다. 우선은 오지랖이라고 해야겠죠. 받아들이는 당사자가 그렇게 생각하기 때문에 이는 틀림없는 사실입니다. 호의인지 친절인지 쓸데없는 오지랖인지 이는 표시하는 자가 결정하는 게 아니라 받아들이는 쪽에서 결정하는 거니까요.

"슬슬 정착하는 게 어때. 당신."

저는 웃기만 하고 원칙적으로 대답을 하지 않습니다. 대답할 필요가 없고 대답하면 일이 커지기만 할 뿐이므로. — 그 대답을 하지 않는다는 사실만으로도 저는 괴짜가 된 듯합니다. 괴짜라기보다 좀 더 심한 말이 음의 형태로 유포되고 있는 낌새도 보이고요. 얼굴을 맞대고 확실하게 말하는 사람은 별로 없는데 말이죠.

"그런 관짝 같은 집에서 혼자 두꺼비처럼 사니까 병이 나는 거야."

제 화실은 허름한 집의 별채를 개조해 천장을 높인 관계로 언뜻 보기엔 사각형 모양을 하고 있습니다. 하지만 관짝처럼 길쭉하진 않습니다.

"내가 낚시하러 갈 때 데려가 줄 테니까 같이 따라오게. 자넨 좀 더 볕을 쬘 필요가 있어. 우울함에 빠져선 안 돼. 뭐? 낚싯대는 준비 안 해도 돼. 집에 있는 걸 빌려줄게."

그렇게 말해주는 것은 동네에 사는 의사 아카기 씨입니다. 아카기 씨는 이미 예순을 넘긴 뚱뚱하게 살찐 의사로 듣기론 미국으로 넘어가 고학하고 역행(力行)하며 의술 공부를 했다고 합니다. 당사자가 한 말이지만 동네 일부에선 살짝 수상하다는 소문도 있습니다. 북쪽 지방 추운 동네 출신이라 제 화실을 관짝 같다고 한 건 꼭 억지로 갖다 붙인 게 아닌 어린 시절에 본 좌관(座棺)을 연상한 걸지도 모릅니다. 이 노의사가 어째서 저를 보고 병에 걸렸다고 하는 건지, 그렇게 결정해버린 건지 잘 모르겠습니다. 그에겐 그 나름의 근거가 있겠죠.

아카기 선생은 풍모와 달리 대쪽같은 성격으로 마음에 들지 않으면 꽥꽥 야단을 치거나 진찰을 거부하곤 해서 동네의 평판은 그다지 좋지 않은 듯합니다. 그래서 환자 수도 극히 적었지만 노의사는,

"뭐라는 거야. 이 동네 패거리들이 내 솜씨를 알아볼 턱이 있겠나."

하고 아랑곳도 하지 않죠. 전혀 신경 쓰지 않는 포즈를 취하고 있습니다. 게다가 나이가 나이인 지라 아등바등 일할 생각도 없고 아들들도 제각각 독립하여 큰 병원에서 일하고 있고 일단 뒷날 걱정도 없기 때문이겠죠. 하루에 세 명 혹 다섯 명 환자를 보면 그렇게 문을 닫습니다. 애당초 노의사는 이곳 초창기 의원으로 대문이 낡아빠져 살짝 들어가기 꺼려지는 느낌이 있습니다. 문기둥은 기울어졌는데도 형태는 위엄 있고, 이를 지나 빽빽한 정원수를 꿰뚫고 어두운 현관 마루로 오르는 것이 이 근방 사람들에게 역시나 저항감을 느끼게 하는 게 아닐까요. 그래서 동네 사람들은 이곳을 경원시하고 최근에 생긴 깔끔한 진료소풍 의원으로 향하여 마른 슬리퍼를 걸쳐 신고 햇볕이 밝게 드는 대기실에서 텔레비전 따위를 보며 참을성 있게 순서를 기다립니다.

그래서 한가한 노선생은 물고기 낚시를 가거나 굵은 지팡이를 들고 산책을 하면서 그 김에 제 화실에 들리곤 합니다.

심심풀이인 건지 아님 뭔가 저한테 관심이 있는 건지.

제가 맨처음 아카기 의원의 문을 통과한 건 이 년 정도 전입니다. 어느 날 문득 무즙이 먹고 싶어 야채가게에서 무를 사다 말린 멸치를 듬뿍 뿌려 기세 좋게 먹으려 하는데 젓가락이 묘한 방식으로 휙 튀어 올라 말린 멸치 하나가 무즙과 함께 갑자기 제 눈으로 뛰어든 것입니다. 화들짝 놀랐어요. 화들짝 이라기보다도 눈이 얼얼하게 매워 저는 그만 펄쩍 뛰었죠.

서둘러 눈을 씻었지만 아직 얼얼함이 남아 있고 게다가 까끌까끌 이물감이 듭니다. 의사에게 보이는 편이 낫겠다 판단해 서둘러 아카기 의원으로 달려갔던 겁니다. 아카기 선생은 안과는 아니지만 그런 걸 고려할 여유가 없죠. 다른 의원은 기다려야 할 테니까요. 말린 멸치가 눈 속에서 헤엄치고 있다거나 하면 일견 운치 있어 보이지만 당사자로선 장님이 될지도 몰라 하고 제정신이 아닙니다. 운 좋게 아카기 선생은 자리에 있었습니다. 눈꺼풀을 뒤집거나 회중전등으로 비춰보며 찾아봤지만 말린 멸치는 없다는 것이었습니다.

"괜찮아. 인간의 눈은 그렇게 쉽게 실명되지 않아."

안약을 받아 돌아가려 하는데 노의사는 저를 불러세워 내친김에 공짜로 건강진단을 해주겠답니다. 노선생도 어지간히 심심했던 거겠죠. 평소의 저라면 이런 종류의 오지랖은 황송하게도 사양하겠지만 그땐 그만 응하고자 하는 기분이 들었습니다. 공짜라는 점의 매력도 약간은 있었던 것 같아요. 진찰 결과 혈압은 이상이 없고 간이 다소 비대하다 하여,

"술 담배는 너무 과하게 하지 않는 편이 좋아."

그날 그렇게 돌아오고서 보름 정도 지나 화실에서 혼자 술을 마시고 있는데 묘하게 얼굴이 달아올라 이상하다 싶더니 심장이 방망이질하듯 쿵쿵 울리기 시작했습니다. 안채 사람에게 부탁해 아카기 의원에 전화를 걸고 그동안 전 침대에 누워 헉헉 헐떡이고 있었습니다. 이윽고 아카기 선생이 커다란 가방을 들고 나타났습니다.

"괜찮아. 심계항진으로 죽은 예는 한 건도 없어."

간단한 진찰 뒤 그렇게 말하며 무슨 주사를 놔주었습니다. 항진이 가라앉을 때까지 노선생은 화실 안을 돌아다니거나 그리다 만 그림을 바라보거나 하더니 미심쩍은 목소리로 말했습니다.

"자네, 이게 그림인가? 내 눈엔 도무지 그림 같지 않은데."

아카기 선생이 산책 도중 가끔씩 제 집에 들르게 된 건 그때부터입니다. 때때로 한 시간이나 두 시간씩 툇마루에 걸터앉아 수다를 떨고 갈 때도 있죠. 화제는 대체로 세상사 이야기나 옛날이야기 등. 미국에서 접시닦이를 했던 이야기 등은 다섯 번인가 여섯 번 들었습니다. 떠드는 건 대개 노선생 쪽, 저는 항상 듣는 역입니다. 물러날 때 그는 항상 제게 충고합

니다.

"이런 이상한 건물에서 그런 그림만 그렸다간 진고처럼 될 거야. 틀린 말은 하지 않아. 낚시를 하게나. 낚시를!"

저는 딱히 노선생의 방문을 환영하는 건 아니지만 그렇다고 민폐라 할 것도 없습니다. 그저 이야기를 듣고 있기만 하면 되니까요. 충고에 대해선 말 없이 웃고만 있으면 되죠.

그런데 그 진고에 관한 것인데 노선생은 그를 그다지 좋게 여기지 않습니다. 그러기보다 그 일가라고 하는 편이 정확할지 모르겠네요. 어째선가 하면 노선생이 추천한 의원에 진고가 입원하지 않고 다른 병원으로 들어가 버렸기 때문입니다. 이러한 점에 의사라는 존재는 의외로 신경질적이 되는 것 같습니다. 특히 아카기 선생은 성격이 성격인지라 자존심에 심각한 상처를 입은 것처럼 느껴진 듯합니다.

"그딴 병원에 들어가다니 정말 멍청한 놈이지. 자네. 그 병원에 자금을 대는 건 어느 구의회 의원인데 본업은 야쿠자 두목이라는 거야. 정신이상자를 대상으로 돈벌이를 하려 하다니 괘씸하게."

아카기 선생이 추천한 곳은 도립 M병원입니다. 실은 아카기 선생도 일 년에 한 번 정도 이상해집니다. 의사이기 때문에 자신의 상태 이상은 곧바로 알아차립니다. 그러면 스스로 척척 M병원을 향하여 입원해버리죠. 동네 사람들은 대부분 그 사실을 알고 있습니다. 아카기 의원이 흥하지 않는 이유

중 하나는 그 탓도 있습니다.

"아카기 씨, 또 마쓰자와 들어갔다더라."

"어머나, 그래? 정말 큰일이네, 그 선생님도."

시장에서 그런 얘기를 들은 적이 있습니다. 하지만 자진해서 입원하거나 하는 건 오히려 건강하다는 증거가 아닐까요. 동네 사람들의 사고방식은 아무래도 그 반대인 것 같습니다. ─그 아카기 선생과 죽이 맞는다는 점에서(노선생이 제 화실로 놀러 오는 건 이미 다 아는 사실이므로) 그들이 저를 그 부류에 가깝다고 판단하는 게 아닐지 싶을 때가 있습니다. 괴짜라기보다도 가령 정신 나간 놈이라는 둥. 그렇게 생각한다 한들 별다른 타격은 느끼지 않습니다. 인간은 누구라도 그런 요소가 있기 마련이니까.

하지만 아카기 선생 이야기는 나중으로 미루죠. 문제는 진고에 관한 것입니다.

정확하게 말하면 그는 모리 진고라는 이름으로 아카기 선생이,

"진고. 진고."

하고 불러서 저도 그를 따르는 것인데, 저희 집 근처 담배가게 아저씨입니다. 몸집이 작고 안색이 안 좋은 쉰 가량의 남자로 언제나 뭔가 벌벌 떠는 인상을 풍기는 인물입니다. 이 진고가 지금에야 벌벌대고 있어도 저로선 상상되지 않지만

옛날엔 대단히 위세를 떨치던 시기가 있었다고 합니다. 그것은 전후 담배 부족 시기로 바로 피스나 코로나가 팔려나가던 무렵입니다. 하루에 몇 개비로 수를 한정해 팝니다. 시간은 오전 여섯 시. 모두가 줄을 서서 기다리고 있으면 여섯 시 직전에 바깥 널문을 덜컹덜컹 열고 진고는 매장에 여유만만하게 앉아 있습니다. 바로 팔기 시작하는가 하면 그렇지 않죠. 옆에 놓인 전열기에 올려 둔 주전자를 들고 혼자서 유유히 차를 끓이며 손님들은 기다리게 놔둔 채 맛있다는 듯이 차를 홀짝입니다. 때론 실컷 쩝쩝대다 상태가 괜찮으면 한 잔으로 끝내지 않고 두 번째 차를 우립니다. 손님들은 안달복달 야단이 나지만 불평하면 팔지 않으므로 묵묵히 참습니다. 겨우 차를 다 마시고 귀찮다는 목소리로 선언합니다.

"잔돈이 필요한 사람한텐 팔지 않네요. 알겠지."

오늘은 몇 개비를 판다 하고 처음부터 알고 있고 그 개비 수만큼 사람들이 줄을 서 있으니 바로 팔기 시작하면 좋을 텐데 말이죠. 일부러 그런 식으로 심술을 부립니다. 권력을 과시하고 싶은 거죠. 이윽고 손님들이 꽉 움켜쥔 돈이 차례차례 담배와 교환되어 매장 유리대 위에 올려집니다. 겨울 아침엔 겹겹이 쌓인 돈에서 온기가 모락모락 피어올랐다고 합니다. 손님들의 원한과 집념이 심히 깃들어 있던 거겠죠.

하지만 그런 고압 자세도 담배가 잔뜩 나돌게 되자 순식간에 통하지 않게 된 것도 당연합니다. 진고로선 계속 그런 상황이 이어질 거라고 예상했는데 의외로 부흥이 빨랐던 거죠. 신통력을 잃은 진고는 낙담한 데다 지금껏 심술을 부린 무리에게 꼬락서니를 보라며 업신여김을 당하고 자기가 앉아 있으면 아무도 사러 오지 않아 결국 매장을 아내인 후쿠에게 내어줬습니다. 그리고 자신은 외근 일을 시작했죠. 제가 이곳으로 이사해 왔던 무렵 저는 종종 그가 가방을 끌어안듯 고개를 숙이고서 날쌔게 길을 걷는 모습을 자주 목격했습니다. 아마도 대금업이나 대금업자의 대리 같은 일을 하는 게 아닐지. 아마 후자겠죠. 길을 걷는 느낌으로부터 그런 인상을 받은 적이 있습니다. 뭔가 어두운 그림자를 질질 끄는 식입니다.

 그 진고가 일 년 정도 전부터 행동거지가 이상해졌습니다. 아카기 선생의 말로는 자신은 전문의가 아니라 정식으로 진찰한 건 아니어서 확실하지는 않지만 알코올 중독 낌새도 있는 것 같고 우울증 증세가 확연히 드러나고 있는 것 같다는 것이었습니다. 원래 소심하고 의지가 박약한 남자입니다. 게다가 갱년기라는 조건이 붙어 버거움을 술로 억누르던 중 결국 알코올의 포로가 되어버린 거겠죠. 후쿠 씨에게 물어보니,

 "이상해요. 외출하고서 얼마 안 있어 갑자기 돌아와선 집 안을 두리번두리번 둘러보거나 서랍을 열어보거나 하는 거예요. 남자를 부른 거 아니냐면서. 제가 바람이라도 피웠나 하고 의심하는 거 있죠."

후쿠 씨는 통통 불은 듯한 웃음을 지어 보였습니다. 그녀는 남편과 달리 살이 찐, 살이 쪘다기보다 호빵처럼 부풀었습니다. 그다지 매력 있는 여성이 아니라는 건 제가 확실히 보증할 수 있습니다.

"그렇게 의심하니 애들 앞에서도 창피하잖아요."

모리 담배 가게는 담배 가게 한편에서 과자 등도 팔고 있는데 최근 가게 안을 칸막이로 나누어 반찬용 어묵을 팔기 시작했습니다. 한 꼬치에 십 엔 정도인 저렴한 어묵으로 간장 맛이 다소 지나치게 농후한 것 같지만 간편해서 꽤나 팔리는 듯합니다. 저도 반찬 만들기가 귀찮을 땐 가끔씩 이용하고 있죠. 게다가 대놓고는 아니지만 늘 이급주나 소주가 준비되어 있어 몰래 컵에 따라줍니다. 즉 어묵을 안주 삼아 찬술로 비우는 겁니다. 진고가 이상해진 뒤 수입이 급감했기 때문에 궁여지책으로 이런 뒷장사를 생각해낸 듯합니다. 어쨌거나 간편하여 단골도 생기고 있죠.

주류는 찬장 속에 감추어두고 자물쇠로 잠근다. 주문이 있을 때면 꺼내서 따라주고 다시 자물쇠로 잠근다. 조사 나올 경우를 대비하는 건가 싶었는데 그런 게 아니더군요. 단골 중 한 명으로 오쿠보라는 독신남이 있어 나잇대는 서른 전후, 어느 관청에서 근무한다 하는데 이자가 또 눈을 부릅뜨고 구석구석 살피는 걸 좋아하는 남자란 겁니다. 이자가 물었습니다.

"아주머니. 어째서 일일이 자물쇠로 잠그는 거야. 귀찮지 않나?"

"그렇긴 한데 말이죠."

후쿠 씨는 곤란해하는 표정이 되었습니다.

"그니까 주인아저씨께서 집에서 마시는 술이란 명목인 건가?"

"그게 정반대예요."

후쿠 씨는 예전엔 뽀로통하니 무뚝뚝한 여자라 담배 장사는 그게 통했지만 술이나 어묵 장사 같은 걸 하려면 적당히 맞장구라도 쳐야 하죠. 비교적 정직한 여자라 거짓말을 못 하는 성격인 겁니다.

"자물쇠로 잠그지 않으면 그 사람이 어느새 전부 마셔버리거든요."

"흐음. 장사용을 전부 마셔버리면 큰일이긴 하지. 난처하겠군."

오쿠보는 어묵을 옆으로 물어 잡아당기며 부자연스럽게 탄성을 질렀습니다.

"서둘러 정신과 의사한테 진찰을 받아보는 건 어때? 지금처럼 놔두면 끝이 없을걸."

"그렇게 생각하긴 하는데 그 이야길 꺼내면 씩씩대고 화를 내요. 정말 큰일이에요."

저라면 쓸데없는 참견이라고 묵살해 버리겠지만 이 일대는 앞뒤좌우 이웃인정˙으로 묶여 있어 단호히 무시해버릴 수 없습니다. 오쿠보는 그만하면 좋겠지만 기세가 올라 제안했습니다.

"뭣하면 내가 설득해줄까? 난 관리고 아주머니보다야 권위가 다소 통할 테니까."

아주 쓸데없는 말을 했던 겁니다. 담배 매장 쪽에선 아들인 히라카즈가 앉아 공부하고 있었습니다. 종종 귀가 움직이는 걸 보아 이쪽 얘기가 들리는 게 틀림없습니다. 히라카즈는 엄마를 닮아 몸집은 대단히 컸지만 얼굴은 아버지를 닮아 부루퉁한 표정에 미간을 찌푸리고 있습니다. 이런 세대가 점점 자라나면 의외로 이 동네의 이웃가족 성격도 소멸해버릴지 모르겠군요.

오쿠보가 쓸데없이 주제넘게 나선 만큼 진고가 그를 할퀸 사건이 일어난 것은 그로부터 얼마 안 있어서입니다. 후려갈기지 못하고 할퀸 부분에서 진고의 진면목이 똑똑히 드러나죠. 하지만 제가 그 현장을 목격했던 것은 아닙니다.

무엇보다 오쿠보가 진찰을 권해서 할퀸 게 아닙니다. 뭐 그게 간접적 원인이긴 하지만 직접적 원인은 다른 곳에 있죠. 어느 날 진고에게 갈 엽서가 잘못하여 오쿠보에게 배달되었

- 원문은 向う三軒両隣로 '건너편 세 집과 좌우 두 집', 즉 친밀한 이웃 사이를 뜻함. 전쟁 중에는 이웃간 상호 협력 및 감시 통제를 위해 대개 다섯에서 열 가구를 단위로 조직된 도나리구미(隣組)의 별칭이기도 했음.

습니다. 도쿄 지방 검찰청에서 온 엽서입니다. 잘못 왔다면 그대로 우편함에 재투입하면 될 텐데 오쿠보는 그 엽서를 들고 어슬렁어슬렁 모리 담배 가게로 전하러 갔습니다. 내용은 처분 통지로,

'귀하께서 고발한 아무개에 대한 위증 피의사건은 몇 월 며칠 하기대로 처분되었음을 통지합니다.

기. 불기소.'

검찰청 도장이 떡하니 찍혀 있습니다. 진고가 위증죄로 누구를 고소했는데 불기소 판결이 내려진 거죠. 오쿠보처럼 꼬치꼬치 파고드는 걸 좋아하는 남자가 이를 그냥 넘길 리가.

"도대체 무슨 사건으로 어떤 증인을 불러 어떤 증언이 이루어진 거지? 이 엽서만으론 전혀 알 수가 없잖아. 그렇지? 자네도 그렇게 생각하지?"

오쿠보는 입을 삐죽 내밀며 저에게 보고했습니다.

"그래서 그 사정을 물어보러 갔던 거야."

"자네한테 그럴 권리가 있나?"

"그야 있지. 애써 엽서를 전하러 가주기까지 했는데 말이야."

이런 식의 세상 논리(?)가 도무지 저로선 이해가 되지 않지만 본인이 그렇게 굳게 믿고 있고, 여차하면 조언이라도 해주자 하는 호의(?)에서 나온 듯합니다. 뭐라 개입할 수 없습니다.

"그랬더니 그 자식이 두세 마디 얘기하는 중에 내 얼굴을 할퀴어 대는 거야. 마치 고양이 같은 놈이야. 아무래도 병원에 들어가지 않음 위험해서 안 되겠어."

관자놀이에서 뺨에 걸쳐 할퀸 상처가 나 있습니다. 이를 멍하니 바라보고 있자 오쿠보는 벌컥 거칠게 쏘아붙였습니다.

"어째서 히죽거리는 거야. 웃을 일이 아니라고!"

뭐 그래 봤자 할퀸 것이긴 하지만 어쨌든 다른 사람에게 상처를 입혔으니 후쿠 씨도 가만히 놔둘 순 없습니다. 상대 오쿠보는 캐묻는 걸 좋아하는 동시에 꽤나 시끄러운 부류라 결국 아카기 의원에 상담하러 갔던 겁니다. 아카기 의원을 택한 건 의사에게도 그런 구석이 있으니 자기 일처럼 봐줄 거라는 점, 게다가 환자가 적어 대기실도 텅텅 비어 소문이 나기 힘들 거라는 점, 그런 이유에서입니다. 그러자 아카기 선생은 아래와 같이 답했습니다.

"난 전문의가 아니라 몰라. M병원으로 가시오. M병원으로!"

나중에 후쿠 씨는 저에게 푸념했습니다.

"아무리 그래도 그렇지 M병원이라니. 마치 정말 정신병자・ 같잖아. 꼴사나워서 다른 사람한텐 말도 못 해 정말."

• 원문은 氣違い로 1970년대부터 비하하는 뉘앙스로 인해 사용을 지양함. 현재는 함부로 쓰면 안 되는 모욕적 표현 중 하나.

M병원 입원이 어째서 꼴사납다는 건지. 아프면 어쩔 수가 없지 않은가. 통념에 연연하기만 하는 건 어리석다고 생각했지만 저는 굳이 입 밖으로 꺼내진 않았습니다. 발을 들이지 말라 하는 신조에서요. 무심코 말을 꺼내면 저 괴짜 화가는 M병원 편을 드네. 좀 이상해 하는 식이 되기에 십상이니 말이죠. 소문이 나도는 건 상관없지만 조용히 남의 눈에 띄지 않고 살아가는 편이 제 성질에 맞습니다.

이러한 사정으로 진고는 결국 입원하게 되었습니다. 물론 속여서 데려갔던 거죠. 입원을 즈음하여 부지런히 뼈를 부러뜨려 국비환자 수속을 취해 주거나 한 건 오쿠보로, 관청에서 근무해 그 방면에 연줄이 많을 테죠. 하지만 아무리 연줄이 있다 한들 일가친척도 아닌 생판 남의 뒤치다꺼리를 해주다니 그 정열은 도대체 어디에서 나오는 걸까요. 다른 사람에게 친절을 베푸는 건 나쁘지 않지만 그에 죽어라 매달리는 건 삶의 방식으로서 잘못된 것 같습니다. 하기야 그만큼 삶의 보람을 느낀다 한다면 어쩔 수 없겠지만요.

그 병원 이름을 가령 Q라고 하죠. 아카기 선생의 말에 따르면 사기꾼 병원 중 하나로 정신병원이란 경영 상태에 따라 상당히 돈벌이가 되기도 한다더군요. 상대가 정신병자니 뭘 먹여도 불평하지 않고 큰 방에 복작복작 밀어 넣어도 지장 없다. 보호자도 세상 체면을 생각해 항의하지 않는다. 결핵 환자라면 대우가 좋지 않다며 단결하여 반항하지만 정신병자인 이상 단결력이 없다. 즉 어떻게 대우해도 된다는 겁니다. 그만 노이로제에 걸릴 일도 없고요. 국비환자는 입원비가 월 일만오천 엔, 약값이 삼천 엔으로 도합 일만팔천 엔입니다. 큰 방에 밀어 넣고 조악한 음식을 먹이며 그렇게 일만팔천 엔이라면 경영자는 웃음을 금치 못할 겁니다. 불쌍하게도 진고는 결국 그 일만팔천 엔 무리 중 하나가 되었습니다.

속아서 끌려왔다는 걸 알게 되자 진고는 다소 난동을 부렸다고 합니다. 하지만 억센 간호사가 쓱 모습을 드러냈기 때문에 순간 얌전해져 진찰을 받고 고분고분 큰방으로 들어갔습니다. 수발을 들러 갔던 건 후쿠 씨와 오쿠보로, 일요일도 아닌데 오쿠보가 동행한 것은 수속상 책임도 있겠지만 근무하는 곳이 어지간히 한가한 관청인 듯합니다. 이런 무리의 급료까지 모두가 부담하고 있는 셈이니까요. 세금이 높은 것도 무리는 아니죠.

그로부터 사오일이 지난 밤, 진고는 총총 모리 담배 가게로 돌아왔습니다. 불쑥 유리문을 열고서 죽은 물고기 같은 눈으로 집 안을 빙 둘러보더니 후쿠 씨를 밀어젖히고 서랍을 열며 끝내는 장롱 서랍까지 확인했단 겁니다. 그리고서 말했습니다.

"어이. 남자는 어디 숨겼어?"

"남자 같은 게 어딨어요. 멍청하게."

후쿠 씨는 살짝 겁이 났지만 그럼에도 부루퉁하게 답했습니다.

"도대체 병원 쪽은 어떻게 된 거야?"

"거긴 이제 싫어. 음식도 맛없고 거기 있는 건 정신병자들뿐이잖아. 나하고 안 맞아. 자 남자를 내놔!"

"남자, 남자라니 도대체 누구를."

"그래. 이름은 몰라도 분명 알고 있어. 남편을 그렇게 무시해대면 안 되지. 바보 취급하지 마. 히라카즈. 어이. 술 사와. 마시면서 혼쭐을 내주마."

히라카즈는 매장에 앉은 채 돌처럼 얼굴을 경직시키고 대답하지 않았습니다.

"가는 김에 오쿠보를 불러와. 그 자식 날 속여 그딴 병원에 쑤셔 넣다니 괘씸한 놈."

큰 소리로 소리쳤기 때문에 근처 아주머니가 황급히 오쿠보를 부르러 갔습니다. 오쿠보가 서둘러 달려오자 이상하게도 진고는 갑자기 풀이 죽어 얌전해져 버렸다고 합니다. 간호사 모습이라도 연상되었던 걸까요. 하기야 제정신인 사람의 마음도 이해하기 힘든데 정신 나간 사람의 마음 같은 걸 알 턱이 있나요.

그래서 그날은 병원에 전화를 걸어 중년의 간호사 같은 자가 찾아왔습니다. 이리저리 달래 진고는 순순히 그 여자에게 연행되어 병원으로 돌아갔다고 합니다. 그때 그 여자가 말했습니다.

"환자한테 용돈은 일체 쥐여 주지 마세요. 돈은 저희 쪽에서 전담해 필요할 때마다 주고 있으니까요."

그리고서 병원의 감시도 다소 삼엄해졌던 듯합니다. 오쿠보의 얘기에 따르면 진고 같은 경우 난동을 부리거나 타인에게 폐를 끼치는 병세가 아니라 개방적인 큰 병실에 수용되었다고 합니다. 그래서 한 달 동안은 돌아오지 않았습니다. 용돈을 빼앗겨 전차를 타고 싶어도 탈 수 없기 때문입니다. 걸어 돌아오기엔 자기 집이 지나치게 멀죠.

하지만 진고의 질투망상은 그렇게 해결되었던 게 아닙니다. 때때로 불쑥불쑥 주기적으로 튀어나오는 듯합니다. 개인차는 있겠지만 진고의 경우는 그랬습니다. 별안간 몸단장을 하며,

"난 이제 귀가한다."

하고 선언하고 나가려 한다. 돌아가면 병원 쪽도 곤란하기 때문에 진고를 단단히 붙잡아 전기 쇼크를 가한다. 본 적은 없으나 과격한 요법이라고 하더군요. 양쪽 관자놀이로 전기를 흘려보내 간질병처럼 극심한 경련을 일으키며 축 늘어진다. 의식이 사라져 버리는 것입니다.

"그렇게 전기 쇼크에 강한 사람은 다소 드물어요."

의사가 말했다고 합니다. 대개 그런 거친 치료를 한 번 받으면 몇 시간은 혼수상태고 깨어난 뒤에도 기억이 또렷하지 않은데 진고는 그렇지 않았습니다. 쇼크를 받아도 오 분 정

도 흐르면 눈을 번쩍 뜨고서 다시 바깥으로 나가려 한다. 다시 억눌러 전기를 통하게 한다. 이번에는 십 분 정도 만에 깨어나 비틀비틀 현관 쪽으로 걸어간다. 의사도 오기가 생겨 세 번째를 건다. 세 번이나 걸면 그 아무리 진고라도 아주 녹초가 되어서,

"으응, 여기가 어딥니까? 어째서 제가 여기 있는 겁니까?"

하고 말하게 되어 큰 병실로 돌아와 얇은 솜이불을 둘둘 두르고 쿨쿨 잠든다. 그 벌벌대던 진고에게 어떻게 그런 전기 쇼크에 강한 저항력이 있는 걸지. 이는 집념인지 뭔지 하는 그런 식의 정신력이 아니라 체질상의 문제겠죠. 그런 게 틀림없습니다.

그 진고의 질투망상 대상이 그의 마음속에서 어떤 굴절을 거쳐 저와 이어진 건지 전 알 수 없습니다. 기억에도 없고 앞서 말씀드렸다시피 후쿠 씨는 호빵처럼 전혀 매력이 없는 여성이라, 진고로부터 추궁을 당하자 후쿠 씨는 기가 막힌 듯이 일축해버렸다고 합니다. 오쿠보에게서 그 이야기를 들었습니다.

"저런 꽃게 같은 남자랑 바람피울 정도로 내가 추락하진 않았어, 착각도 유분수가 있지 적당히 좀 해 제발."

저는 오쿠보에게 물었습니다.

"그 꽃게 같은 남자란 게 날 말하는 건가?"

"그래. 하지만 내가 말한 게 아니라 후쿠 씨야. 너무 신경 쓰지 않는 편이 나아."

"신경 쓰진 않지만 어째서 자네가 의심받지 않고 내가 의심받는 거지? 자네나 엄청 끼어들었지 나는 아무 짓도 하지 않았어."

"아무 짓도 하지 않아서 의심받는 거 아닐까."

오쿠보는 눈을 부릅뜨고 저를 노려보았습니다. 그 눈엔 옅은 증오의 빛이 있었던 듯합니다. 저는 덜컥 등 뒤로 피로감을 느끼며 중얼거렸습니다.

"그런가. 무슨 뜻인진 모르겠지만 그렇단 건가."

진고는 또 병원에서 뛰쳐나와 돌아왔습니다. 목욕탕에 가고 싶다며 간호부장에게 목욕비를 졸라 그 돈으로 파친코를 해서 피스를 따고 돈으로 바꿔 그걸 전차비로 하여 돌아왔던 것입니다. 그리고선 제 이름을 외쳐대며 한바탕 난리를 쳤지만 목욕탕에서 좀처럼 돌아오지 않아 병원 측에서 간호사를 모리 담배 가게로 파견해 대기시켰기 때문에 진고는 단번에 끌려 돌아가고 말았습니다. 간호사 말로는 목욕탕에 간다 하면서 늘 더러운 채로 귀원하여 이상하다는 생각이 들었다고 합니다. 파친코에서 돈을 따기도 쉽지 않아 보입니다. 오쿠보는 덧붙였습니다.

"큰 소리로 외쳐서 근처에서도 들어버려 앞으론 너무 자주 술 마시러 오지 말아 달라고 후쿠 씨가 부탁했어. 앞으로 가지 마."

"오지 말라면 안 가지 뭐."

저는 건성으로 대답하며 진고에 대해 생각하고 있었습니다. 큰 병실 한 귀퉁이에 가만히 앉아 매일매일 아내에 대해 떠올린다. 어딘가 남자가 있는 게 틀림없다. 그때 문득 내 얼굴이 떠오른다. 지푸라기라도 잡듯 그에 매달려 그 망상을 굴절시키며 이윽고 확신하기에 이른다. 그 노력과 그에 동반하는 피로의 양도 엄청날 거야. 내 그림 작업 따위 하곤 비교도 안 될 테지. ── 그런 감회가 들었지만 그래 봤자 진고라 한들 저로선 유리 너머 인간에 지나지 않습니다. 아무리 굴절한다 해도 그건 그의 사정일 뿐입니다.

"가메다 구-운."

"가메다 구-운."

지금 목소리가 들리죠? 저게 모리 히라카즈의 목소리입니다. 얼마 전 우연히 이를 알게 됐습니다. 저녁에 제가 맥주를 마시며 멍하니 마당을 바라보는데 그 목소리가 들리더군요. 가메다 군이 좀처럼 나오지 않는 듯, 목소리는 도중에 끊기면서도 부르는 걸 멈추진 않습니다. 늘상 이 목소릴 듣고 있는데 도대체 어떤 소년일까. 문득 호기심이 생겨 저는 의자를 벽 쪽으로 옮겨 그 위로 올라가 허리를 쭉 뻗어 들창 너머 바깥을 쳐다봤죠. 그러자 그것이 히라카즈였던 거죠. 안타깝게도, 아니 안타까울 것도 다행일 것도 없지만 두리번두리번하던 히라카즈의 시선과 제 시선이 딱 마주쳤습니다. 히라카즈는 흠칫 놀란 듯 몸을 경직시키더니 가메다 군을 부르는 걸 멈추고 백칠십 센티의 몸을 구부리며 쏜살같이 달아났습니다. 이상한 창으로 제 얼굴이 불쑥 튀어나와 놀랐던 걸지도 모르죠.

"아아, 그게 히라카즈였던 건가."

의자에서 내려오며 저는 한참 동안 웃음을 참지 못했습니다.

"그래. 저 녀석이면 슬슬 변성기가 오는 것도 당연하지."

그 히라카즈가 아무래도 저에게 모종의 감정을 지니고 있는 듯합니다. 언제부터 그 감정을 지니기 시작한 건지, 혹 어떤 원인이 있어 그렇게 된 건지.

얼마 전 일입니다. 노부인의 부탁으로 안채에서 키우는 개를 데리고 산책하러 나가 중학교 옆을 걷고 있는데 교정 쪽에서 휙 소리가 나더니 야구공이 날라왔습니다. 제 무릎을 스치며 바쿠의 콧등에 명중했습니다. 바쿠라는 건 그 개의 이름입니다. 바쿠는 꽥 비명을 지르더니 벌러덩 넘어졌습니다. 보자 코에서 피가 철철 흐르고 있습니다. 코피 같은 건 인간만 나는 줄 알았더니 개도 나더군요. 바쿠는 간신히 일어나 저를 원망스럽게 올려다보며 혓바닥으로 할짝할짝 이를 핥아대 얼굴이나 턱, 앞발이 새빨개져 버렸습니다. 인간이라면 고개를 들고서 목덜미를 툭툭 손으로 두들길 텐데 개는 그런 재주를 부릴 수 없습니다. 치려 해도 개에겐 손이 없죠.

 교정 울타리를 넘어서 느릿느릿 공을 주우러 온 것이 히라카즈입니다. 이 중학교 학생인 거겠죠. 제 쪽은 쳐다도 안 보고 완전히 무표정한 얼굴로 공을 주워 다시 어색하게 울타리를 쩍 넘어 돌아갔습니다. 바쿠가 피투성이가 된 게 보였을 텐데 그에 관해 아무런 인사도 하지 않았어요.

 "흥. 규슈의 오이무침."

 하고 전 생각했습니다.

 "저게 무슨 생각인 거야. 완강히 나라는 존재를 거부하는 것 같잖아."

 교정에서 가메다 군 무리가 캐치볼을 하고 있다. 공이 빗나가 길가로 날아와서 바쿠의 얼굴에 맞았다, 라고 생각하기엔 지나치게 우연인 듯하고 그 공도 기세가 너무 강했다. 이쪽이 방심하고 있는 걸 보고 고의로 던진 게 아닐까. 나를 맞히려는 속셈으로 컨트롤을 한 게 빗나가 바쿠에게 명중해버렸다. ──물론 이는 그 자리에서 짜 맞춘 가설로 상대는 거대한 오이무침이니 무슨 생각인지 알 수 없죠. 행여 그 가설에 따라 큰소리를 치면 저도 진고와 마찬가지인 셈이므로 기분이 상한 바쿠를 달래 수의사에게 데려가 지혈 치료를 받았습니다. 바쿠의 산책을 떠맡아버린 탓에 생긴 예기치 못한 지출이었습니다.

 "가메다 구-운."

"오오오."
 가메다 군이 나온 듯합니다. 문 근처에서 두 사람이 마주 서서 주먹을 들어 올립니다.
 "첫, 켓, 탓!"
 "첫, 켓, 탓!"
 요즘 아이들은 가위바위보를 할 때 그런 식으로 구호를 붙입니다. 재작년 즈음에는,
 "가위바위 뽀까뽀까 이랏챠!"
 그 **챠**에 주먹을 내미는 것 같더니 너무 길어 이윽고 사라지고 지금은 간명하게,
 "첫, 켓, 탓!"
 의미는 알 수 없습니다. 의미가 없는 단순한 기합일 뿐이겠죠.
 이 "첫, 켓, 탓"의 뒤는 뭘까. 배구공 혹은 농구공 같은 공인가 싶었는데 그걸 제 화실 판자벽으로 쿵쿵 집어 던져 어떤 방식인 건지 몇 점 몇 점 하고 점수를 서로 매기는 놀이가 시작됩니다. 건너편에선 놀이일지 몰라도 판자벽 너머 이쪽은 그 공의 압력을 받아 그때마다 흔들흔들 요동칩니다. 선반 위에 올려놓은 것들이 때때로 굴러떨어지기도 합니다. 그래서 저는 일요일이 올 때마다 선반 위의 것들을 모두 마루 위로 옮겨 방비에 힘쓰고 있습니다. 이 놀이는 날마다가 아니라 일요일에 한하기 때문에 아직까진 괜찮습니다.

—— 봄 이맘때 시기 일요일 정오가 막 지난 시간이란 이상하도록 푹푹 쪄서 기분이 답답해지기 마련이죠. 아카기 선생도 매년 이맘때 기후가 가장 몸이나 머리에 안 좋다고 언젠가 묻지도 않았는데 얘기해 주었습니다. 그 아카기 선생도 요 이 주 동안 전혀 이곳에 모습을 드러내지 않습니다. 아마 그도 푹푹 찌는 거겠죠.

하지만 이상해요. 전 한결같이 투명하게 스스로 나서거나 하지 않는데, 아등바등하는 건 일체 피하고 있는데 거의 아무런 이유도 없이 증오를 받거나 질투를 당하거나 부탁을 받거나 경멸당하거나 오지랖 부림을 당하거나 하는 건 어째서일까요. 아등바등하는 건 제가 아니라 유리 너머 현실입니다. 하지만 그것들은 멀리서부터 저를 위협합니다. 뭘 그렇게 아등바등하는 걸까 하고 웃음 짓는 것만으로 넘어가면 좋을 텐데 말이죠. 뜻처럼 안 되는 세상입니다.

(1962. 6. 「신초新潮」)

미끼

　지금도 그 아이들을 나는 종종 떠올린다. 그 아이들은 분명 내 미끼통에서 미끼를 훔쳤을 것이다.
　그건 벌써 십 년도 전의 일이다.
　십 년 전이면 아직 전쟁 중 일이다. 전쟁 중이라고는 하나 덩치 큰 남자가 부지런히 방파제를 드나들며 낚시를 한다. 그것도 나뿐만이 아니라 방파제 단골들이라고 부를 법하였는데 열 명 가까이 되었다. 거기에 반 단골, 프리 손님 등, 게다가 본직 어부도 종종 여기 참가한다. 그 본직 어부들은 오사카 사투리로 대화를 나눴다. 그 바다는 규슈의 어느 만이므로 즉 그들은 타지인인 셈이다.
　요컨대 어떠한 사정으로 이주해 온 그 어부들은 만 부근 어장은 현지 어부들이 차지하고 또 배를 소유할 여유도 없는 듯, 어쩔 수 없이 이 방파제로까지 작업하러 온다. 대개 그러한 모양이다. 이주해 온 사정은 물어보지 않았다. 그들은 대체로 옷차림도 후줄근하고 태도도 사나웠다. 오사카 사투리가 도리어 그 사나운 느낌을 조장했다. 게다가 그들은 우리들, 방파제 단골들을 적대시하는 듯한 기색도 있었다. 그들 무리의 대다수는 방파제 주춧돌에 붙어 있는 피조개를 채취한다. 사월이나 오월 그토록 물이 찬 계절에도 대수롭지 않게 물속으로 들어간다. 넙치처럼 몸을 납작하게 만들어 잠겨 들어가 이삼 분씩 잠수한다. 그러한 이들이 종종 낚싯대를 들고 우리의 대열에 끼어든다.

이들 본직의 방식을 지켜보며 나는 초짜와 숙련자의 낚시 방식 차이를 확실히 알게 되었다.

요컨대 본직의 낚시방식은 일체의 합리적 사고를 바탕으로 성립되어 있다. 가장 먼저 고기가 낚일 만한 날씨 또는 물살일 때밖에 오지 않는다. 하지만 초짜 무리는 낚시를 즐기려고 일부러 약한 장대를 사용하거나 필요하지도 않으면서 릴 낚싯대를 사용하곤 한다. 그야말로 일종의 퇴폐이다. 그런 와중에 '무슨 일이 있어도' 낚아 올리려 하는 어부들의 방식은 확실히 눈에 띄었다. 그를 통해 생계를 유지하느냐 유지하지 않느냐의 차이일 것이다. 게다가 체격도 달랐다. 그들의 피부는 붉은 구릿빛으로 손발도 억셌다. 우리는 노인도 있고 젊은 사람도 있었지만 대개 허약한 인상을 풍기는 자들뿐이었다. 전쟁 중이라 상태가 좋은 자는 대개 군대나 공장으로 끌려간다. 태평하게 낚시나 할 수 있는 건 병을 앓는 데다 허약한 자일 것이다. 바로 나 또한 그러했다. 폐를 앓고 난 뒤 당분간 느긋하게 낚시라도 하며 지내라고 의사에게 들었던 것이다.

그 아이들이 이들 어부 가운데 누군가의 자식인지 어쩐지 나는 알지 못한다. 하지만 그들은 애들 주제에 낚시를 엄청 잘했다. 나 따위와 비교하면 늘 두세 배씩은 낚아 올린다. 숙련자급이다. 옷차림도 볼품없고 낚시도구도 형편없다. 그걸로 잔뜩 낚는다. 둘 다 몸뚱이에 비해 머리가 크다. 꾀죄죄한 인상의 아이들이었다. 얼굴이 닮았으니 형제임이 틀림없다. 위는 세는나이로 열둘에서 열셋, 작은 쪽은 열 살 정도일까.

그건 아마 칠월경이었으리라. 그즈음 볼락은 이미 물러가고 새끼농어, 보리멸, 전갱이, 망둑어 등 잡어가 출몰하고 있었다. 날에 따라선 숭어가 무리를 지어 몰려온다. 낚시가 잘 돼 미끼가 부족해질 때도 있다. 내가 사용하는 미끼는 대개 청개비나 갯지렁이. 청개비나 갯지렁이보다도 참갯지렁이 쪽이 적당하지만 좀처럼 구할 수가 없다. 더욱이 방파제 모서리에 달라붙어 있는 흑조개 육질, 그게 최상이지만 이는 보통의 경우 단골들이 전부 떼어가 거의 눈에 띄지 않는다. 그래서 갯지렁이.

매일매일 낚시를 이어가는 사이 처음엔 그다지 좋아하지 않았지만 나는 차차 갯지렁이라는 벌레가 마음에 들어갔다. 갯지렁이란 모양이 지네와 닮은 붉은색 벌레이다. 보고 또 보며 완전히 익숙해지면 갯지렁이가 여체처럼 요염하게 느껴진다. 미끼가게에서 산 갯지렁이가 크기가 고르고 팔팔하면 내 마음이 요동친다. 몸부림치는 갯지렁이에 낚싯바늘을 찌르는 것에는 일종의 이상한 쾌감이 있었다.

그런데 그날은 날씨가 흐렸다. 먼바다 쪽이 어두컴컴해 소나기가 올 것 같은 기미도 있었다. 나는 먼바다 쪽을 향해 낚싯대를 드리우고 있었다. 방파제 외측과 내측은 그날그날 따라 낚시방식이 다르고 또 낚이는 고기 종류도 다르다. 그날은 외측 쪽이 입질이 좋아 모두 그쪽에 장대를 던지고 있었다.

그 아이들은 미끼가 다 떨어졌는지 다른 사람의 어롱을 들여다보며 돌아다니거나 다리를 꼬고 먼바다를 바라보거나 하고만 있었는데―, 문득 나는 미끼를 바꿔 달기 위해 옆쪽 미끼통을 살폈다. 그런데 갯지렁이가 사라져있다.

아직 열 마리 남짓 남아있어야 할 텐데 그것이 두세 마리가 되어 있고 그 두세 마리도 통 가장자리에 매달려 야무지지 못하게 꿈틀대고 있다.

당했다! 나는 퍼뜩 사방을 둘러보았다. 그 아이들은 내측 쪽에 걸터앉아 있다. 뒤돌아보며 나를 바라보고 있던 듯한 작은 쪽 아이의 시선과 내 시선이 딱 마주쳤다. 갑자기 겁먹은 표정이 되어 시선을 돌리며 살짝 몸을 형 쪽으로 비키는 것처럼 굴었다. 형 쪽은 묵묵히 낚싯줄을 드리운 채 물끄러미 낚시찌를 바라보고 있다.

아까까지 낚시를 멈추고서 근처를 어슬렁거리고 있었고 또 멍하니 바다를 쳐다보고 있지 않았나. 막 해수면을 응시하고 있는 형의 딱딱하게 굳은 얼굴은 따가울 정도로 나의 시선을 느끼고 있을 게 틀림없다. 나는 심술궂게 잠시간 물끄러미 그곳에서 시선을 떼지 않았다. 그러고 보니 아까 곁에서 뭔가 희미한 소리가 들렸다. 나는 그에 주의를 기울이지 않았다. 그 발소리는 지극히 가벼웠다. 그런가. 미끼를 훔치는 데 동생을 꼭두각시로 써먹은 거군. 그렇게 나는 판단했다. 나는 살며시 일어섰다. 동생이 그런 나를 곁눈질로 힐끗 쳐다봤다. 나는 장대를 거두며 돌아갈 준비를 했다. 미끼통을 어롱에 집어넣고 쓰고 있는 밀짚모자 속에서 담배와 성냥을 꺼내 불을 붙였다. 그리고서 저벅저벅 아이들 쪽으로 다가갔다.

내가 다가가자 둘은 불쑥 긴장한 것처럼 보였다. 고집스럽게 내 쪽을 보지 않으려 하며, 특히 동생 쪽은 등이 뻣뻣하게 굳어 확연히 두려움으로 가득 찬 표정으로 다른 쪽을 향하고 있다. 아이들의 미끼통 속에는 내 것과 거의 똑같은 형태 똑같은 크기의 갯지렁이가 꼬물꼬물 서로 뒤엉켜 있었다. 그리고 아이들의 낚시찌가 불쑥 크게 움직였다.

"저기 물었잖아."

그렇게 말하려다 나는 도중에 관뒀다. 형은 낚싯대를 당기려 하지 않는다. 꼼짝도 하지 않는다. 낚시찌가 더 이상 움직이지 않자 그제야 장대를 살살 들어 올린다. 실 끝엔 바늘만

이 남아 있다. 미끼를 채간 것이다.

"바보같이. 정신 차려."

그렇게 말하려다 역시나 나는 말하지 않았다. 건너편도 내심 안절부절못하고 있지만 다른 의미에서 이쪽도 안절부절못하고 있다. 그 의식으로 내 입가가 갑자기 딱딱하게 굳었다. 나는 그대로 등을 돌려 뒤돌아보지 않고 곧장 해안 쪽으로 방파제를 걸어나갔다. 방파제는 해안과 가까워질수록 고도가 낮아져 밀물 때라 해수에 잠겨있다. 무릎까지 잠기는 바닷물을 뿌리치는 기분으로 나아가며 뭔가 언짢은 느낌이 점점 강해져 갔다. 아이들로부터 무시당했다는 생각이 들었던 건지, 아이들의 소행에 화가 났던 건지, 또 그 소행을 보고 넘긴 스스로가 언짢았던 건지. 그 녀석들은 미끼를 훔치는 데 많고 많은 사람 중 하필이면 바로 나를 골랐다. 무슨 기준으로 나에게 공격의 화살을 겨눴던 걸까. 그러한 생각에 빠져드는 것은 그다지 유쾌한 일이 아니었다. 동료라도 있다면 그 동료에게 이야기함으로써 어느 정도 기분이 가벼워지겠지만 나는 그 당시 외톨이였다. 말주변이 없는 나는 특히나 그즈음엔 기질도 음습해 방파제에서 또한 그 어떤 단골들과도 대화조차 나눈 적이 없었다.

그렇게 그날로부터 일주일 정도가 지났다. 역시나 흐려지려 하는 날씨의 어중간한 날이었다. 전날과 달리 고기 입질이 안 좋았다. 조수 상태가 좋지 않았을 것이다. 나는 아침부터 잘 낚이지 않아 어지간히 풀이 죽어 있었다. 게다가 바위에 걸려 낚싯줄을 몇 개나 끊어먹었다. 점심 도시락을 다 먹고 난 뒤에도 내 어롱은 거의 빈 상태였다. 그래서 이제 오늘은 그만하고 돌아가자 싶었다.

그리고 문득 돌아보자 그곳에 얼마 전 그 아이들이 있었다. 요전처럼 형제가 나란히 멍하니 바다를 바라보고 있다. 그때 나는 거의 무의식적으로, 그리고 그들이 못 알아차리게끔 내 미끼통을 곁으로 끌어당기고 있었다. 그 순간 그러한 스스로의 행동방식이 갑자기 난폭하게 나를 향해 반발하기 시작했다. 예의 안절부절못함이 시작되었다.

"흐음."

하고 나는 생각했다. 그렇다면 저 아이들에게 오늘은 이쪽에서 미끼를 나눠주자. 그러한 생각이 순간 머리를 스쳤다. 어차피 이제 돌아갈 것이므로 남은 갯지렁이는 못 쓰는 셈이다. 갯지렁이라는 녀석은 조건을 아주 좋게 유지하지 않으면 다음 날까지 보관하지 못한다.

발소리를 듣고서 형제가 돌아보았다. 경계를 하듯 둘의 표정이 갑자기 날카로워졌다. 형 쪽은 바짝 달라붙는 동생을 감싸듯이 몸을 움직이며 자세를 취했다. 그 형의 눈빛은 나를 멈칫하게 할 만큼 사나웠다.

"미끼를 줄게. 어때?"

천연덕스럽게 말할 생각이었지만 혹 형제는 그 말투 속에서 어떠한 저의를 느꼈던 건지도 모른다.

"미끼 없잖아. 필요 없어?"

아이들 옆 미끼통은 텅 비어 바닥엔 소량의 진흙이 바싹 말라 있다. 형은 경계하는 빛을 더더욱 짙게 드러내며 가만히 나를 노려보고 있다. 이 아이는 노려보면 살짝 사시가 된다. 동생 쪽 얼굴은 갈수록 일그러져 당장이라도 울음을 터뜨릴 듯한 표정이었다. 하지만 울음을 터뜨리진 않았다. 눈을 반짝반짝이며 입술을 꽉 깨물고 있다. 나는 갈수록 스스로의 이 멍청한 생각을 후회하기 시작했다. 하지만 이대로 물러날 수는 없다. 나는 살짝 초조해져 갔다.

"미끼, 원하지 않는 건가?"

웃어 보이려고 했지만 웃는 얼굴이 되지 않았을지도 모른다. 나는 미끼통을 눈앞으로 들이밀려 했다. 그때 갑자기 형 쪽이 몹시나 또박또박하게 답했다.

"필요 없어!"

그래? 하고 나는 말하며, 하지만 난 이제 돌아갈 거고 어차피 미끼는 버릴 거니까 필요하면 놔두고 갈게 하고 아직 말을 다 마치기도 전에,

"필요 없어."

하고 한 번 더 형이 말했다. 거의 동시에 동생이 입술을 삐죽거리듯이 굴며,

"필요 없다고."

하고 덧붙였다. 형의 목소리는 이전만큼 퉁명스럽지는 않고 살짝 가냘프게 울려 퍼졌다. 그래? 하지만 나도 살짝 울컥성이 났다. 잠시 시선이 마주쳤지만 나는 들이밀었던 미끼통을 정리하지 않고 그 상태 그대로 내팽개치듯 갯지렁이를 해수면에 버렸다. 셋의 시선이 한꺼번에 그쪽으로 움직였다.

붉게 뒤엉킨 갯지렁이는 한 덩어리가 된 채로 푸른빛을 띤 바닷물 속으로 빠져들어 그렇게 부드럽게 풀려 몇 줄기 붉은 모양을 만들며 아름답게 꿈틀거리면서 고요히 가라앉았다. 가라앉아 보이지 않게 되는 것을 지켜본 뒤 나는 아이들로부터 등을 돌렸다.

해안길을 걸어 돌아오면서 나는 갈수록 마음이 무거워졌다. 그리고 나는 그 후줄근한 형제에 대해 역시나 이것저것 생각해보고 있었다. 가령 그 아이들은 아버지가 없는 모친뿐인 집이 아닐까. 그리고 그들이 잡아 오는 물고기가 가계에 중요한 보탬이 된다거나 하는 식으로. 늘 미끼가 다 떨어지는 것도 충분히 미끼를 살 만한 여유가 없이 꾸려 가는 탓이 아닐까.

하지만 이는 모조리 나의 안절부절못하는 감상이었을 따름이다. 즉 현실의 마찰을 피하려고 내가 때린 손이 역으로 나를 비참하게 만든 것에 지나지 않았을 것이다. 그리고 그날 이후 나는 그 방파제로 가는 것을 그만두었다. 낚시터를 다른 곳으로 옮겨버렸다. 그래서 그 아이들과도 다시 얼굴을 마주

친 적이 없다.

    그로부터 십 년이 흘렀다. 그 형제도 살아 있다면 어느덧 스물을 넘겼을 것이다. 내가 가끔 그 아이들을 떠올리는 것처럼 그 형제도 나를 떠올릴까. 떠올린다고 가정하고서 그들이 떠올린 나 자신, 그들의 눈에 비친 나의 거동과 표정과 음성을 생각하면 나는 아직도 살짝 언짢아진다. 그것은 그 시절의 우울함과 함께 이중으로 나를 덮쳐온다. 그래도 그 푸른 바닷속에서 붉게 꿈틀거리던 수많은 갯지렁이의 모습은 정말 말로 표현할 수 없을 만큼 아름다웠지. 그렇게 아름다운 것을 나는 그다지 본 적이 없다. 이 아름다운 종지부가 있기에 나의 언짢은 기억도 간신히 구제받고 있는 셈이다.

                                          (1953. 10. 「개조改造」)

돌제에서

    무슨 이유에서인지 나는 매일 부지런히 차림을 단정히 갖추고서 그 방파제로 낚시를 하러 다녔다. 정색하고 있었다고 해도 좋을 정도로 열중하던 것이었다. 태평양전쟁도 아직 중기 말기까진 가지 않은 초기 무렵 일이다.

    그 방파제는 푸른 내해를 향해 한 줄기로 뻗어 있었다. 돌단(突端) 콘크리트 부분만 고도가 높고 그곳으로 이르는 돌바닥 길은 낮아 밀물 때엔 완전히 물에 잠겨버린다. 방파제 역할은 그다지 못 하고 있는 것이다. 이는 전쟁이 시작되어 자재가 부족해지기 시작한 탓에 미완성인 채로 방치되었던 듯하다.

    그래서 아직 물이 차가운 계절에는 썰물 때 건넜다 다시 썰물을 노려 돌아와야 한다.

    하지만 봄도 끝물에 가까워져 물이 점점 미지근해지자 해

수육복만 입고 낚시도구를 들고서 가슴 언저리까지 물에 잠근 채 꾸역꾸역 건너간다. 모자 속엔 담배와 성냥을 넣고 낚싯대와 어롱과 미끼통을 가슴 위로 받치고서 사뿐사뿐 걸어간다. 그런 내 몸을 파도가 떠밀치려 한다. 또 원래라면 바닥 돌 틈에 굴이 구석구석 붙어 있지만 물고기 미끼로 쓰는 관계상 모두 망치로 떼어내 가져간다. 떼어낸 자국에는 푸르고 자잘한 해초가 미끈미끈 한가득 밀생해 있어 짚신을 신어도 종종 미끄러진다. 미끄러지면 큰일이 난다. 파도를 거슬러 원래 있던 곳으로 헤엄쳐 돌아가기까지 미끼통의 생미끼가 전부 도망쳐버린다. 도망치지 못하도록 미끼통을 공중으로 들어 올리면 이번엔 해수를 대량으로 마셔야만 한다.

  미끼도 도망치지 못하게 하면서 자신도 해수를 마시지 않기 위해선 처음부터 미끄러지지 않도록 주의하는 수밖에 없다. 그곳에서 우리는 느릿느릿 파도의 흐름과 반대로 몸을 굽히며 긴 시간이 흐른 뒤 세 정(약 327m) 정도 앞에 있는 돌단에 간신히 도달하는 것이다. 돌단은 해수면보다 훨씬 높아 밀물 때도 물에 잠기는 경우는 없었다. 나는 그곳에서 어롱을 바다로 드리우고 미끼통을 눕혀두고서 콘크리트 바닥에 책상다리를 하고 앉아 낚싯줄을 던진다. 모자 속에서 담배를 꺼내 여유롭게 한 대를 즐긴다. 나의 흰 연기는 바닷바람으로 인해 곧장 뿔뿔이 흩어진다.

  그 돌단 부분은 폭이 오 미터 정도, 길이가 삼십 미터 정도

쯤 되었던 것 같다. 표면은 고르고 평평한 콘크리트로 비가 올 땐 젖고 맑을 땐 볕에 달궈진다. 바다를 끼고 반 리 정도 떨어진 곳에서부터 잿빛 시가가 가로로 길게 뻗어 있다. 전쟁 중이어도 이곳만은 단절된 고요한 장소였다.

그 무렵 이 돌제로 모이던 낚시꾼 단골들에 대해 나는 써 보려 한다.

앞서 쓴 것처럼 밀물 때에도 이 돌제에 도달하려 하는 이상, 단골들은 만일을 위해 수영법을 몸에 익혀야만 한다. 게다가 어느 정도의 체력도. ─하지만 나보다 나이가 어린 이는 일요일이나 휴전일•(休電日)을 제외하곤 거의 나타나지 않았던 것 같다. (전쟁 중이므로 이는 당연하다) 모두 나와 비슷한 정도거나 대개는 연장자뿐이었다. 그리고 대체적으로 허약한 느낌을 주는 자들이 많았다. 나는 그 전해 폐첨 카타르를 앓아 이른바 그 예후 신분으로, 의사로부터 느긋하게 생활할 것을 명령받았다. 의사가 그런 나에게 특별히 낚시에 정진하라고 명령했던 건 아니지만 내 쪽에서 멋대로 낚시 같은 게 예후에 적당(오존도 충분하고)하겠지 하고 정색을 하며 방파제를 드나들었던 것이다. 무위하며 느긋하게 라는 것을 나는 견딜 수 없었다. 지금 생각하면 낚시라는 것이 그렇게 재미있지는 않았지만 생활의 보상이라 할 법한 무언가가 적

• 전시 중 자원 부족을 이유로 전국적으로 전기공급을 정지하는 날을 둠.

어도 이 돌제에는 있었다. 그것이 분명 나를 강하게 끌어당겼던 것이리라.

  이곳에는 언제나 누군가가 낚싯줄을 드리우고 있었다. 나는 밤낚시는 하지 않았지만 밤에는 밤대로 감성돔 밤낚시가 있다. 대개 24시간 내내 누군가가 이곳에 있게 되는 셈이다. 조금씩 사람들의 면면이 달라지곤 했지만 그럼에도 매일 얼굴을 마주치는 단골들은 자연스럽게 하나의 그룹을 형성하고 있었다. 이 단골들과 오랜 기간 얼굴을 마주치는 동안 나는 딱히 그들의 직업이나 신분이라는 것을 감지했던 적은 단 한 번도 없었다. 그들은 전반적으로 한결같은 표정을 하고 한결같은 어휘로 이야기를 나누었다. 이른바 그들은 세상의 외양을 물가에 놔두고 기억에서 지운 채로 와 있었다.

  그리고 이 단골 가운데서 위아래가 나뉜다면 그것은 어디까지나 낚시기술의 고수 하수에 의거했다. 이러한 세계는 늘 그렇게 되기 마련이다. 기원, 당구장, 스케이트링크. 그런 곳 어디인들 고수인 사람이 막연한 경외의 대상이 되듯 이 돌제에서도 잘하는 녀석은 다소 건방지게 굴고 초심자는 조심스러운 태도를 취한다. 그런 경향이 있었다. 의식적인 것이 아니라 자연스럽게 형성되었다. 그러나 그것도 뚜렷하게 눈에 띄었던 것은 아니다. 오직 기술만이 문제가 되는 것이 아닌, 역시나 그 곁으로 인간 심리의 갖가지 음영이 내포되어 가는 듯했으니.

  그리고 이 단골들에겐 막연하나마 일종의 배타적이라 할 법한 분위기가 있었다. 내가 처음 이곳에 왔을 때 그들은 나를 향해 말을 거의 걸어오지 않았다. 내가 그들과 이야기를 나누게 된 건 그로부터 한 달이나 지난 뒤이다. 나 역시 처음엔 그들에게 이상한 반발심을 느껴 가능한 한 거리를 두며 낚시하고 있었는데 조수 상태가 어찌 된 건지 어느 날, 대형 볼락이 연달아 내 낚싯바늘에 걸려들었던 것이다. 그날부터 그들은 나에게 말을 걸기 시작했다. 그리고 나는 단골 무리에 들어가는 것이 허락되었다. 생각해보면 단골들의 배타적 분위기란 결국 이런 식의 미묘한 우월감에 지나지 않는 것이다. 나도 이들 무리에 들어간 뒤, 이윽고 그러한 배타적 풍취에 물들어버리고 만 것 같지만.

  가령 일요일이 되면 이 방파제는 수많은 인파로 뒤덮인다. 직장인, 노동자, 학생, 거기에 아녀자들까지 휴일을 즐기러 찾아오는 것이다. 그들을 돌제 단골들은 '초짜들'이라고 부르며 이유 없이 싫어했다. 그래서 일요일에는 단골들 얼굴 면면이 반으로 줄어버린다. 초짜들과 나란히 낚시하는 것을 불쾌하게 여기는 듯하다. 초짜들이라고 깔보기는 하지만 그러나 내가 본 바로는 양자의 기술에는 그 정도로 차이가 있어 보이지는 않았다. 본직 어부가 본다면 양자 모두 초짜일 테고 게다가 실제로 나란히 낚아보면 일요일 손님 쪽이 훨씬 잘 낚는 경우가 빈번한 것이다. 다만 양자 사이 다른 점이 있다면 낚시에 쏟아붓는 열정의 차이, 그런 점이었을 것이다. 게다가 또 한 가지, 일요일 손님들은 단골들과는 달리 이곳에 와서도 한결같이 세상의 외양으로 관철하려 한다는 점이다. 가령 다른 이가 낚시를 하고 있는 뒤편에서 큰 소리로 이야기를 나누거나, 다른 이의 어롱을 거리낌 없이 엿보는 등 아무렇지 않게 그런 짓을 한다. 그러한 무신경함이 단골들의 신경을 건드렸던 것이리라. 나 또한 그것은 즐겁지 못했다.

단골들과 말을 트게 된 뒤 나는 그들로부터 이런저런 것들을 배우게 되었다. 가령 실이나 낚싯바늘 종류, 어떠한 상황에서 어떤 도구가 적당한지 등등. 또 미끼에 대한 지식. 낚시 도구 가게에서 파는 청개비나 갯지렁이보다 참갯지렁이 쪽이 미끼로 적당하고, 더욱이 돌제 가장자리에 달라붙는 홍합이 최상이라는 것도 알게 되었다. 그리고 낚싯대를 직접 만들 경우 이 지방 화살대 산지와 분포 등에 대해서도.

그러나 필경 그런 도구나 미끼에 집착한다 해도 이 돌제에서 낚이는 건 잔챙이에 불과했다. 볼락이나 숭어, 망둑어, 보리멸이나 농어, 끽해야 그 정도였으니까.

어느 날 나는 들고 간 갯지렁이를 다 써버려 단골들로부터 얻은 지식에 따라 바닷속에 첨벙 뛰어들어 홍합을 채취하려 했다. 수면 가까이는 모두 떼어가 버려서 상당히 깊은 곳까지 잠수해야 한다. 고생을 해가며 몇 번이나 잠수해 간신히 홍합 한 움큼을 캤는데 막상 돌제로 올라오기 위해선 누군가 위에서 손을 내밀어 끌어당겨 주지 않으면 올라갈 수 없다. 그런데 모두 시치미를 떼고 짐짓 낚시에 열중하는 척을 하며 누구도 나에게 선뜻 손을 빌려주려 하지 않았다. 모르는 척을 하는데 조력을 구걸하는 건 나로선 불가능했다. 멍청한 나는 수영을 의사가 금지했음에도 불구하고 방파제 낮은 부분까지 으쌰으쌰 헤엄치고 말았다.

그때 나는 무척 화가 났지만 나중에 생각해보니 딱히 그들이 나에게만 호되게 대했던 건 아닌 듯하다. 그러한 것이 그들 일반의 본래 모습이었던 것이다. 그들이 매정하다거나 한 것은 절대 아니다. 즉 단골들의 이곳에서 교제는 이른바 오직 더듬이뿐, 더듬이에 물체가 닿으면 퍼뜩 움츠러드는 말미잘의 생태와 그들은 아주 비슷했다. 이러한 관계는 어떤 의미에선 편했지만 다른 의미에선 대단히 거북한 기분이 들었다.

이런 일이 있었다.

그날은 먼바다 쪽으로 이상한 색깔의 구름이 몰려와 바다가 온통 새카맸다. 우르릉우르릉 하는 소리와 함께 삼각파도 끝부분에서 하얀 물방울이 조금씩 휘날린다. 삼십 분 뒤나 한 시간 뒤에 한바탕 비가 쏟아질 것만은 확실했다. 하지만 그 시각 돌제 내측(이곳은 파도가 치지 않는다)에서 물고기가 잇따라 낚이고 있었기 때문에 누구도 돌아가려 하지 않았다. 비에 젖는다 한들 여름이라 난처할 것도 없고 무엇보다도 돌제로 찾아오면서 이미 바닷물에 젖어버린 상태이다. 그래서 모두 당황한 표정을 짓기보다 오히려 이상하게도 평소보다 신이 난 듯한 기색이었다.

"한바탕 비가 오겠네."

"어둡군."

"저 멀리는 캄캄하고 흰 돛도 보이지 않는군그래."

그런 농담을 주고받으며 기세 좋게 물고기를 낚아 올리고 있었다. 그때 내 옆쪽 남자가 툭 내뱉듯이 말했다.

"좀 더 빛을, 인가."

좀 더 빛을, 이라는 부분을 독일어로 말했다. 나는 그 녀석의 얼굴을 쳐다봤다. 그 녀석은 그러곤 아무 말 없이 가만히 부표만을 바라본다.

그 남자는 아마 마흔 전후, 어떤 직업을 가진 남자인지 물론 알지 못한다. 언제나 그물코로 휘감긴 와이셔츠를 입고 더벅머리를 덥수룩이 기르고 있다. 방금 전 한 말도 무심코 입 밖으로 낸 건지, 누군가에게 들려주려 한 건지 분명치 않다. 분명치 않지만 나는 문득 "흥"이라 할 법한 기분이 들었다. 낚시 생활 이외의 것을 돌제로 끌고 왔다는 것, 거기에 대한 반발이었을지 모른다. 거기에 또한 정체를 알 수 없는 자기혐오.

이 나약한 건지 겁이 많은 건지 알 수 없는 단골들의 묘하게 우유부단한 분위기 속에서 가끔 싸움이 벌어질 때도 있었다. 이렇다 할 원인이 있는 것도 아니다. 지극히 별것도 아닌 이유로 — 가령 낚싯줄이 아주 살짝 이쪽으로 너무 붙어 있다거나, 재채기를 해서 물고기가 몰려오지 않게 된 거 아니냐라거나, 그런 별것 아닌 것에서부터 꼬이기 시작해 갑자기 가시 돋친 말이 주위로 범람하기 시작한다. 하지만 그것이 본격적인 싸움으로 변하는 건 드물어 주변에서 달래거나, 또 달랠 것까지도 없이 흐지부지 넘어가 버린다. 하지만 그렇게 대립할 때도 그 당사자들의 대화는 상대를 쓰러트리겠다는 투지가 타오르는 것이 아니라 양쪽 모두 친구로부터 괴롭힘을 당한 어린애 같은 표정을 짓고 있다. 그런 것이 나의 흥미를 끌었다. 그들 두 사람 모두 화가 나 있다. 씩씩대고 있다. 그런데 그것은 절대로 대립하는 상대를 향한 것이 아니다. 그 이외의 다른 무언가, 다른 누구를 향한 건지조차 분명치 않은 기묘한 분노를 그들은 언제나 가슴속에 모아두고 있었고 그것이 이런 경우에 이런 형식으로 튀어나오는 듯하다. 흐지부지한 채로 수습되어 다시 원래 형식대로 등을 둥글게 말고서 나란히 앉아 있는 뒷모습을 볼 때마다 나는 내 가슴속까지 서늘해지는 듯한, 마냥 남의 이야기가 아닌 듯한 견디기 힘든 꺼림칙함을 언제나 느꼈다. 그러한 느낌의 꺼림칙함은 내가 부지런히 방파제를 드나드는 날수에 비례하여 내 가슴속에

극히 느릿느릿하게나마 축적되어가고 있던 듯하다.

  딱 한 번 서로 치고받는 걸 보았다.
  그 당사자 중 한 사람은 '일장기 아저씨'였다.
  일장기 아저씨라는 자는 나보다도 늦게 이 돌제 단골 무리에 참여한 마흔 가량의 까무잡잡한 남자였다. 키는 작지만 어깨는 넓고 손가락도 울퉁불퉁 마디가 져 바늘이나 낚싯대를 다루는 솜씨가 그다지 능숙하지 않다. 직공이라 할법한 타입의 남자이다.
  이 일장기 아저씨는 평소 태도는 비교적 벌벌 떠는 주제에 이상하리만치 뻔뻔한 구석이 있었다.
  언제나 일장기가 그려진 수건을 들고 다닌다. 허리에 매달고 있을 때도 있고 두건으로 매고 있을 때도 있다. 공장에서 받은 배급품일 것이다. 그래서 일장기 아저씨라는 별명이 붙어 있었다. 원래 이 돌제에서 단골들은 서로 본명을 부르지 않는다. 약칭이거나 별명이다. 이는 서로 본명을 부르는 '세간'과는 다른, 그런 암묵적인 이해가 성립되어 있었기 때문일 것이다.
  그 일장기 아저씨가 나미 씨라는 남자와 언쟁이 붙었다. 어떤 원인인가 하면 미끼 문제이다. 덩치 큰 남자들이 공짜 미끼 문제로 싸움이 나버렸던 것이었다.
  그날 일장기 아저씨는 들고 온 미끼를 전부 물고기가 채가고 말았다.

　그래서 낙담한 일장기 아저씨는 주위를 둘러보았는데 콘크리트 표면 위로 갯지렁이 두 마리가 바스락바스락 기어가고 있다. 이게 웬 떡이냐 하고 그것을 집어 바늘에 꿰었다고 하는데 나미 씨의 말에 따르면 그 갯지렁이는 자신의 미끼통에서 빠져나간 것으로 빠져나간 것은 몰랐지만 물고기 쪽에 정신이 팔려 있었고 끽해야 갯지렁이 다리니 나중에 집으려고 했다는 것. 그걸 멋대로 가져가는 건 낚시꾼의 도의에 어긋난다는 것이다.

　우리는 말을 덧붙이지 않고 잠자코 지켜보고 있었다.

　그러자 양자의 언쟁은 점점 무의미한 논쟁이 되기 시작했다. 가령 갯지렁이가 도주하여 미끼통에서 몇 자 떨어져야 그 갯지렁이의 소유권이 사라지는가 하는 식이다. 이딴 걸로 아무리 논의해봤자 결론이 나지 않을 게 뻔하다.

　누구도 바라보기만 할 뿐 말리러 나오지 않아 끝내 일장기 아저씨가 허세를 부리며 뭐가 어째 하고 벌떡 일어서버렸다. 나미 씨도 그 기세에 휘말린 듯 덩달아 일어섰지만 그 순간 두 사람 모두 투지를 완전히 잃어버린 듯했다. 이젠 벌떡 일어선 그 허세를 어떻게 하여야 부자연스럽지 않게 수습할 수 있을지, 그것만이 문제인 양 보였다. 그런데 아직 그 누구도 중재하기 위해 개입하지 않는다. 구경하고 있다.

　두 사람은 곤혹스러운 듯이 소곤소곤 두세 마디 낮은 목소리로 말싸움을 했다. 그리고 일장기 아저씨는 위협하듯 느릿느릿 주먹을 휘둘렀다. 그런데 나미 씨가 가만히 있자 궁지에 몰린 일장기 아저씨는 다급해진 나머지 진짜로 나미 씨의 머리를 툭 때리고 만 것이다.

한 대 맞은 나미 씨는 어리둥절한 표정으로 잠시 우두커니 서 있다 불쑥 일장기 아저씨의 가슴을 쥐고 옆쪽으로 끌어당겼다. 때린 일장기 아저씨는 멍하니 있다가 갑자기 옆쪽으로 밀쳐져 비틀비틀 중심을 잃어 간단히 바닷속으로 물보라를 일으키며 빠져버렸다. 그다지 헤엄을 잘 치지 못하는 듯 어푸어푸하고 있다.

그래서 다들 크게 난리가 나서 물에 젖은 생쥐 꼴이 된 일장기 아저씨를 간신히 끌어올렸는데 어이없게도 하수인인 나미 씨가 선두에 나서 셔츠 말리는 걸 도와주거나 옆에서 보살폈다. 그리고 별다른 화해의 말을 나누지도 않고 막연히 화해를 해버렸다. 셔츠가 마르고 저녁이 되자 평소엔 따로따로 돌아가는 주제에 이날에 한해 이 두 사람은 함께 담소를 나누면서 방파제를 밟으며 돌아갔다.

정당하게 반발해야 할 부분을 서로 야합하여 얼버무리려 한다. 중요한 것을 희생해서라도 자신의 주위와 마찰을 피하려 하는 이 무리의 그러한 행동방식을 보며 가까스로 그들에 대한 나의 한 가지 느낌이 분명한 형태를 갖추기 시작했던 듯하다. 물론 그 속에 나 자신을 포함한 느낌이지만 그것은 길가 등에서 불결한 무언가를 보았을 때의 느낌, 그것과 아주 비슷하다.

  일장기 아저씨는 이 돌제에 두 달 정도 드나들었을까. 그리고 어느 날을 기점으로 그 뒤론 모습을 아예 비추지 않게 되었다. 이상한 사내들에게 끌려가고 말았던 것이다.

  그날은 청명한 가을 날씨에 정오를 살짝 지난 시각이었던 것 같다. 마침 썰물 때라 돌제와 해안을 잇는 돌바닥 길은 바닷물 속으로 시커멓게 떠올라 있었다. 그 길을 밟고 낯선 풍채의 남자 셋이 돌단 방향으로 다가왔다. 낯선 풍채라는 건 낚시꾼 차림이 아니라는 의미이다. 돌 표면이 미끈미끈한 해초 때문에 걷기가 힘든 듯 신발을 벗어 손에 들고 맨발에 밧줄을 칭칭 감고 있다. 가까이 다가오는 걸 보니 그중 한 사람은 경관이었다. 그리고 그들은 으쌰 하고 구호를 붙이며 돌제로 뛰어올랐다.

  나머지 두 사람도 탄탄한 체격에 자못 권력을 갖춘 생김새를 하고 있었다.

  우리는 물론 시치미를 떼는 얼굴로 실을 늘어뜨리거나 미끼를 바꿔 달고 있었다.

  "……은 없나."

  하고 경관이 크게 소리쳤다. 경찰 제복에 발에 밧줄을 감고 있는 그림은 어쩐지 기묘한 느낌을 풍겼다.

일장기 아저씨는 그때 도시락인 주먹밥을 먹고 있었는데 움찔하듯 경관 쪽으로 몸을 돌렸다.

"너나!"

양장 차림의 남자 하나가 일장기 아저씨를 보고 꾸짖듯이 말했다. 일장기 아저씨는 예엣 하는 소리를 내더니 무슨 생각인지 주먹밥 남은 걸 황급히 입속에 쑤셔 넣었다.

"잠깐 이쪽으로 오도록."

"예에."

일장기 아저씨는 입을 오물오물거리면서 낚시도구를 접으려 하다 생각을 고친 듯 그것들을 방치하고서 남자들 쪽으로 나아갔다. 양장 차림의 한 사람이 말했다.

"낚시도구, 가져오려면 가져와도 된다."

"예에 괜찮습니다."

"그럼 빨리 와."

하고 경관이 말했다. 일장기 아저씨는 고개를 떨군 채로 계속 입을 오물오물 움직이며 경관 앞에 섰다. 그때 양장 중 한 사람이 우리를 둘러보더니,

"허어, 이 비상시기에 이놈들은 태평하게 낚시 따위나 하고 자빠졌네."

하고 내뱉듯이 말했다. 우리는 다른 쪽을 바라보며, 또 곁눈질로 그들을 바라보며 어느 누구도 무어라 입을 열지 않았다.

이윽고 일장기 아저씨는 세 사람에게 에워싸인 듯한 꼴로 돌제를 내려가 돌바닥 길을 해안 쪽으로 느릿느릿 걸으며 멀어져갔다. 그 정경은 아직도 내 눈꺼풀 뒤쪽에 생생히 새겨져 있다.

일장기 아저씨가 무슨 사정으로 끌려갔던 건지 나는 아직도 알지 못한다. 혹 공장에 징용되어 이를 농땡이 피우며 낚시 따위를 하다가 질책당하게 된 걸까. 단골들도 이에 대해 논의를 펼치는 일은 전혀 없었다. 외견상으로 보면 일장기 아저씨는 그다음 날부터 단골들 모두에게서 완전히 잊혀지고 말았다.

아저씨의 낚시도구, 내버린 어롱이나 낚싯대 등은 누구도 손을 대지 않는 채로 사흘 정도 돌제 위에서 볕을 쬐고 있었다. 그리고 사흘째 되는 날 밤 폭풍이 불어 바닷속으로 아주 날아가 버린 듯하다. 나흘째 되는 날 와보니 더는 눈에 띄지 않게 되고 말았다.

(1954. 8. 「문학계文學界」)

작품 해설

유약한 자아와 위태로운 일상, 그리고 전쟁

사쿠라지마와 패전 직후 사회

거의 모든 연구서, 문학사서에서 「풍연風宴」이나 「미생微生」 같은 극초기 작품들이 있음에도 우메자키 하루오의 데뷔작을 「사쿠라지마」로 기재하고 있다. 이른바 실질적 데뷔작인 셈이다. 「사쿠라지마」의 입지는 대단했다. 이는 단순히 전쟁 문학 유행에서 비롯한 것이 아니었다. 비슷한 시기 함께 주목받은 제1차 전후파 작가들, 가령 노마 히로시의 「어두운 그림暗い繪」이나 시이나 린조의 「심야의 주연深夜の酒宴」에 부정적이었던 문인들도 「사쿠라지마」에 대해서만은 호의적이었다. 기성 문학을 완강하게 거부하며 전통파의 안티테제로 등장한 다른 전후파 작가들과는 달리 우메자키 하루오는 이토 세이의 평에 따르면 "시가 나오야, 기구치 간, 가사이 젠

조(葛西善藏), 가무라 이소타(嘉村礒多), 가지이 모토지로, 가와바타 야스나리, 그러한 정통파의 필력의 능숙적 집성자"로 인식되었다. 이 소설집의 소설들을 통해선 느끼기가 어렵지만 우메자키 하루오의 소설을 사소설, 비사회적 소설로 읽어내는 독법이 이러한 이유로 우메자키 하루오 연구의 한 축을 담당하고 있다.

그러나 우메자키 하루오의 소설에서는 여타 사소설 작가들의 사소설에서 보이는 미적 관조를 발견할 수 없다. 이는 시가 나오야나 가와바타 야스나리의 소설들과 비교해보아도 확연히 드러난다. 우메자키 하루오의 작품 속 주인공은 오히려 자신이 사적으로 마주한 현실에 거의 아무런 저항도 하지 못한 채 처참하게 상처받고 무너지며 환멸을 느끼곤 한다. 그러나 또한 가령 다자이 오사무나 사카구치 안고, 오다 사쿠노스케 등의 전후 무뢰파 작가들처럼 데카당스나 무목적 파멸을 향해 내달리지도 않는다. 이를 두고 호쇼 마사오는 "근대인이었던 그의 명석한 이지(理智)는 그런 절망과 황홀에 과도하게 몰입하는 자아에 제동을 걸었다."라고 평한다. 그의 소설 속 일상을 마주하는 자아는 전후 문학자 중 흔치 않게 무너지기 쉬운 유약하고 소극적이고 부드러운 자아이다. 초기 단편들, 가령 「바지락」, 「미끼」, 「돌제에서」는 이 같은 특징을 가장 잘 드러낸다.

「바지락」은 패전 직후 생존하는 것만이 최고의 미덕이 되어 비도덕과 타인의 죽음에 무감각해진 사회상을 그리며 그 속에서 자신 또한 오직 생존만을 목표로 하리라 다짐하는 남자의 이야기이다. 배낭 속에서 울부짖는 수천 마리의 바지락은 이러한 일본 사회의 그로테스크한 상징이다. 과연 우메자키 하루오가 남자의 에고이즘을 지지하는가 아닌가에 대해서는 의견이 갈린다. 수필「에고이즘에 대하여」,「세대의 상흔」에서는 이러한 에고이즘을 인정하면서 전후 사회는 에고이즘을 인정하는 지점에서 새로이 출발해야 한다고 말해 언뜻 이를 긍정하는 것처럼 보이지만, 소설 내 주인공인 '나'가 남자에게 시큰둥하다는 점, 남자 또한 시종 서글프게 괴로워하며 마지막까지 바짓단에서 '바지락'이 나온다는 점을 들어 지지하지 않는다고 보는 시각도 있다. 기존의 위선적 도덕에 대한 야유와 전후 사회상의 긍정은 전후 작가들의 공통적 특징이다. 하지만 우메자키 하루오에게 전후 사회상은 쉽게 긍정할 수 없는 또 하나의 전쟁과 같은 공간이었다.

「미끼」,「돌제에서」는 비록 발표 시기는 1953년과 1954년이지만『우메자키 하루오 전집』6권 해설에 따르면 원래 1942년 동인지「생산인」에 발표되었던 단편「방파제」를 둘로 나눈 소설이다.「돌제에서」의 일장기 아저씨 일화는 전후에 가필된 것이고 그 외 기본적인 소재와 문체는「방파제」와 거의 비슷하다고 전집에선 말하고 있지만 도쓰카 아사코는 전쟁 경험 후 우메자키 하루오의 인식 변화가 세 소설 사이에서 드러난다고 분석하고 있다. 이 방파제의 시대적 배경인 전시 사회의 무기력하고 치졸한 이들의 모습은 수필집 『버섯의 독백』 속 「어느 한때」와 「이즈카 주점」에서도 엿보인다. 역시나 유약하고 소극적인 자아가 등장하여 일상에 대한 뛰어난 관찰력을 통해 「바지락」 못지않은 농밀한 사회 풍자를 그려낸다. 이러한 세태 풍자는 「범인범어」 같은 후기 작품에서도 드러난다.

주인공들의 일상을 구성하는 가장 중요한 요소는 바로 '타인'이다. 우메자키 하루오의 소설은 주인공과 타인 사이 위태로울 정도로 지나치게 밀착된 관계성이 이야기의 가장 핵심부에 놓여 있다. 「바지락」의 나와 남자와의 관계, 「S의 등」에서 사루사와 가니에의 관계, 「낡은 집의 봄가을」에서 나와 노로의 관계, 「기억」에서 운전기사와 그의 관계, 「범인범어」에서 나와 동네 사람들과 관계, 「미끼」, 「돌제에서」의 단골들 사이의 관계는 일반적 인간관계의 수준을 한참 벗어난 관계들이다. 우메자키 하루오의 '일상' 소설은 이 타인들과 아슬아슬한 관계를 통해 직조된다. 주인공이 자아 속에 함몰되지 않는다는 점은 우메자키 하루오를 기성 사소설 심경소설 작가, 전후 무뢰파 작가들과 구별 짓는 지점이기도 하다. 이러한 일상의 관계성을 우메자키 하루오 본인의 신경쇠약 정신불안과 연결짓거나, 혹 전쟁 당시 몇 가구씩 묶여 상호 협력하고 감시하던 도나리구미(隣組)의 상징으로 보기도 한다. 그러나 이 타자와의 관계성은 주인공의 일상을 흔들어 놓음과 동시에 살아가는 원동력이 되기도 한다. 이 같은 특징은 「S의 등」, 「낡은 집의 봄가을」 등 중기 소설에서 확연히 드러난다.

대중사회와 동화의 세계

「사쿠라지마」와 「하루의 끝」 등 굳센 문체의 전쟁소설을 연달아 쓰던 우메자키 하루오에게 1950년경 슬럼프가 찾아온다. 장편 『살생석殺生石』의 연재를 중단하게 된다. 「나의 창작 체험」이라는 수필에서 이러한 문체가 갑갑해지기 시작해 문체를 위한 문체처럼 느껴져 "도무지 내가 진실된 것을 쓰고 있다는 느낌이 들지 않았다."라고 밝힌다. 개인적으론 더 이상 암매상, 에고이즘, 절대적 빈곤과 생존과 같은 패전 직후 감수성이 통하지 않는 도시 대중사회로 변모하고 있던 탓이 아니었을까 생각한다. 그러한 그가 슬럼프에서 탈출하여 전쟁소설 못지않은 성공을 이룩해낼 수 있었던 것은 동화적 문체의 발견 덕분이다. 이러한 중기 활동의 포문을 열어젖힌 소설이 「S의 등」이다. 경어체 문체를 적극적으로 활용한 「낡은 집의 봄가을」은 나오키상을 수상하고 장편 『모래시계砂時計』는 신초사문학상을 수상하게 된다. 우메자키 하루오 자신은 전혀 반기지 않았으나 점차 대중성을 지닌 작가로 인식되기 시작했던 것이다.

「S의 등」은 혹 일본 문화에 밝으신 독자분들께선 눈치채셨을지도 모르겠으나 사루사와 사스케(猿澤佐介)와 가니에 시로(蟹江四郞)라는 이름 속 한자에서 알 수 있듯 일본 전래 동화인 「원숭이와 게의 싸움さるかに合戰(일본어로 발음이 [사루카니갓텐]이다)」을 현대적으로 재해석하고자 한 작품이라고 우메자키 하루오 또한 마이니치신문과 인터뷰에서 밝힌 바 있다. 줄거리 자체 또한 상당히 흥미롭고 생각해볼 바가 많은 작품이나 현재 널리 퍼져 있는 「S의 등」의 결말은 발표 당시 「S의 등」의 결말과 마무리가 살짝 다르다.

하지만 더 이상 가니에는 사루사와의 등을 보지 않는 편이 낫지 않을까요? 사루사와의 등에 반점이 있어도 가니에는 불행해지고, 없다면 더욱더 불행해질 게 틀림없습니다. 떠올려보거나 공상하거나 하기만 하고 실제론 보지 않는 편이 나을 법한 무언가가 이 세상에는 분명 존재할 겁니다. 'S의 등'도 이젠 그중 하나겠죠.
혹 'S의 등'이란 가니에 시로 자신의 등일지도 모릅니다.…… <u>그러나 만일 그렇다 하더라도 가니에는 과연 행복해질 수 있을지 어쩔지 저는 다소 의문스럽습니다.</u>

아래 밑줄 친 부분이 1952년 1월호 「군조」 발표 지면에서 확인된다. 하지만 이는 1955년 4월 신초사 출판 『낡은 집의 봄가을』단행본에 수록되면서 삭제되어 현재와 같은 결말이 되었다. 어떠한 이유에서 우메자키 하루오가 이 부분을 삭제했는지는 알 수 없지만 결말의 느낌이 사뭇 달라지는 것은 분명하다. 여담으로 「낡은 집의 봄가을」의 '노로 다비토(野呂旅人)'라는 이름은 얼빠지다, 멍청하다 등의 의미를 가진 단어[노로마(野呂松)]에 사람이라는 뜻의 [히토(人)]가 결합된 이름이다. 완고한 근성이라는 뜻의 진근완(陳根頑)이라는 이름이나 손오공을 연상시키는 손오풍(孫伍風)이라는 이름도 재미있는 작명이다.

  동화에서 빌려온 건 형식이나 문체뿐만이 아니었다. 사소설적 소재에서 벗어나 다른 이의 이야기를 사용하기 시작하며 강한 풍자와 유머를 담기 시작한 것도 이 시기부터였다. 그는 스스로 「나의 소설작법」이라는 수필에서 자신의 이야기로 소설을 쓰는 것보다 다른 사람에게서 들은 이야기를 상상력을 통해 부풀리는 쪽을 더 선호한다고 밝혔는데 그러한 작법이 가장 잘 활용된 시기이다. 하지만 이 같은 시선 이동, 우의적 소설 구성, 해학적 분위기를 두고 부정적으로 인식하는 당대의 평가도 존재했다. 가령 전쟁소설을 쓰던 초기와 비교해 사회에 무감각해졌다거나 『모래시계』의 대중 친화성을 향한 비판이었다. 우메자키 하루오 스스로는 당시 대중 오락소설이나 문학성과 대중성의 사이를 취한 중간소설을 비판하며 스스로를 순문예작가로 인식했다. 그렇기에 뜻밖에 나오키상이 자신에게 돌아오자 수상을 거부할지 말지를 두고 많은 동료 문인들과 상담을 나누었다고 한다.

하지만 그의 이러한 대중 친화적 중기 작품들이 사회를 향한 시력을 잃었다고 평가하는 것은 부당하다. 「대왕 고양이의 병」은 작품 중간에 직접 '미국'이 언급되는 것을 통해 알 수 있듯 군국주의 사회를 비꼰 작품이며 「낡은 집의 봄가을」의 동쪽과 서쪽으로 나뉜 방은 미국과 소련의 냉전(마찬가지로 작품 내에서 '냉전'이 직접 언급된다) 상황 그리고 한국 전쟁을 상징하는 것이라는 연구도 있다. 하지만 1950년대 당시 국제 정세 못지않게 일본 국내 정세 또한 좌익진영과 보수진영의 싸움으로 아수라장인 상태였다. 「낡은 집의 봄가을」의 결말부와 상당히 유사한 당시 우메자키 하루오의 일본 사회 진단은 수필 「한인망상」, 「인간의 생명은 지구보다 무겁다」 등에서 엿볼 수 있다. 「사쿠라지마」 등에서도 비슷한 문제의식이 발견된다. 한편 「범인범어」의 소년의 이름은 히라카즈, 즉 전후 사회를 상징하는 '평화'이다.

「낡은 집의 봄가을」이 발표되고 얼마 안 있어 1954년 9월 「군조」의 「창작합평」난에서 평론가 사사키 기이치는 "소설의 결말부에 뭔가 의미가 있는 것 같은데"하고 말하며 일본의 좌익 공산당 혹은 민주단체 등의 내부 싸움을 우의적으로 표현한 게 아닐지 의문을 표한다. 하지만 편집자이자 평론가인 우스이 요시미는 설마 그럴 리 없다고 말하고, 소설가 아베 도모지는 이 경우에 작품에 그런 의도가 없다고 말하는 편이 옳은 것 같다고 발언하며 사사키의 의견을 일축한다. 하지만 이보다 한 해 앞서 발표된 단편 「참새장雀莊」과의 비교 연구, 당시 국내외 정치 상황에 대한 우메자키의 발언과 비교 연구를 통해 현재로선 사사키의 의견에 힘이 실리는 중이다.

정신 불안과 유작 「환화」

그의 두 번째 슬럼프는 작품 외적인 부분에서 찾아왔다. 젊은 시절부터 우울증으로 인한 피해망상과 불안 증세를 겪어왔던 그는 결국 1959년 5월 고혈압 증세까지 더해져 옛친구인 의사 히로세 다다오로부터 불안신경증 진단을 받아 술포날 최면제를 통해 지속수면요법 치료를 받게 된다. (술포날 수면제는 독성이 강해 현재는 보다 안전한 진정제를 사용한다고 한다) 무려 육십여 년 전 정신병원에 대한 인식이 어떠했을지 그려보면 그 심각성을 충분히 유추할 수 있을 것이다. 그 자세한 정황은 수필 「나의 노이로제 투병기」, 「2루의 모퉁이에서」에서 확인할 수 있다. 이러한 정신불안을 달래기 위해서인지 그는 평생 술에 굉장히 탐닉해 입원 당시 불안 증상과 더불어 간 이상 또한 진단받았다. 결국 이러한 음주벽이 원인이 되어 우메자키 하루오는 1965년 50세 나이에 간경화로 사망한다. 함께 활동했던 동갑내기 노마 히로시는 1991년에 사망, 4살 위인 시이나 린조는 1973년 사망, 엔도 슈사쿠는 1996년에 사망, 친구인 시모타 세이지는 2003년에 사망했다. 지나치게 빨리 세상을 뜬 셈이다.

후기 작품에서는 이러한 불안와 정신질환 관련 소재가 전면에 등장하는데 그 첫머리에 위치하는 소설이 「범인범어」와 「기억」이다. 「기억」은 주인공인 그와 택시 운전기사, 후배 야기 사이의 무엇 하나 확실한 것이 없는 아슬아슬한 일상을 그리고 있다. 불쑥 택시기사와 상무가 그의 집 앞으로 찾아오거나, 야기가 비꼬는 거냐며 반문하는 장면, 우연히 다시 그 택시에 올라타고 그 카스테라를 태워버렸다고 고백하는 장면 등은 잔잔하게 흘러가던 가운데 난데없이 불안감이 솟구치게 만든다. 이는 우메자키 하루오가 겪었던 구체적인 노이로제 증상과 거의 일치한다. 한편 「환화」에서는 지속수면요법의 부작용으로 기억력이 감퇴되었다고 고백하기도 한다. 「기억」의 마지막 장면에서 그는 마치 누구의 기억이 옳은지 결판내려는 것처럼 택시기사와 내기 장기를 두게 된다. 실제로 우메자키 하루오는 내기 놀이를 즐겨 우메자키와 친분이 두터웠던 소설가 엔도 슈사쿠는 우메자키가 올 때마다 늘 무언가 작은 것을 걸고 내기를 해야 했다고 회고한 바 있다. 「S의 등」에서도 가니에 시로는 내기 장기로 자신의 의혹을 결판내려 한다.

「범인범어」는 정신질환과 노이로제, 타인으로 인한 불안을 보다 직접적으로 그린 작품이다. 진고는 피해망상으로 인해 정신병원에 갇힌 인물이고 의사인 아카기 선생 또한 스스로 상태가 이상하다고 판단되면 즉각 정신병원인 M병원에 자진하여 입원하는 인물이다. 주인공인 나 또한 아카기 선생과 동네 이웃들에 의해 정상적인 정신상태가 아니라고 취급당하고 있다. 나는 바깥세상에 일절 관여하지 않으려 하지만 바깥세상에서 일방적으로 자신을 비난하고 미워하고 몰아간다. 밀착된 이웃 관계에 대한 싫증은 수필「거처는 기운을 옮긴다」에서도 엿보인다. 그런데 이런 나를 대놓고 증오하며 심지어 폭력을 가하려고까지 하는 소년의 이름은 앞서 말한 것처럼 '평화'이며, 마찬가지로 가해자이자 그 이름을 붙여준 소년의 아버지는 전쟁 중과 패전 직후의 위엄 있던 과거로부터 추락해 그로 인해 우울증과 질투 망상에 걸린 인물이다. 평화는 전쟁이 끝난 후에야 등장할 수 있는 이름이라고 소설 속에서 언급되며 GHQ 점령 당시 주요 기조 또한 평화 민주주의였다. 비록 소년이 던진 야구공은 빗나갔지만 소년과 그의 친구는 주인공 나의 집 벽을 향해 세차게 공을 던지며 놀이를 해대 그의 방이 마구 요동치지만 유리벽 너머 그는 저항하지 못하고 그저 스스로 감내할 뿐이다.

이 뒤로 우메자키 하루오가 남긴 소설로는 중편「날뛰는 연狂ひ凧」과 유작「환화」등이 있다.「날뛰는 연」은 중일 전쟁 당시 징용되어 그곳에서 전사한 줄로만 알았던 동생이 실은

그곳에서 수면제를 복용하고 자살했음을 뒤늦게 알게 된 우메자키 하루오의 실제 경험을 기반으로 쓰인 소설이다. 유작 「환화」는 예전에 사쿠라지마에서 복무했던 경험이 있는 주인공 고로가 한참 시간이 흘러 정신병원에서 탈출해 사쿠라지마로 돌아가 자신이 복무했던 곳을 한 군데 한 군데 되밟으며 이야기가 전개된다. 「사쿠라지마」에서 '나의 청춘은 끝났다'라고 좌절한 그가 정신병을 안고 출발점으로 되돌아간 것이다. 환화는 도연명의 「귀원전거歸園田居」의 제4수에서 따온 제목인데 그 내용은 다음과 같다.

한 세대 만에 세상이 바뀌니	一世異朝市
그 말이 진실로 허튼 말이 아니도다	此語眞不虛
인생은 환화(幻化)와 같으니	人生似幻化
끝내 공과 무로 돌아갈 따름이라	終當歸空無

그의 소설 속 인물들은 어딘가 하나같이 비정상적이다. 사람은 누구나 비정상이라고 말할 수도 있겠지만 그들의 비정상은 꺼림칙하다기보다 얄밉다는 느낌에 가깝다. 미워하려고 해도 미워할 수 없다는 판에 박힌 대사가 우메자키 하루오의 세계에도 적용된다. 얄미우면서도 한편으론 이유 없이 짠하게 느껴지는 건 다행히 다른 많은 일본 독자들도 공감하는 바인 듯하다. 불안과 우울, 무기력에 허덕이며 다시 사쿠

라지마로 향한 「환화」의 주인공 고로는 그곳에서 니오를 만난다. 그리고 결말부에서 화산 분화구를 위태롭게 걷는 니오를 향해 고로는 자신도 모르게 마음속으로 "똑바로 걸어. 기운 내서 걸어!" 하고 외친다. 위태로운 일상 속에서 어떻게든 포기하지 않고 기운을 내 계속 걸어나가야 한다. 불안과 타인에 시달리는 유약한 자아는 그렇게 스스로 다짐한다. 우메자키 하루오의 문학세계는 그렇게 마무리되었다.

작가 연보

1919년 후쿠오카시 스노코마치(현 후쿠오카시 주오구 오테몬)에서 육군사관학교 출신 군인인 아버지 겐키치로와 어머니 사다의 육형제 중 차남으로 2월 15일 출생.

1932년 슈유칸중학교를 졸업. 4월 구마모토의 제5고등학교 문과에 입학. 재학 중 동인잡지「로베리스크」를 창간하고 습작 소설과 시를 발표.

1936년 3월 제5고등학교를 졸업한 뒤 4월 도쿄제국대학 문학부 국문과에 입학. 동인잡지「기항지」를 발행하고 습작「지도」를 발표.

1940년 3월 도쿄제국대학 졸업. 친구 시모타 세이지의 중개를 통해 도쿄시 교육국 교육연구소 고원으로 근무.

1941년 「미생」을 동인지「염」에 발표. 태평양전쟁이 시작되기 3일 전인 12월 5일 육군에서 소집장을 받아 다음 해 1월 쓰시마 중포대에 입영하나 폐렴 환자로 오진, 당일 귀가. 이후 후쿠오카시 자택에서 요양.

1944년 6월 해군으로 소집되어 사세보 아이노우치 해병단에 입단하여 암호특기병으로 배치.

1945년 패전까지 규슈 육상기지를 전전하다 8월 26일 복원. 9월 상경하여 친구 집에서 기식하며 군대체험을 바탕으로 한「사쿠라지마」를 12월부터 집필 시작.

1946년 소조사에 취직하여 편집자로 근무하다 아카사카 서점으로 이직.「사쿠라지마」가 9월 기성 문인 중심 문예지「스나오」창간호에 게재. 큰 호평을 받으며 본격적인 작가 생활 시작.

1947년 1월 문예지 편집자이던 야마자키 에즈와 결혼. 10월 장녀 후미코 출생. 12월 「문예사회」에 「바지락」을 발표하고 첫 창작집인 『사쿠라지마』 간행. 활발한 창작 활동을 시작.

1950년 「군조」에 장편 『살생석』 연재를 시작하나 이후 연재를 중단하고 슬럼프를 겪으나 52년 「S의 등」 등 단편을 시작으로 동화적 문체를 차용하며 일상풍자소설을 쓰기 시작.

1955년 1954년에 발표했던 「낡은 집의 봄가을」이 하반기 나오키상을 수상하고 『모래시계』로 신초사 문학상을 수상.

1959년 5월 곤지키 병원에 우울증으로 입원하여 7월 퇴원. 이후 소설 작품 발표 수가 다소 감소.

1963년 「날뛰는 연」을 「군조」에 1월부터 5월까지 연재. 8월 다테시나에서 각혈한 뒤 예후가 좋지 않아 12월 무사시노 적십자 병원에 입원.

1965년 6월 「환화」를 「신초」에 발표. 7월 19일 도쿄대학병원에서 간경화로 사망. 향년 50세. 8월 유작 소설집 『환화』가 신초사를 통해 간행. 12월 「환화」로 제19회 마이니치 출판문화상 수상.